古典詩歌研究彙刊

第三一輯

龔鵬程　主編

第 3 冊

邊塞詩的音樂生成（上）

陶　成　濤　著

國家圖書館出版品預行編目資料

邊塞詩的音樂生成（上）／陶成濤 著 -- 初版 -- 新北市：花
木蘭文化事業有限公司，2022〔民 111〕
目 2+226 面；17×24 公分
（古典詩歌研究彙刊 第三一輯；第 3 冊）
ISBN 978-986-518-676-0（精裝）
1.CST：邊塞詩 2.CST：音樂 3.CST：研究考訂
820.91   110022038

ISBN-978-986-518-676-0

9 789865 186760

古典詩歌研究彙刊
第三一輯　第 三 冊   ISBN：978-986-518-676-0

邊塞詩的音樂生成（上）

作　　者　陶成濤
主　　編　龔鵬程
總 編 輯　杜潔祥
副總編輯　楊嘉樂
編輯主任　許郁翎
編　　輯　張雅淋、潘玟靜、劉子瑄　美術編輯　陳逸婷
出　　版　花木蘭文化事業有限公司
發 行 人　高小娟
聯絡地址　235 新北市中和區中安街七二號十三樓
　　　　　電話：02-2923-1455 ／傳真：02-2923-1452
網　　址　http://www.huamulan.tw 信箱 service@huamulans.com
印　　刷　普羅文化出版廣告事業
初　　版　2022 年 3 月
定　　價　第三一輯共 7 冊（精裝）新台幣 13,000 元

邊塞詩的音樂生成（上）

陶成濤 著

作者簡介

陶成濤，男，1986 年 12 月出生於陝西省西安市灞橋區陶家村。大學本科就讀於渭南師範學院中文系。碩士研究生就讀於廣州中山大學中文系。2011 年考入南京大學文學院，師從莫礪鋒教授攻讀中國古代文學，2014 年 6 月獲文學博士學位。現為西北大學文學院古代文學教研室講師，兼任西北大學文學院創意寫作教研室碩士生導師。主要研究方向為中國古代文學、樂府學。

提　　要

　　邊塞詩的生成方式除了對外戰爭等社會現實因素，文學自身所屬的藝術場域因素尤為重要。在為邊塞詩生成提供文藝催生力的藝術場域之中，音樂發揮了至關重要的影響。

　　齊梁至隋唐的邊塞詩與《詩經》的關係是遙遠的，《詩經》戰爭詩對後代戰爭文學的主要影響體現在作品被經學家闡釋出的思想性上。將邊塞詩的藝術淵源上溯到《詩經》，只是一種簡單關聯而已。

　　在孕育邊塞詩的藝術場域中，本身具有軍樂屬性鼓吹樂曲（包括鼓吹曲和橫吹曲）及相關類型的「梁鼓角橫吹曲」對於文人持續的文藝薰染促成了「邊塞想像」式邊塞詩的大量繁榮。清商樂中「瑟調」與「楚調」音樂以及相關類型的江南清商新聲對邊塞詩中「閨怨」主題有直接且深入的影響。魏晉到隋唐音樂文學的持續繁榮使得「古意」類邊塞詩具有的活化石的意義。唐代詩人借助「賦『古意』法」促進了已消亡的舊題樂府邊塞詩持續生成。

　　唐代詩人在繼承南朝音樂文學遺產的同時，異域樂器演奏的北朝胡樂以及邊地進貢的大曲在中原地區的流行，促使唐代樂府邊塞詩的持續繁榮。

　　通過「樂本位」的方式考察邊塞詩的生成，可以糾正目前以「詩本文」為主流研究方法的一些偏頗。例如「賦題法」所忽略的音樂環境對詩歌作品生成的直接影響，再如在唐代邊塞詩研究中，強調對外戰爭的史實與邊塞詩創作的關係、強調文人出塞經歷與邊塞詩創作的關係等等。

本書係中華人民共和國教育部
人文社會科學研究青年基金項目
「中古詩歌的音樂生成與新變研究」
（18YJC751044）階段性成果

本書又係中華人民共和國國家社會科學
基金重大項目「中國古代音樂文學通史」
（17ZDA241）之子課題「魏晉南北朝
隋唐音樂文學通史」階段性成果

目

次

緒　論

　　本書探討邊塞詩生成過程中受到非社會現實影響的若干問題，重點探究邊塞詩的音樂生成，並關注詩歌文本與其所處的「音樂文化場域」的關係。

（一）

　　邊塞詩一直是古代文學領域研究的重點和熱點。粗略統計，1959年至 1999 年，大陸學界主要學術刊物上討論邊塞詩的單篇論文有 300餘篇，2000 年至 2020 年，亦有 300 餘篇。學術界對邊塞詩研究已經頗為深入且全面，其中唐代邊塞詩、邊塞詩派、邊塞詩史（包括通史和斷代史）的研究最為集中。文學史上對邊塞詩在各個歷史階段的發展及特徵的闡述也頗為清晰。邊塞詩題材研究（主題研究）、邊塞詩人研究、具體邊塞詩篇研究、文化研究、意象研究、思想精神研究以及相關比較研究的論文、專著也頗豐。

　　盛唐邊塞詩的豪壯之美最為學界關注，成為「盛唐氣象」的一個重要反映。在大唐帝國軍事開邊武功以及文人出塞的歷史背景下，盛唐邊塞詩的確體現出了和前代明顯不同的壯闊高亢的格調。「盛唐氣象」的表象之下，與之相左的控訴戰爭、反思戰爭給人民帶來苦難的蒼涼悲愴之聲也得到了學界較多的關注。

　　值得注意的是，1949 年以來的學術研究中，受文學為政治思想服

務的思維影響，我們的文學研究在今天看來是頗走了一些彎路的，這
已經成為改革開放以來的一個共識。這種特殊現象在邊塞詩研究中也
有體現，故本文略費筆墨回顧一下 60 年代至 80 年代關於以馬克思主
義理論和人民性立場評價邊塞詩的現象：

　　1960 年，學界出現了政治意味頗強的大力鼓吹戰爭詩、
全面貶低反戰題材詩的論調。以《光明日報》連續發表《唐
代邊塞詩的評價問題》、《如何評價古代邊塞詩》兩篇文章為
代表。於此大約同時，《揚州師院學報》、《甘肅日報》也發表
觀點相同的文章。〔註1〕這類文章提倡高昂的戰鬥精神，具
有鮮明的時代特徵〔註2〕，由於當時學術探討容易上升到政
治鬥爭傾向上的擔憂，故而沒有引起比較廣泛的討論，爭鳴
和持反對意見的文章較少。〔註3〕到了 80 年代，由於政治氛
圍的放鬆，這場論爭逐步擴大，其中有很大原因是對 60 年
代論爭的延續。

　　史學家范文瀾先生在其《中國通史》（第四冊）中對以
高岑為代表的邊塞詩表達了強烈的批判：「（高適、岑參）他
們寫邊塞詩是在天寶年間，這時候唐玄宗好大喜功，輕啟邊
釁，天寶時期對外戰爭一般都是侵略性質的戰爭，偉大軍事
家王忠嗣寧願失官不願服從朝廷亂命，可以想見戰爭是什麼

〔註 1〕《光明日報》，1961 年 3 月 15 日《唐代邊塞詩的評價問題》、1961 年
　　　　7 月 18 日趙慎修《如何評價古代邊塞詩》；《揚州師範學院學報》，1960
　　　　年第 9 期發表趙繼武《盛唐邊塞詩簡論》、李廷先《盛唐邊塞詩的評價
　　　　問題》；《甘肅日報》，1961 年 12 月 13 日彭澤《讀唐人邊塞詩所想到
　　　　的》等等。
〔註 2〕胡大濬、馬蘭州《七十年邊塞詩研究綜述》指出：「由於受到當時國際
　　　　局勢及國內備戰思想的影響，從服務現實政策的需要出發，此時許多
　　　　文章盲目批判反戰詩，策應了政治氣候而脫離了古代文學實際。」參
　　　　見《中國文學研究》，2000 年第 3 期。
〔註 3〕在此之前沈玉成《論盛唐的邊塞詩》，《文學遺產增刊》第三輯（1956
　　　　年 8 月）、高海夫《岑參邊塞詩的思想性》，《光明日報》，1960 年 10 月
　　　　9 日是對唐代邊塞戰爭持肯定意見的。之後尚未發現。

性質了。高、岑以肯定的態度歌頌這些戰爭，論者認為是愛
國主義詩人，對外侵略怎麼能說是愛國呢！二人都活到唐
代宗時，高適還做過節度使。他們的詩都沒有反映安史之亂
後的社會情形，足見邊塞諸作，只是迎合唐玄宗時發動戰
爭，開邊境立武功的風氣。」〔註4〕這種觀點可以說是八十
年代通過論證唐代對外戰爭的不義性來貶低邊塞詩的先河。
1980 年《文學評論》第 3 期吳學恒、王綬青《邊塞詩派評價
質疑——三十年來文學史研究中的一個問題》一文，即是繼
承了范文瀾的觀點，該文章以邊塞詩派是「伴隨著盛唐時期
民族矛盾而逐漸形成的」、「邊塞詩派的代表詩人岑參、高適
相繼投身幕府，寫就大量的邊塞詩，放聲高唱唐王朝實行民
族壓迫暴行，用他們的筆和劍支持不義戰爭」，評價邊塞詩
「必須克服大漢族主義的思想，而代之以民族平等的原
則。」〔註5〕在學界引起熱烈討論和爭鳴。1982 年《陝西師
大學報》第 3 期《首屆全國唐詩討論會問題綜述》也表達了
同樣的觀點：「要運用歷史唯物主義觀點和民族團結的原
則，開展對邊塞詩和非戰作品的研究。」可以說，這種對邊
塞詩內容和思想價值的再認識，雖口口聲聲是說從歷史唯物
主義觀點出發，實際則帶有明顯的意識形態特徵和為現實政
治政策服務的考慮，從根本上講是違反了歷史唯物主義的原
則。在這種觀點的影響下，如何評價邊塞詩、或者說如何運
用馬克思主義觀點、以「人民」的立場來看待邊塞詩，成為

〔註4〕《中國通史》第三編，第七章，人民出版社，1978 年版，第 294 頁。
〔註5〕《文學評論》，1981 年第 1 期、第 3 期分別刊載了周家諍《王昌齡早
　　　期頌揚擴邊戰爭嗎？——與吳學恒、王綬青兩位同志商榷》、劉先照
　　　《評邊塞詩——兼與吳學恒、王綬青、涂元渠等同志商榷》兩篇文章，
　　　其中，周文緊扣王昌齡邊塞詩文本，指出王昌齡詩作中隱含了悲愴淒
　　　苦之音。而劉文認為唐代與周邊民族的戰爭具有一定的正義性。但是
　　　兩文在對邊塞詩的評價問題上與吳學恒、王綬青的文章一致。

學界一個熱潮。

與上文將邊塞詩看做是「不義戰爭的產物」的觀點相左的討論爭鳴意見，也隨後產生。1981 年《文學遺產》第 1 期佘正松《九曲之戰與高適詩歌中的愛國主義》以哥舒翰收復九曲為例，並引「北斗七星高，哥舒夜帶刀。至今窺胡馬，不敢過臨洮」以及吐蕃擾唐的史實說明人民對這場戰爭的歌頌以及戰爭的自衛性質和正義性質，因此高適的作品依然是具有強烈愛國主義的詩篇。該文引述列寧《皮梯利姆‧索羅金的寶貴自供》中「在分析任何一個社會問題時，馬克思主義理論的絕對要求，就是要把問題提到一定的歷史範圍之內」的話來反駁吳學恒、王綬青《邊塞詩派評價質疑》一文所引述的列寧在《論「左派」幼稚型與小資產階級性》中「如果是剝削階級為了鞏固自己的階級統治而進行的戰爭，這就是罪惡的戰爭，這種戰爭中的『護國主義』就是卑鄙行為，就是背叛社會主義」的話。1984 年《新疆師範大學學報》第 1 期白應東的《邊塞詩的愛國主義精神是歷史發展的必然》一文認為中原王朝對周邊民族征伐的戰爭是正義的——「所以周至唐各朝與匈奴、突厥、吐蕃、吐谷渾貴族間的戰爭，是一場侵掠與反侵掠的戰爭，是保衛民族生存的戰爭。只有徹底摧毀其政權機構，才有中原各族人民的存在。」這篇文章表面上是維護邊塞詩，實際上仍舊是以「人民」立場解讀其革命意義，論證過左。並在此基礎上認為邊塞詩中歌頌戰爭的內容是正義的。同年《新疆大學學報》第 3 期秦紹培《也談唐代邊塞詩派的評價問題》一文，指出評價邊塞詩不能「違背歷史用今天的政策代替古」，該文雖論述不深入，但在當時的討論環境中，仍可謂是拋棄了政治因素的學者之見，實屬難得。同年《福建論壇（文史哲版）》第 6 期陳祥耀《邊塞詩——盛唐詩歌的驕傲》一文，肯定具有人民性的反戰作

品是盛唐邊塞詩的主流。這些論文都是維護邊塞詩，其出發點還是以人民性來論證其合理，與反對觀點的出發點「人民性」，其實是一致的。

1984 年第二屆唐代文學年會上，圍繞邊塞詩的思想評價亦展開了熱烈的討論，討論內容主要是古代民族問題和民族戰爭性質問題，並涉及對邊塞詩歌頌不義戰爭的批判和對邊塞詩人追求個人功名的批判。代表們大都認為，應該用馬克思主義觀點對此作出正確回答，不能採取迴避態度。要對戰爭的正義和非正義進行具體分析。對於邊塞詩中「消極反戰」的題材，會上有學者認為其藝術性往往較高，但是其消沉淒涼的思想情緒不利於培養青少年的愛國主義思想。也有相當學者對這種觀點持相反觀點，認為用政治歷史分析方法代替文學分析方法是不妥的，應把學術研究和灌輸愛國主義思想區別開來。〔註6〕

關於邊塞戰爭性質和邊塞詩思想的討論在年會之後依然熱烈，而且這種「戰爭性質論」、「人民性論」、「愛國主義論」在之後的邊塞詩研究中，一直佔有較大的比重，其觀點雖然針鋒相對，但其出發點仍糾纏在此：

1985 年，《社會科學研究》第 3 期戴世俊《論盛唐邊塞詩的反戰精神》文，引用周恩來同志「漢族侵略少數民族次數多、時間長」語，認為歌頌開邊的邊塞詩是十分錯誤的，而反戰邊塞詩是十分優秀的，是對封建統治者民族壓迫政策的強烈不滿和反抗，是符合馬克思主義民族觀的。

同年，《中州學刊》第 4 期廖立《唐玄宗時西域戰爭性質與岑參邊塞詩》文，認為唐玄宗對西域的戰爭對象主要是

〔註 6〕詳見澗岩《中國唐代文學學會第二屆年會暨學術討論會綜述》，《西北師範大學學報》，1984 年第 4 期、遠夫《中國唐代文學學會第二屆年會綜述》，《文學評論》，1984 年第 6 期。

聯合西域各國抵禦大食入侵，是正義的，並沒有對今天的維
吾爾兄弟民族造成傷害。岑參對正義戰爭的歌頌是應予以發
揚的。

同年，《徐州師範學院學報》第 4 期孫映逵《岑參邊塞
詩與天寶年間的邊塞戰爭》一文對岑參的邊塞態度進行了
細緻分析，認為岑參對哥舒翰攻石堡城、高仙芝詭取石國、
封常清殘殺戰俘等事件都表達了不同程度的憂慮、消極和
諷諫。

熊篤《初盛唐時期的邊境戰爭及邊塞詩評價問題》(《社
會科學》，1986 年第 2 期) 文認為唐代對吐蕃的戰爭也是不
義之戰。

毛谷風《唐前期邊境戰爭與李白邊塞詩──兼評近年
來關於唐代邊塞詩討論中的若干觀點》(《浙江師範大學學
報》，1987 年第 1 期) 文認為邊塞詩人對待戰爭的態度或傾
向「非正義」的作品必須加以揚棄。

車寶仁《唐代邊塞詩所反映的民族和睦》(《陝西師大學
報》，1988 年第 3 期) 即是在邊塞詩中尋找符合馬克思主義
民族觀的詩歌。

劉維均《邊塞詩源流初探》(《新疆大學學報》，1988 年
第 3 期) 認為西王母和周穆王的唱和詩是最早的邊塞詩。並
指出：「古邊塞詩並非漢族一家的戰利品」。

任文京《唐代邊塞詩中的民族友好主題》(《河北大學學
報》，1988 年第 4 期) 認為唐代統治者沒有「貴華夏，賤夷
狄」的民族偏見，但論述中將詩人非戰爭的描寫，包括胡人、
和親等均算作是民族友好主題〔註7〕。

───────────

〔註 7〕此文收入《唐代邊塞詩的文化闡釋》一書，任文京著，人民出版社，
2005 年版。第七章《邊塞詩中戰爭與和平主題的在評價》第三節，見
第 234 頁。按，該書第七章對邊塞詩所反映的戰爭性質問題也提出了

　　秦紹培、劉藝《論唐代邊塞詩的思想價值》(《新疆大學
學報》，1993 年第 1 期)文認為「邊塞詩的思想基調是愛國
主義精神，是邊塞詩最高思想價值所在。」

　　以上文章，在探討唐代邊塞詩思想價值的過程中，均陷
入了上文提到的政治壓倒文學的怪圈之中，關於這個現象，
當時就已經有學者看清楚了。如 1986 年《西北師大學報》第
2 期張士旳《關於岑參邊塞詩的評價問題》指出學界對邊塞
詩的評價問題「實質上不過是對盛唐邊塞戰爭看法的爭
衡」。這種認識其實已經較為明確地認識到，對邊塞戰爭的
認識在馬克思主義民族觀的「洗禮」之後，出現的以政治觀
念、歷史觀念的探討代替文學藝術的探討。隨著 90 年代以
來文學研究視角逐步多元化，以上對邊塞詩思想價值的判斷
便逐漸淡出了。

　　我們追溯回顧這一過程，可以非常明顯地感受到在社會主義國家
新的意識形態觀念的影響下，我們在對於接受古代文學藝術遺產以及
其所承載的思想文化遺產的問題上，產生了多少難以契合的衝突和困
惑。正如胡大濬《七十年邊塞詩研究綜述》所云：「馬克思主義文藝批
評自有其先進性和科學性，但長時期中我們看到的是庸俗化了的馬克
思主義，以階級論定一切，以政治標準裁決文藝所有價值，遺棄美學標
準，模式文藝特性。這在邊塞詩研究中也表現得非常明顯。」〔註 8〕

（二）

　　在邊塞詩圍繞著戰爭正義與非正義問題、邊塞詩人的階級立場問
題以及是否影響民族團結問題等問題的探討正值火熱的時候，其文學

的「基本出發點」──「將唐代邊塞戰爭放在特定的時代背景中進行
觀照、審視，對與戰爭相關的各種因素給予充分考慮，而不是孤立片
面地看。」基本上已經對建國以來「人民立場」的邊塞詩質疑論進行
了糾正。

〔註 8〕參見胡大濬、馬蘭州《七十年邊塞詩研究綜述》，《中國文學研究》，
　　　2000 年第 3 期。

史的探源研究也在逐漸展開。以下亦作簡單綜述：

　　《文學評論》，1982 年第 5 期朱思信《試論鮑照創作的藝術成就》文章論述道：「鮑照以前的邊塞詩，現存的只有曹操、陳琳、王粲、曹植、左思、王讚、劉琨等人的少數作品。劉宋時代……值得注意的僅有文帝的《北伐》。就在這種環境和氣氛中，既非重臣又非武將的鮑照，卻寫下了不少或雄奇或沉痛的邊塞詩。……可以說他是第一個大量寫作邊塞詩的詩人。」朱文還指出，鮑照十三首邊塞詩大多是暴露戰爭苦難的作品。1983 年《社會科學》第 2 期葉金《論盛唐邊塞詩》，認為「以邊塞生活為主題寫詩，始於漢樂府古題。及南朝宋鮑照創造性地用樂府古題和自製新題，寫了《代出自薊北門行》、《擬行路難》等十三首……可以說他是第一個大量寫邊塞詩的詩人。」這些文章沒有把邊塞詩上溯到《詩經》，而是在意識中以樂府詩以及擬樂府詩作為邊塞詩的來源。1986 年《許昌學院學報》第 4 期石雲濤的《古代邊塞詩探源》，應該是建國後大陸學界較早將邊塞詩的起源追溯到《詩經》的文章，並較全面分析了《詩經》中的邊塞詩。孔繁信《簡論我國邊塞詩的發展脈絡》（《棗莊師專學報》，1990 年第 3 期）認為雖然邊塞詩可以追溯到《詩經》，但霍去病《匈奴歌》、漢武帝《西極天馬歌》才應當算作較早期的邊塞詩。黃剛《略論唐以前的邊塞詩》（《上海師範大學學報》，1992 年第 3 期）認為《穆天子傳》和《詩經·商頌·殷武》為邊塞詩最早的兩個源頭。《詩經》、《楚辭》中皆有邊塞詩的內容。但同時又認為，兩漢四百年是邊塞詩的雛形期。王開元《邊塞詩探源》（《新疆大學學報》，1997 年第 4 期）認為《詩經》是邊塞詩的源頭。表現戰爭、行役與懷鄉，都是邊塞詩的基本內容。楊林昕《唐代邊塞詩源流小考》（《甘肅高師學報》，2002 年第 1 期）認為《詩經》是邊塞詩的萌芽期、

漢魏晉南北朝時期是邊塞詩的發展期、隋朝是邊塞詩發展的
過渡期。祝紉秋《邊塞詩的起源探析》（《遼寧師專學報》，
2008 年第 5 期）認為漢烏孫公主的《悲愁歌》初步具有了邊
塞詩的特徵，而蔡琰的《胡笳十八拍》才是邊塞詩的正源。
以《詩經》、《楚辭》中的戰爭詩為邊塞詩的源頭是不科學的，
因為那時候「邊」、「塞」的概念還沒形成。

　　以上關於邊塞詩溯源的探究，更多的是帶有尋找共同性的關聯研
究，研究的層次尚且停留在共性說明和主觀判斷的淺層邏輯基礎上。
而且這種共性的探究往往不強調其差異，甚至不討論其真實性（《胡笳
十八拍》為唐人琴曲歌辭〔註 9〕）。

　　我們認同《詩經》和漢魏樂府對唐代邊塞詩的生成具有巨大的影
響。但這種影響的微觀具體之處仍舊有待探討。共性關聯的溯源其
實只是研究邊塞詩生成的起步工作。而且，這種文學史觀的溯源也
只是「探源」工作的一種，尚不能概括全部。從內容題材方面，進行
「類型化」的考察，也可以視為一種「探源」。例如李炳海《北朝民
族融合與紀實型邊塞詩》文將邊塞詩分為「紀實型」和「想像型」兩
類〔註 10〕。以詩人從軍出塞親身體驗與否作為劃分標準。這種類型化
研究實際上也是一種探源，這種新的視角有助於理解邊塞詩生成的多
源性。當然，該文尚屬於簡單歸類，沒有明確以類型化角度進行深入
探究的意識。

　　1988 年，《文學遺產》第 6 期發表閻采平《梁陳邊塞樂府詩論》

〔註 9〕 王小盾《〈胡笳十八拍〉和琴歌》一文分析胡笳曲的流傳演變過程，指
　　　　出劉商的《胡笳十八拍》為最早的《胡笳》琴曲歌辭，而託名蔡琰的
　　　　騷體《胡笳十八拍》應該是南方人蔡翼的作品。見《古典文學知識》，
　　　　1995 年第 5 期，第 102～107 頁。此觀點沈冬《唐代琴曲〈胡笳〉研
　　　　究》亦梳理琴曲《胡笳》的音樂史，判斷琴曲《胡笳十八拍》並不可
　　　　能是唐代之前的產物。見《唐代文學研究》第十四輯，廣西師範大學
　　　　出版社，2012 年版，第 36 頁。
〔註10〕 李炳海《北朝民族融合與紀實型邊塞詩》，《民族文學研究》，1996 年
　　　　第 1 期。

一文，指出了邊塞詩發展過程中，梁陳時期出現邊塞詩繁榮景象的奇特現象和解釋「困境」：

> 有唐以前，文人寫邊塞題材多用樂府形式，不論兩漢，魏晉以下，古詩寫邊塞者，不過十來篇，樂府寫邊塞者，則多達一百幾十篇。這中間尤其以梁陳兩代為邊塞詩驟然復興和蓬勃發展的時期，從魏晉到宋齊，歷時約三百年，作者僅十餘人，存詩不過三十篇；梁陳立國，計僅八十多年，作者卻有三十多人，存詩幾近一百篇。若再加上王褒庾信，作品就更多了。

> 一般地說，邊塞樂府在梁陳時期的復興和繁榮，並不具備太多的現實基礎。和南朝各代一樣，梁陳時期雖也有內外戰爭發生，但卻不曾打到西北邊塞；除王褒庾信等少數幾個以外，大多數作者也不曾在南北分裂的局勢下征行過西北邊塞。很顯然，梁陳諸文人並沒有從軍邊塞的經歷和體驗。所以，若從有無現實基礎的角度來解釋邊塞樂府在梁陳的復興與發展，無異於井底撈月。

對於這一奇特現象及其解釋困境，閻采平《梁陳邊塞樂府詩論》一文中已經給予了比較準確客觀的解釋。文章通過對音樂環境和宮體詩手法兩個角度的探究，闡述了五個重要的觀點：

（1）後世邊塞樂府各題，主要源出西漢軍樂——鼓吹與橫吹。

（2）曹魏時期形成了一個邊塞樂府創作的小高潮。曹魏時期開創了邊塞樂府的傳統，有報國立功之旨和淒苦情調〔註11〕等標誌。

〔註11〕關於淒苦情調，閻采平《梁陳邊塞樂府詩論》如是論：「曹操一代梟雄，作從軍征戰樂府，卻居然不勝愴涼。……一派幽燕老將涕淚縱橫的聲情。或者滿目瘡痍的現實，九死一生的征戰給予詩人心理的影響本來如此？或者酷愛音樂，精通音律的曹操，對軍樂風格，有著切入精髓的瞭解？抑或二者兼而有之？總之，自他以後，文人邊塞樂府的一個

（3）梁陳時期受到大量傳到南朝的北朝樂府民歌的巨大衝擊
　　　波的直接影響。北朝樂府民歌主要是橫吹樂，《隴頭》、
　　　《入關》、《出塞》、《入塞》、《關山月》、《紫騮馬》、《驄
　　　馬》、《雨雪》八題樂府，構成了梁陳邊塞詩的主體。

（4）樂府古辭不寫邊塞征戰的，在梁陳出現了邊塞內容，
　　　很可能受到了橫吹曲諸題擬作的影響。

（5）梁陳邊塞樂府獨具特色的一點，就是將閨閣與邊塞聯
　　　繫起來。通過寫思婦對征人的懷念，側面烘托戰爭的
　　　漫長和給下層人民的苦難和悲傷〔註12〕。實際上是運
　　　用了寫宮體詩時積累的手法和技巧來處理邊塞題材。
　　　梁陳諸人的創作實績實實在在地為隋唐的邊塞詩創作
　　　提供了新的體制和格調。

這九個重要觀點，實際上都是圍繞著「為什麼齊梁出現了邊塞樂府的繁榮局面」這一文學史困境做出的解釋。閻文的解釋是客觀而視野豁達的，有關邊塞樂府詩受到的音樂影響和宮體詩影響都做了比較精準的判斷，令人信服。本文認為這篇文章是學界邊塞詩研究的重要成果，不容忽視。當然閻文在解釋中也使用了諸如「可能」之類的推測判斷，這些判斷尚有可以繼續探索和挖掘的空間。

1995 年，《北京大學學報》第 4 期發表錢志熙《齊梁擬樂府賦題法初探》一文，實際上也是對「為什麼齊梁出現了邊塞樂府的繁榮局面」這一文學史困境做出解釋。錢文試圖概括出一種在齊梁出現的、適用於整個擬樂府詩的創作規律性的方法——「賦題法」，因此其影響力

基本特點，就是盡寫邊塞苦寒之狀，暢抒征戰愴涼之情。大勢如此，無煩一一贅論。」按，本文《樂府母題》專節正是試圖對閻采平這一帶有猜測性的疑問做出回答。本文認為，「悽愴苦寒之情調」是受曹魏時期的清商樂（不是軍樂）影響的必然。

〔註12〕本文認為，所謂「下層人民」，只是宮體手法的想像之情，屬為文造情，並非「梁陳時代，邊塞樂府和宮體樂府合流，在更廣闊的背景上揭示了戰爭的殘酷及其與下層人民的痛苦之間的聯繫」云云。

超過了閻文。按照錢文的說法，齊梁出現了一種新式的樂府詩創作方法，不遵原曲，不摹舊篇，棄古意而造新詞，只需要根據樂府題目的字面意義加以賦寫即可。這樣的總結可以稱之為簡單易懂。而錢志熙所總結的方法很快被學界接受。按照錢文的說法，「賦題法」帶來了一次樂府詩創作的革命。以前必須依傍曲調模擬舊辭的「擬篇法」舊樂府被簡單易行的「賦古題法」的新樂府取代。正是因為這種新方法，使得齊梁樂府詩中的邊塞之作大量出現：

> 按照齊梁人的趣味來看，橫吹諸曲的曲名是一些很美麗的文字，並且內容上提示性很強。如《隴頭》、《出關》、《入關》、《出塞》、《入塞》、《折楊柳》、《關山月》等曲，一望便知是有關邊塞征行、關山贈別等主題的樂曲，按照擬賦古題法，這些作品自然就成了描述征夫思婦之事的邊塞詩。可見邊塞詩在齊梁間的興起，完全是擬樂府詩賦題法的產物，而並沒有更多的現實原因。

> （賦題法）同時對於詩歌創作本身來講，也使一直彌漫著過分陰柔氣息的齊梁詩壇上，出現了陽剛之美、充實之美開始發生的前兆，預示我國古代的詩歌風格將出現一次大革新。這一成果完全是擬樂府賦題法的產物。直到唐代，邊塞詩中仍有緣題賦寫的一類，可以說是直接繼承了齊梁人的創作方法。

文中兩次用到了「完全是」這個詞。比起閻氏的「五點論」，錢文試圖找到一個解釋齊梁邊塞詩繁榮原因的通關利器。「賦題法」的確有很強的概括性，從文本到文本分析，南朝文人擬樂府詩似乎確有這個傾向，而且以這個方法解釋南朝邊塞詩的繁榮，也確實能言之成理。而且付諸樂府文學史中，從「賦題法」樂府詩到「新樂府運動」的樂府詩，似乎也是一條可以貫通的線索。所以，錢文的觀點影響很大。〔註13〕

〔註13〕據中國知網《齊梁擬樂府賦題法初探——兼論樂府詩寫作方法之流變》一文的「被引頻次」統計，共計引用 75 次，其中期刊論文 26 次，

　　陳斌《橫吹曲與南朝邊塞樂府》一文，即是觀點非常雷同的後出文章：

> 　　根據魏晉文人樂府詩的一般寫法，必須有古辭方能擬作，所以橫吹曲辭很少有魏晉人的詩作。至南朝永明年間，幸有「賦曲名」法風靡一時，才使橫吹曲煥發出新的藝術光彩。
>
> 　　……若沒有橫吹曲的南來或賦曲名法的確立，沒有二者的結合，就不會出現南朝邊塞樂府的興盛之勢。〔註14〕

　　于海峰《魏晉南北朝邊塞樂府詩研究》（北京大學2012年博士論文）云：

> 　　進入新世紀後的邊塞樂府詩研究，尤其是南朝邊塞樂府詩的探討，主要是圍繞錢志熙在《齊梁擬樂府賦題法初探——兼論樂府詩寫作方法之流變》一文中提出的「賦題法」創作模式展開討論的。
>
> 　　「賦題法」被梁陳詩人廣泛地應用於橫吹曲題，從而基本上確立了有關邊塞題材的意象群，而這些邊塞意象也正是缺乏邊地經驗的南朝人所以能夠創作出具有邊塞意味的樂府詩的主要原因。〔註15〕

　　實際上，「賦題法」依然有其偏限性和不深入性。南朝音樂中的「邊聲」才是生成邊塞詩的音樂母體，所謂「按題取意，無關舊作」的說法是沒有根據的。「賦題法」忽略了南朝音樂文化對邊塞詩思直接影響。具體的探討詳見本文第二章第三節第三小節《「今人謂角鳴為邊聲」》。

───────────

博士論文13次，碩士論文35次，國際會議1次。

〔註14〕陳斌，《橫吹曲與南朝邊塞樂府》，載《古典文學知識》，2003年第1期。

〔註15〕于海峰，《魏晉南北朝邊塞樂府詩研究》第一章《邊塞樂府詩概論》第四節《邊塞樂府詩研究綜述》，北京大學博士論文，2012年，第19頁。按，于海峰此文，基本上是祖述其博導錢志熙教授的觀點，在此基礎上加入「胡樂」、「馬」、「搗衣」等意象分析以及其他文學史分析，略無創見。

　　2000 年，臺灣學者王文進在其專著《南朝邊塞詩新論》以及陸續
發表的關於邊塞詩研究的後續論著中，試圖對這一文學史「困境」作出
全新的解釋。王文進的觀點不是梁陳時期邊塞詩「復興和繁榮」，而是
大膽提出了「邊塞詩形成於南朝」的論點。本文對這個觀點持贊成態
度。但是，對於為什麼「邊塞詩形成於南朝」，王文進先生的解釋卻有
一點點走入歧途的偏頗。

　　我們首先肯定王文進先生「邊塞詩形成於南朝論」的創獲意義。

　　邊塞詩的形成，與「邊塞」概念的形成密不可分。王文進對邊塞
概念的把握十分明確：「所謂『邊塞』，就歷史意義的考察，應該是指
秦漢以長城和胡人為界以後才成熟的概念。換句話說，當『邊塞』字在
使用時，使用者必然是站在一個自許為『中樞』的空間立場上發言。」
〔註 16〕南朝出現的邊塞詩使得「原本非常具體的屹立在北方的長城邊
塞，經由南朝文人特殊的思維方式，早已悄悄的將其南移到長江、淮河
的南北戰線。」〔註 17〕按照王文進先生的思路，在秦漢以長城和胡人
為界以後，才出現了成熟、明確的「邊塞」概念。曹魏時代的《從軍
行》、《白馬篇》等作品，在描寫中沒有明確的「以長城和胡人為界」的
意識，所以不能算是確切意義上的邊塞詩，充其量是萌芽狀態的作
品。這是可以成立的。

　　邊塞詩的吟詠對象最早集中在漢代的邊塞事件和人物，而正是南
朝人首先開始集中吟詠漢代邊塞史事，並由此成為了邊塞詩的真正源
頭。這也是事實。

　　王文進認為，南朝邊塞詩的創作手法，對初唐邊塞詩的影響是最
大的，王勃、盧照鄰、楊炯、駱賓王、宋之問、崔融、劉希夷、陳子
昂、沈佺期、員半千、張易之的邊塞詩作，均是延續了六朝的傳統而踵

〔註 16〕王文進，《南朝邊塞詩新論》，臺北：里仁書局，2000 年 12 月，第 144
　　　　～145 頁。王文中說明了這種限定上認同譚優學先生的「文學史上所
　　　　說的邊塞詩，以地域而言，主要指沿長城一線及河西隴右的邊塞之地」
　　　　的觀點。
〔註 17〕王文進，《南朝邊塞詩新論》，臺北：里仁書局，2000 年，第 7 頁。

事增華。南朝邊塞詩在數量和質量方面均成為一個完整而獨立的研究
對象，對唐代邊塞詩有決定的影響。初唐是唐代邊塞詩的發端，無論在
主題或遣詞用字以及相互之間形成的特色，都是奠基於南朝〔註 18〕。
這種判斷也是極有卓識的。

　　然後我們需要指出王文進先生對「邊塞詩為何形成於南朝」的解
釋的偏頗牽強之處。

　　王文進認為，南朝邊塞詩是從以下二個方面發展而來，（一）「邊塞
與閨怨間的脈絡」〔註 19〕、（二）「遊俠與邊塞之間的詩風交融」〔註 20〕、

〔註 18〕《南朝邊塞詩新論》第五章《南朝邊塞詩對後世的影響》，文中並補充
　　　了第四章《南朝邊塞詩的類型》未提及的「昭君與邊塞」類型，然而
　　　依然是從文學本身考察，沒有涉及《昭君辭》、《昭君怨》的音樂影響。
　　　第五章詳參 161～214 頁。
〔註 19〕其《邊塞與閨怨間的脈絡》專節略曰：鍾嶸與江淹均已隱約體察到邊
　　　塞與閨怨的千里和絃。而南朝的「搗衣」主題的詩篇總是帶出關外的
　　　情懷。南朝的閨怨詩可以分為三類，一，良人從軍；二，良人宦遊經
　　　商；三，良人變移。（按，王文進將三類閨怨題材的次序「良人從軍」
　　　放在第一，其實並無多寡或先後的依據。）閨怨詩中的邊塞之思，敘述
　　　角度是女子，其場景和色調頗啟發唐代。《燕歌行》最早是一首單純而泛
　　　泛的女子閨怨詩，到了梁元帝時就夾雜了女子的邊塞之思了。庾信、王
　　　褒之《燕歌行》並非是其入北之後的作品，而是作於南朝時期，屬當時
　　　貴族文學的唱和系統之中。邊塞詩和南朝一貫柔美輕豔的詩風非但毫無
　　　牴觸並且就是源出於此，邊塞詩的形成，居然如此弔詭地與南朝飽受
　　　譏評的輕風豔骨糾結在一起。敘事者（按，應該指南朝閨怨詩的創作
　　　者）一定要兼有閨中的柔美記憶和雁山的荒涼經驗，並且持續在一個
　　　對比的心靈狀態底下。南朝閨怨詩正是給邊塞詩鋪上基層的色彩，構築
　　　一個時空交錯的嶄新經驗。詳參《南朝邊塞詩新論》第四章《南朝邊
　　　塞詩的類型》，第一節《邊塞與閨怨間的脈絡》，第 98～120 頁。
〔註 20〕其《遊俠與邊塞之間的詩風交融》專節文略曰：南朝雖然大量出現綺
　　　靡之作，但是 130 首（按：王文進後在《文學史中南北文學交流論的假
　　　性結構》一文中，將這個數目增調至 170 多首。見《南朝山水與長城想
　　　像》，臺北：里仁書局，2008 年版，第 302 頁。）以擬漢魏樂府為主
　　　寫就的邊塞詩也在同步滋長。遊俠作為秦漢以來的社會存在，其評價
　　　有剛直重諾的，也有直指為盜賊的。樂府詩對遊俠的美化，就表現在
　　　對其英雄形象的塑造上。因此，立功塞上當然成了洗掉「私勇」、「盜
　　　賊」罪名的最好典型。從曹植、鮑照、劉孝威、庾信的《白馬篇》對
　　　比皆可看出這個傾向。詳參《南朝邊塞詩新論》第四章《南朝邊塞詩

（三）「詠馬及其他對邊塞主題的推衍」〔註21〕。實際上這三點並不能準確概括南朝邊塞詩形成的原因，而且研究思路屬於簡單的主題關聯性探究。王文進得出「邊塞詩是從南朝的閨怨、遊俠、詠馬等題材衍生出來的」之結論，顯得尤為單薄。因為《詩經》中也有征怨、戰爭甚至邊塞的題材，簡單的主題關聯，其說服力是會大打折扣的。

　　對於「邊塞詩形成於南朝」這種貌似在時空上和文學特性上均無法對接的「弔詭現象」，王文進解釋說：

　　　　大部分學者限於唐初史家「江左宮商發越，河朔詞義貞剛」的南北文學二分法，先入為主的認為綺麗柔美的「山水」、「田園」、「宮體」、「詠物」諸體既然源自南朝，則遒勁剛健的「邊塞」一體理當隸屬於北朝。未料，考諸史籍，北朝在庾信、王褒入北之前，竟然少見邊塞之作，而南朝卻有一百多首邊塞之作。這是文學史上極耐人尋味的弔詭問題，為什麼盤踞長安、洛陽，據鼎中原的北朝，未能發展出邊塞詩，卻讓遠在江南金陵的南朝詩人拔得頭籌，經過本文詳細的分析探討，發現：南朝之所以會出現如此成熟的邊塞詩系列作品，最主要的原因是南朝詩人在偏安江左之際，時時刻刻不忘中原之志，進而將此揮師中原的宏志，攀附在漢代北伐胡人的歷史圖騰之中。〔註22〕

　　　　的類型》，第二節《遊俠與邊塞之間的詩風交融》，第 121～140 頁。
〔註21〕 其《詠馬及其他對邊塞主題的推衍》專節文略曰：詠馬題材的詩最容易和邊塞產生血緣關係。樂府詩中的《紫騮馬》、《驄馬驅》、《君馬黃》詩篇均與邊塞有關。詳參《南朝邊塞詩新論》第四章《南朝邊塞詩的類型》，第三節《詠馬及其他對邊塞主題的推衍》，第 140～144 頁。
〔註22〕 《南朝邊塞詩新論》第六章《結論》，第 223～224 頁。另，王文進對這個觀點更做出了進一步的探究。其《南朝文人的「歷史想像」與「山水關懷」──論「邊塞詩」的「大漢圖騰」與「山水詩」的「欣於所遇」》更指出：南朝邊塞詩有一種極重要的精神，那就是絕大部分的作品都是定位在漢代伐胡的時間軸線上。相對地牽帶出漢代長安為重鎮而推演出去的邊塞沙場，以及漢代君王的征戰事蹟。……更耐人尋味的是到了蕭梁時期的梁元帝，當其在擔任丹陽尹環視建康四周地理形勢

面對現實中的偏安一隅和文學創作中的邊塞風物，王文進的解釋和探索最終走向了「時空思維」、「圖騰想像」之路。這種關於南朝人「時空思維」和「大漢圖騰」的解讀，在對南渡政權正統心理的把握和故國山川的主權自命這方面的認知上有一定的道理。但是，這種正統心理和主權自命以及隨之產生的時空思維和圖騰想像，真的就邊塞詩

之際，居然仍舊沉陷在漢代歷史的制約之中：「東以赤山為成皋，南以長淮為伊洛。北以鍾山為芒阜，西以大江為黃河，既變淮海為神州，亦即以丹陽為京尹」……就是在這樣的心靈催迫之下，南朝詩人於是以一百多首「邊塞詩」來抒發此一綿延數百年的漢家中原之思。……南朝邊塞詩中所描寫的人、事、情、景完全無涉於南朝詩人的現實境況。詩中的時、空事實上是以漢代伐胡的時間為軸線，進而推演出長城大漠、塞外胡笳的征戰之歎。本質上是南朝士人渡江以來對中原歷史的懸念及對大漢聲威情感的投射。收入《南朝邊塞詩新論》附錄，第243～250頁，王文進《南朝山水與長城想像》一書中，另有《南朝士人的時空思維》專文，探討南朝邊塞詩生成的社會文化心理原因：

根據筆者的研究，南朝邊塞詩這種以長安為據點所發展出來的漢將、匈奴及長城要塞體系，並不能當成單純詩中典故的運用而已，最具價值的看法，是將其視為南朝人士根深蒂固的時空思維。亦即南朝人士雖身處江南，但是由於特殊的處境，一方面受北方政權的威逼，一方面又欲效漢代北伐匈奴之威勢，所以會以一百多首邊塞詩來構築其內心深處的漢代圖騰。……

所以根據筆者一系列的南朝邊塞詩研究，早已證明以漢代長安、洛陽為中心的南朝邊塞詩，事實上是南朝人士對漢代雄威的心理投射。本文再次發現，除了邊塞詩之外，尚有「長安道」、「洛陽道」及其他諸作中，更以誇張的形式描寫長安、洛陽來取代對金陵建康的歌詠。而在其他更多的詔、書、令、表各類文獻中，更豐富地呈現出南朝人士無法忘懷中原故地的證據。透過詩、文，全面性的考察，可以發現大漢圖騰的時空思維在南朝士人中所存在的三種意義，其一是南北政權正統性的爭奪；其次是南方士人的精神寄託；其三則成為隱藏著南朝政治權力角逐之密碼。但即使藉由文學表現虛實手法交錯複雜，但卻可從中證明南朝人士如何開始了中華民族這種時空錯置的時空思維方式，此手法往後將強烈地影響唐代邊塞詩的書寫模式。而爾後，中國歷史上的南宋，乃至今日的海峽兩岸歷史文化發展之盤根錯節，均或多或少受到這種制式思維的影響，因此，時空思維實是一個研究中國人思維模式饒富興味的題目，而南朝則只是一個開端而已。以上所引詳參《南朝山水與長城想像》，臺北：里仁書局，2008年版，第160、181頁。

產生於南朝的「最主要的原因」嗎？本文認為，最主要的原因不是政治心態影響文學創作，而是作為藝術本身的音樂文化影響了文學創作。所謂「江左宮商發越」(《隋書・文苑傳》) 這樣的史學家的文化論述是不能輕易否認的。「江左宮商發越」是南朝詩歌賴以生存的土壤，正因為「宮商發越」，才能促使南朝樂府歌辭的持續繁榮，而樂府歌辭的繁榮，才能衍生出隸屬於樂府題材的邊塞詩，王文進也承認「邊塞詩的題目絕大部分是用樂府古題」〔註 23〕。正是因為南朝統治者對音樂的喜好，使得樂府題材的邊塞詩與樂府題材的宮體詩在南朝共存，這是音樂的多樣性帶來的文學創作的多樣性，與「時時刻刻不忘中原之志」〔註 24〕倒沒有太大的關係。

我們注意到，王文進所探討的南朝邊塞詩，其實大多是直接的樂府詩或間接的受樂府題材影響的詩篇（如《閨怨》、《雜詩》、《古意》等）。既然是樂府詩，卻未曾討論其音樂母體對文學詩篇（歌辭）的影響，僅僅論述其文學自身的主題關聯，這種忽略音樂關聯的做法，其片面性也是顯而易見的。

王英《南朝邊塞樂府詩研究》（南京師範大學 2004 年碩士學位論文）是以南朝樂府邊塞詩為研究對象的專篇文章，其中對學術界已有的研究有較為詳盡的綜述，資料分析也很見功力，並且提出了一定的見解，如「邊塞樂府詩其實不過是南朝社會用來享樂的異域音樂和詩歌而已」〔註 25〕，但大體上以綜述評介為主，創見不足。

田曉菲《烽火與流星：蕭梁王朝的文學與文化》一書引述宇文所安在《盛唐詩》中的觀點，也認同「邊塞詩的始作俑者，是南北朝時期

〔註 23〕《南朝文人的「歷史想像」與「山水關懷」──論「邊塞詩」的「大漢圖騰」與「山水詩」的「欣於所遇」》，第 252 頁。

〔註 24〕以創作過邊塞詩的梁元帝、陳後主為例，這兩個亡國之君連保住江南半壁都沒有做到，說他們「時時刻刻不忘中原之志」，當然是嚴重違背歷史真實的不可能成立的荒謬結論。

〔註 25〕王英，《南朝邊塞樂府詩研究》，南京師範大學 2004 年碩士學位論文，第 15 頁。

的南方詩人」〔註26〕。並在引述王文進「對中原的留戀和恢復北地的願望」的觀點之後，進一步解釋說：「但我以為更重要的是認識到，邊塞詩是對遙遠浪漫的異域的構築。對於南朝詩人來說，寫作邊塞詩的樂趣在於對北地苦寒富有想像力的鋪張描寫，對他們只在史籍中讀到過的邊遠地名進行一一列舉：這是典型的『文化他者』的建構，而這種對於文化他者的建構反過來是加強自我文化身份的手段。」〔註27〕這種文化心理學式的闡釋並沒有在其行文中得到進一步的明晰化，但其強調了因為這種文化他者的建構而形成的邊塞詩的寫作傳統是比北方實地經驗更重要的因素：「雖然有些學者堅持認為『現實生活的經驗』使得北方詩人的邊塞詩鮮明生動，這些詩卻往往只是邊塞詩傳統因素的拼盤，而且實在不見得比南方詩人的作品更有感染力。文學傳統的力量遠遠超過了現實生活。」〔註28〕這個判斷無疑是高明的。「文學傳統」在邊塞詩生成中的表現，實際上是指音樂環境下的文學傳統，可惜田曉菲並沒有意識到這一點。該文結論性的語言稱：「南朝詩人對遙遠北方的想像充分顯示了建構文化他者的欲望，而這種欲望和南朝詩人建立自己獨特的文化身份息息相關。最後連北方詩人也接受了南方邊塞詩的意象和語彙，而南方邊塞詩對北方的想像對中國文化中『北方』形象的塑造形成了深遠的影響。北人征服了南方，南人卻言說了北方。」這種「文學思維」式描述顯得十分飄渺空靈，並沒有清晰明確地解釋南朝人書寫邊塞詩的深層原因。

　　當然，學術界也有一些令人捧腹的觀點，例如曹勝高《從漢風到唐音：中古文學演進論稿》中討論陳代邊塞詩繁榮的原因云：

　　　　有個很有意思的現象，陳朝怯弱，陳朝詩人卻寫出了不少邊塞詩。事實上除了陳霸先，他們大多沒有到過邊塞打過

〔註26〕田曉菲著，《烽火與流星：蕭梁王朝的文學與文化》，第七章《「南、北」觀念的文化建構》之《想像北方：邊塞詩的誕生》專節，北京：中華書局，2010 年版，第 244～251 頁。
〔註27〕田曉菲，《烽火與流星：蕭梁王朝的文學與文化》，第 245～246 頁。
〔註28〕田曉菲，《烽火與流星：蕭梁王朝的文學與文化》，第 248 頁。

　　仗。可能他們整天在後宮呆膩了，就對邊塞感興趣。就像和平時期，大家卻對軍事方面感興趣。──這種興趣很大程度上是出於好奇。這些文縐縐的詩人們就寫一些表現自己男子氣概的詩，給自己壯膽，也難免有些讓宮廷女子們多幾分崇拜的心態。從邊塞詩的形成來看，梁陳詩人是重要一環，也是盛唐的邊塞詩得以繁榮的重要基礎。

　　……有時候我們會發現：極度自卑的人，卻處處覺得自己是個人物。南朝詩人軟弱無能，卻喜歡用邊塞詩鼓吹英武之氣，大致是這種心態在起作用〔註29〕。

　　以上所引，可看出學界對南朝時代邊塞詩的繁榮已經有所重視，並試圖對這種奇特的文學史現象做出解釋。在這些解釋中，閻采平《梁陳邊塞樂府詩論》指出了北朝樂府民歌和梁鼓角橫吹曲的影響，見解極高，可惜閻氏行文中尚不肯定，語氣有猜測成分，更無深入細緻之考察。錢志熙的「賦題法」在學界影響極大，對邊塞詩在南朝的繁榮現象也起到了一定的解釋作用，但本文認為，錢氏此論並不能準確解釋邊塞詩在南朝繁榮的實際原因。王文進「邊塞詩形成於南朝論」實屬卓越之見，所破所立均極為重大，惜未為學界廣泛接納認同，且其論證忽視了音樂對文學創作的影響，有失偏頗。本文第二章《樂府母題》則試圖對以上諸說進行貫通式的補正。

（三）

　　陳鐵民《關於文人出塞與盛唐邊塞詩的繁榮》〔註30〕是一篇強調文人出塞經歷對盛唐邊塞詩創作具有關鍵性影響的文章。茲略引述其文於下：

　　初唐時文人出塞就已頗常見。太宗李世民曾親征高麗，

〔註29〕曹勝高，《從漢風到唐音：中古文學演進論稿》，北京：中國社會科學出版社，2007 年版，第 196 頁。

〔註30〕陳鐵民，《關於文人出塞與盛唐邊塞詩的繁榮──兼與戴偉華同志商榷》，《文學遺產》，2002 年第 3 期。

貞觀重臣兼詩人楊師道、岑文本、許敬宗、褚遂良，皆從征；貞觀詩人陳子良曾遊塞北，作《於塞北春日思歸》詩；盧照鄰嘗出使河西，駱賓王曾從軍北庭，各有邊塞詩十餘首傳世。李嶠嘗以監察御史出使嶺南監軍事，作《安輯嶺表事平罷歸》詩，又嘗出使朔方築六州城，有《奉使築朔方六州城率爾而作》詩；蘇味道曾隨定襄道行軍大總管裴行儉征突厥，任管記，寫下邊塞詩《單于川對雨二首》；崔融曾隨梁王武三思征契丹，任掌書記，今存有邊塞詩五首；杜審言也曾因公事到過邊城嵐州。宋之問曾出使河東天兵軍，有《使往天兵軍約與陳子昂新鄉為期及還而不相遇》詩；陳子昂曾兩度從軍，邊塞詩二十餘首；喬知之曾隨將軍劉敬同北征，今存邊塞詩五首；郭震累任邊帥，有《塞上》詩傳世；徐堅、張說、李嶠在初唐時也各有入幕的經歷。文人出塞對於初唐邊塞詩的發展和詩風的變革具有推動的作用。

盛唐文人出塞入幕是仕進的一條途徑。文人入幕、遊邊、使邊的經歷都對邊塞詩創作繁榮有影響。

高適帶著從軍入幕的動機遊幽薊，期間寫了《薊門五首》、《塞上》、《自薊北歸》、《營州歌》等不少邊塞詩力作，邊塞詩名篇《燕歌行》也是據在幽薊時積累的實際生活體驗創作的。王昌齡開元十四年遊河隴，同樣帶有尋找從軍入幕機會的目的，雖然失意而返，卻在邊塞詩的創作上取得累累碩果。崔顥曾入河東軍幕，還曾到過唐的東北邊塞，《河嶽英靈集》說其「一窺塞垣，說盡戎旅。」崔顥今存詩中最具凜然風骨的作品，正是他出塞時寫的邊塞詩。

文人出使邊地在盛唐時代非罕見現象，內地的州縣官吏，也每會攤上赴邊地送兵、送衣糧等物的官差；還有若干被派往四方諸國執行外交任務的，也屬使邊行列中人。使邊者同遊邊者一樣，在邊地的時間一般不會很長，然而邊塞

的生活、風物，同樣能促使使邊的詩人寫出一些好的邊塞詩來。

在盛唐邊塞詩的創作隊伍中，有出塞經歷者居於多數，由於他們有邊塞生活的直接體驗，所以能夠突破邊塞詩創作的傳統格局，取得超越前人的成就。又由於有出塞經歷的文人多，未出塞者不難借助他們獲得邊塞生活的間接體驗，所以不曾出塞的文人，也同樣寫出了不少的邊塞詩。另外在表現邊塞戰爭給人民造成的困苦、家屬對邊防戰士的思念等方面，未出塞者完全能夠具有不同甚或深於出塞者的體驗，從而他們也就得以創作出若干反映上述內容的名篇。

在盛唐邊塞詩的兩類作者中，曾出塞者是創作的基幹和主力。在邊塞詩的創作上居於盛唐詩人前列的名詩人高適、岑參、王昌齡、李白、王維，都曾出塞，存詩不多卻享譽當時且有邊塞之作廣被傳誦的詩人崔顥、王翰、王之渙、祖詠、陶翰，也各有出塞的經歷。可以說，一批未曾出塞的詩人，正是在這些有出塞經歷詩人的帶動和影響下寫作邊塞詩的。在有出塞經歷的詩人中，高適、岑參是公認的盛唐邊塞詩的傑出代表，不但寫作的邊塞詩數量最多，在題材內容、藝術表現上也有大的開拓和突破，這個事實印證了一條原理：生活是文學藝術創作的源泉。據此說來，文人出塞對於盛唐邊塞詩繁榮的作用，是不言而喻的。

陳鐵民認為沒有出塞的詩人之所以能寫出邊塞詩，就是受了出塞文人的創作帶動或影響。這個觀點實際上是對「擬樂府邊塞詩」這一不依傍生活真實而憑藉音樂想像進行創作的龐大群體的明顯忽略。當然，有些詩人的確是用了擬樂府來寫真實的出塞經歷，但是，不能說這些擬樂府邊塞詩都是因為有出塞經歷才寫的，更不能說都受了有出塞經歷的詩人的創作帶動。所謂的「出塞經歷」實際上不構成創作擬樂府邊塞詩的必要條件。

陳鐵民列《盛唐詩人出塞與邊塞詩創作情況表》，收入 71 位寫過邊塞詩的詩人及其 404 首詩，指出其中「有出塞經歷者」共 35 人，存有 342 首詩。這個數據的確佔據著最突出的地位。但是，陳氏這個表格中沒有列出具體邊塞詩的篇名，只是做了篇數的統計。這樣一來，我們看不清楚盛唐邊塞詩的具體篇目和內容，也就是說，盛唐邊塞詩到底和前代（梁陳以來）的邊塞詩有什麼變化和鮮明特徵，我們無法通過陳鐵民的表格進行分析。故本文對其表格進一步進行補充，明確標示各個詩人的邊塞詩篇目，以求進一步分析其中（一）「擬樂府邊塞詩」、（二）「反映社會真實或詩人出塞經歷的邊塞詩」的數量分布和變化。

首先，我們將陳鐵民列舉的 35 位有出塞經歷的詩人的作品進行篇目羅列：

表一：陳鐵民所收有出塞經歷的 35 位詩人的「邊塞詩」分類表補篇名表〔註 31〕

詩人	數目〔註 32〕	擬樂府邊塞詩及音樂想像邊塞詩	反映社會真實或詩人出塞經歷的邊塞詩及應制類邊塞詩、送人從軍赴邊類詩
唐玄宗	4 首		《旋師喜捷》－作平胡、《平胡》、《送張說巡邊》、《餞王晙巡邊》〔註 33〕

〔註 31〕原表《盛唐詩人出塞與邊塞詩創作情況表》詳參《文學遺產》，2002 年第 3 期，第 34～37 頁。按，陳鐵民所統計之「邊塞詩」，概念過於寬泛，且與所欲證明之「出塞與邊塞詩創作」甚至無多大關聯。本文檢《全唐詩》一首一首抄出，指出其數據統計的不嚴謹之處。

〔註 32〕此數目為陳鐵民統計之數量，統計數據來自《全唐詩》及《全唐詩補編・補全唐詩》。本文未檢出的篇目或不認同其為邊塞詩的篇目可能導致具體羅列的數字與陳鐵民的數字有出入。

〔註 33〕這四首，前兩首是聞道捷報所作，後二首是送大臣巡邊，雖可以寬泛地算入邊塞詩，但是與陳鐵民所列之出塞經歷關涉較遠。前兩首皇帝聽到捷報的聖製，甚至可以用來當作慶功禮樂儀式上的凱歌，後二首是送大臣的聖製，有退敵命將之意，與其「曾巡幸并州」的經歷無任何關係。

崔日用	2首		《奉和聖製送張說巡邊》、《奉和送金城公主適西蕃》一作趙彥昭詩
蘇頲	4首		《奉和送金城公主適西蕃應制》、《邊秋薄暮一作出塞》、《奉和聖製幸望春宮送朔方大總管張仁亶》、《餞趙尚書攝御史大夫赴朔方軍》
張敬忠	1首		《邊詞》〔註34〕
張說	16首	《破陣樂詞》二首	《送郭大夫元振再使吐蕃》、《巡邊在河北作》（五古）、《巡邊在河北作》（七古）、《奉和聖製送金城公主適西蕃應制》、《幽州夜飲》、《幽州別陰長河行先》、《幽州新歲作》、《奉和聖製送王晙巡邊應制》、《將赴朔方軍應制》、《送趙二尚書彥昭北伐》、《石門別揚六欽望》、《送趙順直郎中赴安西副大都督》
員半千	1首	《隴頭水》	
王易從	1首	《臨高臺》〔註35〕	
寇泚	1首		《度塗山》〔註36〕
賀知章	2首		《送人從軍》、《奉和聖製送張說巡邊》
張宣明	1首		《使至三姓咽面》
孫逖	2首		《送李補闕攝御史充河西節度判官》、《送趙評事攝御史監軍嶺南》
崔國輔	2首	《從軍行》、《王昭君》、《王昭君》〔註37〕	

〔註34〕 本詩為五絕，唐代五絕基本是入樂的，且題目云「詞」。同時這首詩是作者「入朔方幕」經歷的反映。

〔註35〕 詩云：「漢主事祁連，良人在高闕。空臺寂已幕，愁坐變容髮。泛灩春幌風，裴回秋戶月。可憐軍書斷，空使流芳歇。」按，此為鼓吹曲辭，《樂府詩集》卷十八漢鐃歌下有《臨高臺》，此為擬樂府詩，與詩人「曾入朔方幕」無直接關聯。

〔註36〕 塗山，即合黎山。《元和郡縣志》卷四十，甘州張掖縣，「合黎山，俗名要塗山。在縣西北二百里，《禹貢》：『導弱水至於合黎』」。此詩與詩人「入朔方幕」有關。

〔註37〕 崔國輔共計 3 首邊塞詩，全部為擬樂府，懷疑陳鐵民氏將 2 首《王昭

王維	26首（陳鐵民原表列28首之數）〔註38〕	《隴西行》、《從軍行》、《隴頭吟》、《老將行》、《燕支行》時年二十一、《老將行》、《李陵詠》時年十九、《少年行》四首（第一首除外）、《伊州歌》	《榆林郡歌》、《奉和聖製送不蒙都護兼鴻臚卿歸安西應制》、《送張判官赴河西》、《送岐山源長史歸》、《送平淡然判官》、《送劉司直赴安西》、《送趙都督赴代州得青字》、《送宇文三赴河西充行軍司馬》、《涼州郊外野望》、《使至塞上》、《故西河郡杜太守輓歌》三首、《出塞》時為御史監察塞上作、《渭城曲》送元二使安西、《涼州賽神》
崔顥	8首	《長安道》	《古遊俠呈軍中諸將》、《贈輕車》、《贈王威古》、《雁門胡人歌》、《贈梁州張都督》、《送單于裴都護赴西河》、《遼西作》
祖詠	1首		《望薊門》
儲光羲	12首	《貽從軍行》、《隴頭水送別》、《關山月》、《明妃曲》四首	《哥舒大夫頌德》、《觀范陽遞俘》、《次天元十載華陰發兵作時有郎官點發》、《送兵健兒州敕放作時仟下邽縣》、《同諸公送李雲南伐蠻》、《貽鼓吹李丞時信安王北伐李公王之所器者也》、《送人隨大夫和蕃》
王昌齡	26首（陳鐵民原表列30首之數）	《變行路難》、《塞下曲》四首、《塞上曲》、《從軍行》二首、《少年行》二首其一、《箜篌引》、《胡笳曲》、《從軍行》（大將軍出戰）、《從軍行》七首、《出塞》二首	《代扶風主人答》、《詠史》、《寄穆侍御出幽州》、《旅望》一作《出塞行》、《城旁□□》〔註39〕
陶翰	5首	《古塞下曲》一作王季友詩、《燕歌行》	《贈鄭員外》、《出蕭關懷古》、《經殺子谷》〔註40〕

君》誤計為1首。三首均與其「曾遊隴右」無關。

〔註38〕僅找到 26 首。其餘詩歌無明顯邊塞詩特徵，如《送崔興宗》僅一句「君王未西顧」，另有《夷門歌》詠侯嬴，《寓言》二首為遊俠，均無關邊塞，故不錄。以下篇數差異者，僅在括號中說明。

〔註39〕《全唐詩補編‧補全唐詩》，北京：中華書局，1992 年版，第 29 頁。

〔註40〕按，此詩憑弔扶蘇遺跡，嚴格意義上屬懷古詩。

顏真卿	1首		《贈裴將軍》
李華	1首		《奉使朔方贈郭都護》
王翰	4首	《飲馬長城窟行》一作古長城吟、《涼州詞》二首	《奉和聖製送張尚書巡邊》
孟浩然	5首	《涼州詞》二首	《送陳七赴西軍》、《初出關旅亭夜坐懷王大校書》、《送告八從軍》
李白	58首（陳鐵民原表列50首之數）	《戰城南》、《天馬歌》、《胡無人》（嚴風吹霜海草凋）、《關山月》、《王昭君》二首、《獨不見》、《鳴雁行》、《幽州胡馬客歌》、《白馬篇》、《塞下曲》六首、《塞上曲》、《出自薊北門行》、《北上行》、《發白馬》（《李太白全集》卷六列於樂府）、《千里思》、《折楊柳》、《紫騮馬》、《豫章行》〔註41〕、《從軍行》、《子夜吳歌·秋歌》、《子夜吳歌·冬歌》、《擣衣篇》、《猛虎行》、《軍行》一作從軍行、《從軍行》、《代贈遠》、《閨情》、《學古思邊》、《思邊》、《胡無人》（十萬羽林兒）	《古風》其六、《古風》其十三、《古風》其二十二、《古風》其三十四、《司馬將軍歌》以代隴上健兒陳安、《贈郭將軍》、《述德兼陳情上哥舒大夫》、《留別於十一兄逖裴十三遊塞垣》、《魯郡堯祠送張十四遊河北》、《送羽林陶將軍》、《送程劉二侍郎兼獨孤判官赴安西幕府》、《送外甥鄭灌從軍三首》、《送族弟綰從軍安西》、《送梁公昌從信安北征》、《送白利從金吾董將軍西征》、《送張秀才從軍》、《答王十二寒夜獨酌有懷》〔註42〕、《登邯鄲洪波臺置酒觀發兵》、《自廣平乘醉走馬六十里至邯鄲登城樓覽古書懷》〔註43〕

〔註41〕此詩（胡風吹代馬，北擁魯陽關）亦借古題寫時事，王琦：「此詩蓋為征戍之將士而言也。按《唐書·來瑱傳》：上元二年，破史思明餘黨於魯山，俘其賊渠，又戰汝州，獲其牛馬、橐駝。知是時汝、鄧之間為賊兵往來之地，所謂『胡風吹代馬，北擁魯陽關』，乃安史之兵，非永王之兵也」（《李白太全集》卷六，北京：中華書局，2011年版，第297頁）。

〔註42〕詩中書懷，但其中有「君不能學哥舒橫行青海夜帶刀，西屠石堡取紫袍」句，故予以寬泛列入。

〔註43〕此詩僅末句提及「方陳五餌策，一使胡塵清」，故予以寬泛列入。

張謂	5首		《同孫構免官後登薊樓》、《代北州老翁答》、《餞田尚書還兗州》、《送皇甫齡宰交河》、《送盧舉使河源》
岑參	67首（陳鐵民原表列80首之數）	《田使君美人舞如蓮花北鋋歌》、《裴將軍宅蘆管歌》	《北庭西郊候封大夫受降回軍獻上》、《登北庭北樓呈幕中諸公》、《初過隴山途中呈宇文判官》、《武威送劉單判官赴安西行營便呈高開府》、《北庭貽宗學士道別》、《使交河郡在火山腳其地苦熱無雨雪獻封大夫》、《安西館中思長安》、《經火山》、《題鐵門關樓》、《白雪歌送武判官歸京》、《熱海行送崔侍御還京》、《輪臺歌奉送封大夫出師西征》、《天山歌送蕭治歸京》、《火山雲歌送別》、《胡笳歌送顏真卿使赴河隴》、《與獨孤漸道別長句兼呈嚴八侍御》、《送李副使赴磧西官軍》、《涼州館中與諸判官夜集》、《酒泉太守席上醉後作》、《燉煌太守後庭歌》、《銀山磧西館》、《太白胡僧歌》、《贈酒泉韓太守》、《送張獻心充副使歸河西雜句》、《寄宇文判官》、《磧西送李判官入京》、《送劉郎將歸河東》、《送人赴安西》、《發臨洮將赴北庭留別》、《臨洮泛舟趙仙舟自北庭罷使還京》、《奉陪封大夫宴得征字時公兼鴻臚卿》、《奉陪封大夫宴瀚海亭納涼》、《奉陪封大夫九日登高》、《武威春暮聞宇文判官西使還已到晉昌》、《題金城臨河驛樓》、《河西春暮憶秦中》、《過酒泉憶杜陵別業》、《早發焉耆懷終南別業》、《宿鐵關西館》、《首秋輪臺》、《北庭作》、《輪臺即事》、《臨洮龍興寺玄上人院同詠青木香叢》、《滅胡曲》、《醉裏送裴子赴鎮西》、《日沒賀延磧作》、《經隴頭分水》、《獻封大夫破播仙凱歌六首》、《過燕支寄杜位》、《題苜蓿峰寄家

			人》、《玉關寄長安李主簿》、《武威送劉判官赴磧西行軍》、《酒泉太守席上醉後作》、《逢入京使》、《過磧》、《磧中作》、《赴北庭度隴思家》、《胡歌》、《趙將軍歌》、《優缽羅花歌》
梁鍠	1首	《代征人妻喜夫還》〔註44〕	
徐九皋	3首	《關山月》、《戰城南》	《送部四鎮人往單于別故知》
高適	49首（陳表列53首之數）	《塞下曲》、《塞上》、《燕歌行》、《塞下曲》〔註45〕、《和王七玉門關聽吹笛—作塞上聞笛》	《薊門行五首》、《薊門不遇王之渙郭密之因以留贈》、《同呂員外酬田著作幕門軍西宿盤山秋夜作》、《登百丈峰二首》、《同呂判官從哥舒大夫破洪濟城回登積石軍多福七級浮圖》、《李雲南征蠻詩》、《薊中作》、《自淇涉黃河途中作十三首》其六、《登隴》、《送渾將軍出塞》、《部落曲》、《送白少府送兵之隴右》、《河西送李十七》、《獨孤判官部送兵》、《別馮判官》、《送蹇秀才赴臨洮》、《送劉評事充朔方判官賦得征馬嘶》、《送董判官》、《送李侍御赴安西》、《送裴別將之安西》、《武威同諸公過楊七山人得藤字》、《使青夷軍入居庸三首》、《自薊北歸》、《金城北樓》、《同李員外賀哥舒大夫破九曲之作》、《信安王幕府詩》、《真定即事奉贈韋使君二十八韻》、《和竇侍御登涼州七級浮圖之作》、《陪竇侍御泛靈雲池》、《陪竇侍御靈雲南亭宴詩得雷字》、《送兵到薊北》、《九曲詞三首》、《營州歌》、《自武威送赴臨洮謁大夫不及因書即事寄河

〔註44〕此詩代人作，且以征人閨怨古意為之，當屬廣義的擬樂府詩，不可算作是真實出塞經歷的反映。見《全唐詩》卷二〇二，第2116頁，梁鍠共存詩15首，除此之外別無與邊塞相關的詩。

〔註45〕本首詩《全唐詩》重出，劉開揚考證為賀蘭進明作。見《高適詩集編年箋注》，第四部分《誤收之詩》，第378頁。

			西隴右幕下諸公》〔註46〕、《在哥舒大夫幕下請辭退託興奉詩》〔註47〕
錢起	8首		《送崔校書從軍》、《送張將軍征西》、《盧龍塞行送韋掌記》、《送屈突司馬充安西書記》、《隴右送韋三還京》、《送張管書記》、《送王相公赴范陽》、《奉送戶部李郎中充晉國副節度使出塞》
劉方平	3首	《梅花落》	《寄嚴八判官》、《寄隴右嚴判官》
王之渙	2首	《涼州詞二首》	
崔希逸	2首		《燕支行營》二首〔註48〕
哥舒翰	1首	《破陣樂》〔註49〕	
李昂	1首	《塞上聽彈胡笳作》〔註50〕	
蕭沼	1首		《闕題》（生年一半在燕支）〔註51〕

其次，我們對陳鐵民的無出塞經歷或經歷不詳的 36 位詩人的邊塞詩具體篇目也按照上述方式進行羅列：

〔註46〕《全唐詩補編‧補全唐詩》，第 33 頁。

〔註47〕詩云：「自從嫁與君，不省一口樂。遣妾作歌舞，好時還道惡。不是妾無堪，君家婦難作。下堂辭君去，去後君莫錯。」見《全唐詩補編‧補全唐詩》，第 34 頁。按，此非邊塞詩，而是一首借男女之情比喻辭別幕府之情的閨情詩，因題目與邊塞相關，故予以寬泛收入。同書同頁另有《閨情》詩，不錄。

〔註48〕《全唐詩補編‧續拾》卷一一，第 816 頁。

〔註49〕《全唐詩補編‧續拾》卷一三，第 850 頁。

〔註50〕此詩不存，僅存序。見《敦煌詩集殘卷輯考》，北京：中華書局，2000 年版，第 98 頁。序文中交待寫作背景曰：「天寶七載十有一月，次於赤水軍。將計□□。時有若尚書蘇公，專交兵使，處於別館。是日也，余因從韋公相與謁詣，既盡籌畫，且開樽俎。客有尹侯者，高冠長劍，尤善鼓琴。因按弦奏《胡笳》之曲，摧藏哀抑，聞之忘味。夫《胡笳》者首出蔡女，沒於胡塵，泣胡塵而淒漢月，煩冤愁思之所作也，故有《出塞》、《入塞》之聲，情商清微之韻。其音苦，其調悲。況此地近胡下缺」，故此詩雖作於塞上幕府，亦是以音樂想像為主的詩篇。

〔註51〕《敦煌詩集殘卷輯考》，第 315 頁。詩云：「生年一半在燕支，容鬢砂場日夜衰。蕭關不隔鄉原夢，瀚海長愁征戰期。」

表二：陳鐵民所收有的無出塞經歷或經歷不詳的 36 位詩人的 「邊塞詩」分類表補篇名表

詩 人	數 目	擬樂府邊塞詩及音樂想像邊塞詩	反映社會真實或詩人出塞經歷的邊塞詩及應制類邊、送人從軍赴邊類詩
張九齡	5 首	《折楊柳》	《奉和聖製送尚書燕國公赴朔方》、《酬趙二侍郎使西軍贈兩省舊僚之作》、《餞王尚書出邊》、《送趙都護赴安西》
李乂	2 首		《奉和幸望春宮送朔方軍大總管張仁亶》、《夏日都門送司馬員外逸客孫員外佺北征》
張紘	1 首	《閨怨》	
李元紘	2 首	《綠墀怨》、《相思怨》	
裴漼	2 首		《奉和御製平胡》、《奉和聖製旋師喜捷》
胡皓	2 首	《大漠行》一作崔湜詩	《奉和聖製送張尚書巡邊》
劉庭琦	1 首	《從軍》〔註 52〕	
韓休	2 首		《奉和御製平胡》、《奉和聖製送張說巡邊》
袁暉	2 首	《正月閨情》	《奉和聖製送張尚書巡邊》
殷遙	1 首	《塞上》	
沈如筠	2 首	《閨怨二首》	
賀朝	1 首	《從軍行》	
萬齊融	1 首	《仗劍行》	
張若虛	1 首	《代答閨夢還》	
崔珪	1 首	《孤寢怨》	
袁瓘	1 首	《鴻門行》	
李昂	1 首	《從軍行》	

〔註 52〕詩云：「朔風吹寒塞，胡沙千萬里。陳雲出岱山，孤月生海水。決勝方求敵，銜恩本輕死。蕭蕭牧馬鳴，中夜拔劍起。」全詩片段化的描寫，無法確定其屬社會真實或藝術想像。

盧象	2首	《雜詩二首》其一	《送趙都護赴安西》
李頎	5首	《塞下曲》（黃雲雁門郡）、《古塞下曲》、《古從軍行》、《古意》、《塞下曲》（少年學騎射）	
常建	10首	《塞上曲》、《塞下》、《塞下曲四首》	《客有自燕而歸哀其老而贈之》、《昭君墓》、《弔王將軍墓》、《送李大都護》
杜頎	1首	《從軍行》	
萬楚	1首	《聽馬》	
劉長卿	13首	《鄂渚聽杜別駕彈胡琴》、《從軍六首》、《疲兵篇》、《王昭君歌》	《平蕃曲三首》〔註53〕、《送裴四判官赴河西軍試》
賀蘭進明	1首	《行路難五首》其三〔註54〕	
李希仲	2首	《薊門行二首》〔註55〕	
劉灣	3首	《出塞曲》一作劉濟詩、《李陵別蘇武》	《雲南曲》
薛奇童	2首	《塞下曲》	《雲中行》〔註56〕

〔註53〕「凱樂體」邊塞詩。此詩作於天寶八載哥舒翰破石堡城之時，參見《劉長卿詩編年箋注》，北京：中華書局，1996年版，第23頁。

〔註54〕《全唐詩》錄賀蘭進明詩共7首，分別為《古意二首》、《行路難五首》。《古意二首》其一云：「秦庭初指鹿，群盜滿山東。忤意皆誅死，所言誰肯忠。武關猶未啟，兵入望夷宮。為祟非涇水，人君道自窮。崇蘭生澗底，香氣滿幽林。采采欲為贈，何人是同心。日暮徒盈把，裴回憂思深。慨然紉雜佩，重奏丘中琴。」此詩借樂府比興以及詠史筆法來寫安史之亂並批評唐玄宗，不是邊塞詩。只有《行路難五首》其三：「君不見芳樹枝，春花落盡蜂不窺。君不見梁上泥，秋風始高燕不棲。蕩子從軍事征戰，蛾眉嬋娟守空閨。獨宿自然堦下淚，況復時聞烏夜啼。」屬「閨怨體」邊塞詩。見《全唐詩》卷一五八，第1612～1613頁。

〔註55〕《全唐詩》卷二十四《雜曲歌辭》收錄，《全唐詩》卷一五八亦收。

〔註56〕據《雲中行》首末句「日暮寒風吹客衣」，薛奇童當身遊雲中。陳鐵民云入塞經歷不詳，失。

屈同仙	1首	《燕歌行》	
杜甫	22首	《前出塞九首》、《後出塞五首》	《送高三十五書記》、《兵車行》、《高都護聰馬行》、《投贈哥舒開府二十韻》、《房兵曹胡馬詩》、《寄高三十五書記》、《贈田九判官梁丘》、《送韋書記赴安西》
賈至	3首	《燕歌行》、《出塞曲》	《送友人使河源》
郎士元	1首		《送李將軍赴定州》一作送彭將軍
皇甫冉	3首（陳表列1首）	《出塞》、《雨雪》	《送王相公之幽州》
鄭虔	1首	《閨情》	
柳中庸	4首	《秋怨》、《征怨》、《涼州曲二首》	
趙徵明	1首		《回軍跛者》
史昂	1首		《野外遙占渾將軍》〔註57〕

　　以上二表中所列「反映社會真實或詩人出塞經歷的邊塞詩及應制類邊塞詩、送人從軍赴邊類詩」一欄中，收入的詩篇有相當數量的送將應制、慶賀勝利、送人從軍、投贈邊將等詩歌，如唐玄宗及群臣唱和的《平胡》、《送張說巡邊》、《奉和送金城公主適西蕃》、《奉和聖製幸望春宮送朔方大總管張仁亶》系列君臣群體性詩作，雖亦是初盛唐國家外事四夷的種種社會生活的反映，但均與詩人個人有無出塞的經歷無關。表中所收有寬泛之嫌。但本文也遵照這種寬泛收錄的方法，將陳鐵

〔註57〕按，史昂詩，《全唐詩補編・續拾》中錄2首，分別為《述懷》、《野外遙占渾將軍》，《述懷》有「昔在樂河外，征馬倦風塵」句，《野外遙占渾將軍》詩云「山頭一隊欲凌雲，白馬紅（旗）纓出眾群。諸人氣色不如此，只應者個是將軍。」渾將軍，陳鐵民或認為與高適《送渾將軍出塞》之渾釋之為同一人，然此時無與邊塞相關之景色描寫，不能確定。而據《全唐詩補編・續拾》及《敦煌詩集殘卷輯考》，史昂與渾惟明同時人，渾惟明曾任永王李璘部將，事見《舊唐書・永王璘傳》（卷一〇七，中華書局點校本，第3264～3266頁），故此詩是否是邊塞詩，當存疑，不當列入。

民未收的《全唐詩》所錄邊塞詩列成表格，試圖更為明白地表現邊塞詩題材來源的多元化和具體細節。

我們詳細羅列邊塞詩，就會發現，陳鐵民忽視了「擬樂府邊塞詩及音樂想像邊塞詩」這一寫作傳統的存在以及對詩人寫作的持續影響。即使像高適《燕歌行》這樣的名作也是基於這個寫作傳統與文人出塞經歷和社會生活現實的結合而創作完成的。

表三：補陳鐵民未收的邊塞詩作分類篇名表（並增列應制酬贈類、送人從軍赴邊、詠史詠物類詩）

詩　人	數目	全唐詩卷數	擬樂府邊塞詩及與受音樂文學影響的邊塞詩	反映詩人出塞經歷及社會真實的邊塞詩	應制酬贈類、送人從軍赴邊類詩
唐太宗	5首	卷1	《飲馬長城窟行》	《執契靜三邊》、《於北平作》、《遼城望月》、《傷遼東戰亡》	
上官昭容	1首	卷5	《彩書怨》		
鮑氏君徽	1首	卷7	《關山月》		
余延壽	1首	卷18	《橫吹曲辭·折楊柳》		
陳昭	1首	卷19	《相和歌辭·昭君詞》		
楊凌	1首	卷23	《琴曲歌辭·明妃怨》		
樂府	1首	卷20	《拓枝詞》（將軍奉命即須行）		
樂府	1首	卷26	《突厥三臺》（雁門山上雁初飛）		
樂府《水調歌》	5首	卷27	《水調歌第一》、《水調歌第二》、《水調歌第四》、《水調歌入破第一》、《水調歌入破第四》		

樂府 《涼州》	1首	卷27	《涼州歌第二》		
樂府 《伊州》	4首	卷27	《伊州歌第一》、《伊州歌第三》、《伊州歌入破第二》、《伊州歌入破第三》		
樂府 《陸州》	2首	卷27	《陸州歌排遍第四》、《簇拍陸州》		
樂府 《石州》	1首	卷27	《石州》		
樂府 《蓋羅縫》	2首	卷27	《蓋羅縫》（王昌齡「秦時明月漢時關」）、《蓋羅縫》（王昌齡「音書杜絕白狼西」）		
樂府 《採桑》	1首	卷27	《採桑》（自古多征戰）		
樂府 《破陣樂》	3首	卷27	《破陣樂》（秋來四面足風沙）、《破陣樂》（漢兵出頓金微）、《破陣樂》（少年膽氣凌雲）		
樂府 《戰勝樂》	1首	卷27	《戰勝樂》（百戰得功名）		
樂府 《征步郎》	1首	卷27	《征步郎》（塞外虜塵飛）		
樂府 《鎮西》	1首	卷27	《鎮西》（天邊物色更無春）		
樂府 《回紇》	1首	卷27	《回紇》（曾聞瀚海使難通）		
袁朗	1首	卷30	《賦飲馬長城窟行》		
竇威	1首	卷30	《出塞曲》		
楊師道	2首	卷34	《隴頭水》		《詠馬》
許敬宗	1首	卷35			《奉和執契靜三邊應詔》
李義府	1首	卷35			《和邊城秋氣早》

虞世南	5首	卷36	《從軍行》二首、《飲馬長城窟行》、《出塞》、《中婦織流黃》		
王宏	1首	卷38	《從軍行》		
陳子良	2首	卷39		《於塞北春日思歸》	《送別》〔註58〕
來濟	1首	卷39		《出玉關》	
張文琮	1首	卷39	《昭君怨》		
上官儀	1首	卷40	《王昭君》		
盧照鄰	10首	卷42	《關山月》、《上之回》、《紫騮馬》、《戰城南》、《梅花落》、《隴頭水》、《雨雪曲》、《昭君怨》、《折楊柳》	《送幽州陳參軍赴任寄鄉曲父老》	
韋承慶	1首	卷46	《折楊柳》		
楊炯	6首	卷50	《從軍行》、《出塞》、《有所思》、《折楊柳》、《紫騮馬》、《戰城南》		
宋之問	5首	卷51～53	《詠笛》一作李嶠詩、《王昭君》一作沈佺期詩	《軍中人日登高贈房明府》、《送朔方何侍郎》、《燕巢軍幕》	
崔湜	6首	卷54	《折楊柳》	《塞垣行》一作崔融詩、《邊愁》、《早春邊城懷歸》	《奉和金城公主適西蕃應制》
崔液	1首	卷54	《代春閨》		
李嶠	6首	卷57～61	《倡婦行》	《奉使築朔方六州城率爾而作》、《安輯嶺表事平罷歸》、《軍師凱旋自邕州順流舟中》	《餞薛大夫護邊》、《送駱奉禮從軍》

〔註58〕陳子良《送別》詩云：「落葉還聚散，征禽去不歸。以我窮途泣，沾君出塞衣。」以末句故，予以寬泛收入。見第498頁。

杜審言	5首	卷62			《送和西蕃使》、《送高郎中北使》、《送崔融》、《贈蘇味道》、《贈蘇綰書記》
董思恭	2首	卷63	《昭君怨二首》		
劉允濟	1首	卷63	《怨情》		
辛常伯	1首	卷63	《軍中行路難》		
宋璟	1首	卷64			《奉和聖製送張說巡邊》
蘇味道	1首	卷65		《單于川對雨二首》其二	
郭震	4首	卷66	《塞上》〔註59〕、《王昭君》三首		
王無競	1首	卷67		《北使長城》	
崔融	5首	卷68	《關山月》、《古意》、《從軍行》	《西征軍行遇風》、《塞上寄內》	
閻朝隱	1首	卷69			《奉和送金城公主適西蕃應制》
韋元旦	1首	卷69			《奉和送金城公主適西蕃應制》
唐遠悊	1首	卷69			《奉和送金城公主適西蕃應制》
李适	1首	卷69			《奉和送金城公主適西蕃應制》
劉憲	2首	卷71	《折楊柳》		《奉和送金城公主入西蕃應制》

〔註59〕陳鐵民言：「郭震，累任邊帥，有《塞上》詩傳世。」（《文學遺產》，2002 年第 3 期，第 34 頁）但這首詩看不出與郭震（元振）的累任邊帥有關，是一首淡化時代特徵的樂府詩：「塞外虜塵飛，頻年出武威。死生隨玉劍，辛苦向金微。久戍人將老，長征馬不肥。仍聞酒泉郡，已合數重圍。」據《舊唐書·郭元振傳》，郭元振受則天知名，即充使聘吐蕃，時吐蕃請和，郭元振以離間之計除掉吐蕃大將論欽陵，大足元年（701）遷涼州都督、隴右諸軍州大使。「在涼州五年，夷夏畏慕，令行禁止，牛羊被野，路不拾遺。」（《舊唐書》卷九十七，第 3044 頁）可見與詩中所言酒泉被圍、征戰辛苦之辭不符。

徐彦伯	4首	卷76	《胡無人行》、《閨怨》、《春閨》		《奉和送金城公主入西蕃應制》
駱賓王	10首	卷77～79	《從軍中行路難》其一辛常伯詩互見，此錄其二、《從軍行》、《王昭君》	《在軍中贈先遠知己》、《邊城落日》、《宿溫城望軍營》、《早秋出塞寄東臺詳正學士》、《久戍邊城有懷京邑》、《在軍中登樓》	《送鄭少府入遼共賦俠客遠從戎》
張易之	1首	卷80	《出塞》		
喬知之	5首	卷81	《苦寒行》、《從軍行》一作秋閨、《擬古贈陳子昂》、《和李侍郎古意》、《折楊柳》		
劉希夷	4首	卷82	《將軍行》、《從軍行》、《春女行》、《入塞》		
陳子昂	20首	卷83～84	《出塞》	《感遇詩三十八首》其三（蒼蒼丁零塞）、《感遇詩三十八首》其二十九（丁亥歲雲暮）、《感遇詩三十八首》其三十四（朔風吹海樹）、《感遇詩三十八首》其三十五（本為貴公子）、《感遇詩三十八首》其三十七（朝入雲中郡）、《西還至散關答喬補闕知之》、《題居延古城贈喬十二知之》、《贈趙六貞固二首》其一、《答韓使同在》	《送別出塞》、《送魏大從軍》

			邊》、《征東至淇門答宋十一參軍之問》、《登薊丘樓送賈兵曹入都》、《登幽州臺歌》、《東征答朝臣一作達相送》、《居延海聞鶯作》、《送著作佐郎崔融等從梁王東征》、《登薊城西北樓送崔著作融入都》、《還至張掖古城聞東軍告捷贈韋五盧己》		
崔泰之	1首	卷91			《奉和聖製送張尚書巡邊》
薛稷	1首	卷93			《奉和送金城公主適西蕃應制》
馬懷素	1首	卷93			《奉和送金城公主適西蕃應制》
沈佺期			《驄馬》、《春閨》、《隴頭水》、《關山月》、《折楊柳》一作宋之問詩、《梅花落》一作宋之問詩、《紫騮馬》、《被試〈出塞〉》、《雜詩三首》其二、其三、《古意呈喬補闕知之》	《塞北二首》、《送盧管記仙客北伐》	《送金城公主適西蕃應制》、《送陸侍御餘慶北使》
張東之	1首	卷99	《出塞》		
鄭遂初	1首	卷100	《別離怨》（蕩子戍遼東）		
東方虯	3首	卷100	《昭君怨》三首		
武平一	1首	卷102			《送金城公主適西蕃》

韋安石	1首	卷 104			《侍宴旋師喜捷應制》
鄭愔	8首	卷 106	《胡笳曲》、《折楊柳》、《秋閨》、《塞外三首》		《送金城公主適西蕃應制》、《奉和幸望春宮送朔方大總管張仁亶》
源乾曜	1首	卷 107			《奉和聖製送張尚書巡邊》
徐堅	2首	卷 107			《奉和聖製送張尚書巡邊》、《奉和送金城公主適西蕃應制》
許景先	3首	卷 111	《折柳篇》、《陽春怨》		《奉和聖製送張尚書巡邊》
王丘	1首	卷 111			《奉和聖製送張尚書巡邊》
蘇晉	1首	卷 111			《奉和聖製送張尚書巡邊》
崔禹錫	1首	卷 111			《奉和聖製送張尚書巡邊》
張嘉貞	1首	卷 111			《奉和聖製送張尚書巡邊》
盧從願	1首	卷 111			《奉和聖製送張尚書巡邊》
王光庭	1首	卷 111			《奉和聖製送張尚書巡邊》
徐知仁	1首	卷 111			《奉和聖製送張尚書巡邊》
席豫	1首	卷 111			《奉和聖製送張尚書巡邊》
徐延壽	1首	卷 114	《折楊柳》		
顧朝陽	1首	卷 124	《王昭君》		
苑咸	1首	卷 129			《送大理正攝刺史判涼州別駕》
韋應物	3首	卷 189	《鼙鼓行》		《送李侍御益赴幽州幕》、《送孫徵赴雲中》

李嘉祐	1首	卷206			《送崔夷甫員外和蕃》
皇甫曾	3首	卷210			《送和西蕃使》、《送王相公赴幽州》、《贈老將》
韓翃	3首	卷243～245			《送孫潑赴雲中》、《寄哥舒僕射》、《奉送王相公縉赴幽州巡邊》
常袞	1首	卷254			《代員將軍罷戰後歸故里》
嚴武	1首	卷261		《邊城早秋》	
鄭錫	6首	卷262	《隴頭別》、《度關山》、《出塞》、《玉階怨》、《千里思》、《出塞曲》		
嚴維	1首	卷263			《送房元直赴北京》
顧況	3首	卷264	《從軍行二首》、《塞上曲》		
耿湋	8首	卷268～269	《關山月》、《隴西行》、《入塞曲》、《塞上曲》、《涼州詞》		《送王將軍出塞》、《送李將軍》、《贈張將軍》
戎昱	12首	卷270	《塞下曲》六首（五言）、《聞笛》一作李益詩，題做《夜上受降城聞笛》，誤、《從軍行》、《塞下曲》（七言）、《塞上曲》	《涇州觀元戎出師》、《出軍》〔註60〕	
竇群	4首	卷271	《老將行》、《少婦詞》	《奉使薊門》、《從軍別家》〔註61〕	

〔註60〕此詩最早見洪邁《萬首唐人絕句詩》卷七十五，題做《出軍》。筆者頗懷疑此「出軍」當為「出塞」之誤。

〔註61〕按，此詩寫作背景為元和元年八月之後，袁滋任義成節度使，鎮滑臺

-40-

韋元甫	1首	卷272	《木蘭歌》		
戴叔倫	10首	卷273～274	《從軍行》、《邊城曲》、《昭君詞》（漢宮若遠近）、《關山月》二首、《昭君詞》（漢家宮闕夢中歸）、《塞上曲二首》、《閨怨》		《送耿十三湋復往遼海》〔註62〕
盧綸	8首	卷277～278	《和張僕射塞下曲》六首、《從軍行》一作李端詩，題做塞上	《逢病軍人》	
王表	1首	卷281	《成德樂》		
李益	44首	卷282～283	《紫騮馬》、《塞下曲》四首、《從軍北征》（天山雪後海風寒）、《塞下曲》	《從軍有苦樂行》時從司空魚公北征、《登長城》一題作塞下曲、《送遼陽使還軍》、《觀回軍》、《來從竇車騎行》自朔方行作、《夜發軍中》、《將赴朔方早發漢武泉》、《五城道中》、《登夏州城觀送行人賦得六州胡兒歌》、《從軍夜次六胡北飲馬泉磨劍石為祝殤	《送常曾侍御使西蕃寄題西川》、《送韓將軍還邊》、《獻劉濟》、《賦得路旁一株柳送邢校書赴延州使府》

（今河南省滑縣），辟為從事，釋褐授秘校，作此詩。見《唐才子傳校箋》第二冊，1989年版，第244頁。詩云「自笑儒生著戰袍，書齋壁上掛弓刀。如今便是征人婦，好織迴文寄竇滔」，當時是河北藩鎮未平，而詩為寄內之作，有自謔玩笑之成分，並非嚴格意義上的從軍詩，更非邊塞詩。但因以考察邊塞詩生成之故，故亦寬泛列入。

〔註62〕此詩蔣寅《戴叔倫詩集校注》列入備考部分，見上海古籍出版社，2010年版，第230頁。按，自上元二年，平盧節度使已經南遷至淄青，德宗時期，發生了河北四鎮之亂。此詩所述「轅門正休暇，投策拜元戎」，與大曆貞元間東北邊塞實情不符，偽作的可能性極大。

				辭》、《赴邠寧留別》、《鹽州過胡兒飲馬泉》一作過五原胡兒飲馬泉、《再赴渭北使府留別》、《觀騎射》、《幽州賦詩見意時佐劉幕》、《軍次陽城烽舍北流泉》、《度破訥砂二首》、《夜上西城聽梁州曲二首》、《暖川》一作征人歌、《邊思》、《送客還幽州》、《送客歸振武》、《聽曉角》、《回軍行》、《邠寧春日》、《夜宴觀石將軍舞》、《統漢峰下》、《臨洮泝見蕃使列名》、《夜上受降城聞笛》、《赴渭北宿石泉驛南望黃堆烽》、《上黃堆烽》	
李端	9首	卷284～286	《千里思》、《關山月》、《度關山》、《雨雪曲》、《昭君詞》	《邊頭作》	《贈故將軍》、《奉送宋中丞使河源》、《送王羽林往秦州》
周存	1首	卷288		《西戎獻馬》	
楊憑	2首	卷289	《邊情》	《邊塞行》	
楊凝	2首	卷290	《從軍行》		《送人出塞》
楊凌	1首	卷291	《明妃怨》		
司空曙	2首	卷293	《塞下曲》、《關山月》		
王烈	2首	卷295	《塞上曲二首》		
衛象	1首	卷295	《古詞》		

王建	22首	卷297～302	《古從軍》、《涼州行》、《壟一作隴頭水》、《塞上梅一作曲》、《飲馬長城窟》、《關山月》、《送衣曲》、《秋夜曲》二首其一、《塞上》、《句》（單于不向南牧馬，席箕遍滿天山下）	《遠征歸》、《聞故人自征戍回》、《幽州送申稷評事歸平盧》、《遼東行》、《渡遼水》、《送人遊塞》、《塞上逢故人》	《寄李益少監兼送張實遊幽州》、《贈胡泚將軍》、《送振武張尚書》、《送阿史那將軍安西迎舊使靈櫬》、《太和公主和蕃》
劉商〔註63〕	18首	卷303	《胡笳十八拍》		
李約	3首	卷309	《從軍行》三首		
于鵠	5首	卷310	《出塞一本有曲字》三首、《塞上一作出塞曲》二首		
武元衡	7首	卷317	《塞下曲》	《出塞作》、《幕中諸公有觀獵之作因繼之》、《石州城》、《塞上春懷》、《塞外月夜寄荊南熊侍御》、《單于罷戰卻歸題善陽館》	
權德輿	4首	卷321～328	《秋閨月》、《玉臺體十二首》其四		《贈老將》、《送張曹長工部大夫奉使西番》
楊巨源	10首	卷333	《關山月》	《長城聞笛》、《盧龍塞行送韋掌記二首》	《送殷員外使北番》、《贈張將軍》、《贈鄰家老將》、《和呂舍人喜張員外自北番回境上先寄二十韻》、《送太和公主和番》、《失題》

〔註63〕劉商有《行營即事》、《行營送人》、《行營病中》三首作於汴州宣武軍節度使幕府，時任汴州觀察判官（見《唐才子傳校箋》第二冊，第260頁）。《行營病中》詩云「心許征南破虜歸」，則應指淮西李希烈，並非邊塞詩。

令狐楚	14首	卷334	《閨人贈遠二首》、《從軍詞》五首、《王昭君》、《年少行》四首其一、其二、其三、《塞下曲二首》、《相思河》		
王涯	17首	卷346	《塞上曲》二首、《隴上行》、《春閨思》、《閨人贈遠五首》、《從軍詞三首》、《塞下曲二首》、《平戎辭》、《秋思贈遠二首》		
陳羽	3首	卷348	《從軍行》		《冬晚送友人使西蕃》、《讀蘇屬國傳》
歐陽詹	2首	卷349		《塞上行》	《送張驃騎邠寧行營》
柳宗元	4首	卷350	《唐鐃歌鼓吹十二篇》其八《鐵山碎》、其十《吐谷渾》、其十一《高昌》、其十二《東蠻》		
劉禹錫	5首	卷354～365	《搗衣曲》、《邊風行》		《送渾大夫赴豐州》、《送李二十九兄員外赴邠寧使幕》、《送工部張侍郎入蕃弔祭》
張仲素	14首	卷367	《春閨思》、《隴上行》、《王昭君》、《秋夜曲》、《塞上曲》、《塞下曲五首》、《秋思一本有閨字二首》、《天馬辭二首》		

呂溫	13 首	卷 370～371		《吐蕃別館和周十一郎中楊七錄事望白水山作》、《青海西寄竇三端公》、《蕃中拘留歲餘回至隴石先寄城中親故》、《吐蕃別館臥病寄朝中諸友》、《吐蕃別館中和日寄朝中僚舊》、《吐蕃別館月夜》、《經河源軍漢村作》、《題河州赤岸橋》、《吐蕃別館送楊七錄事先歸》、《奉送范司空赴朔方》、《蕃中答退渾詞一首》	
孟郊	4 首	卷 372～380	《征婦怨》、《羽林行》、《有所思》	《邊城吟》	
張籍	27 首	卷 382～386	《征婦怨》、《寄衣曲》、《關山月》、《隴頭行》、《塞下曲》、《將軍行》、《思遠人》、《望行人》、《出塞》一作塞上曲、《涼州詞三首》、《老將》	《西州》、《薊北旅思》　作送遠人、《漁陽將》、《薊北春懷》、《征西將》、《送防秋將》、《沒蕃故人》、《涇州塞》、《鄰婦哭征夫》	《送遠一作邊使》、《送流人》、《送安西將》、《贈趙將軍》、《送和蕃公主》
李賀	5 首	卷 392～394	《雁門太守行》、《馬詩二十三首》其四、《申胡子觱篥歌》、《塞下曲》樂府詩作三首		《送秦光祿北征》
劉叉	1 首	卷 395		《塞上逢盧仝》	
元稹	3 首	卷 399419		《塞馬》、《西涼伎》、《縛戎人》、《陰山道》	

白居易	10首	卷426 437 439 441 448	《王昭君》二首時年十七、《昭君怨》、《閨怨詞三首》其三、《賦得邊城角》、《聽蘆管》	《新豐折臂翁》、《城鹽州》、《縛戎人》、《西涼伎》、《陰山道》	
楊衡	2首	卷465	《征人》一作思歸、《邊思》		
李宣遠	2首	卷466		《并州路》一作楊達詩，題云塞下作、《近無西耗》一作李敬方詩	
劉言史	4首	卷468		《賦蕃子牧馬》、《牧馬泉》	《送婆羅門歸本國》、《代胡僧留別》
長孫佐輔	3首	卷469	《關山月》、《隴西行》	《答邊信》一作代答邊信同心結	
莊南傑	1首	卷470	《雁門太守行》		
宋濟	1首	卷472		《塞上聞笛》一作和王七度玉門關上吹笛	
劉皂	2首	卷472		《邊城柳》、《旅次朔方》一作賈島詩	
李廓	3首	卷479	《雞鳴曲》、《猛士行》	《送振武將軍》	
鮑溶	11首	卷487	《壯士行》、《塞下》、《苦哉遠征人》、《贈遠》、《隴頭水》、《琴曲歌辭·秋思》二首其一、《羽林行》、《鳴雁行》、《塞上行》		《贈李黯將軍》、《寄宋申錫評事時從李少師移軍回歸》
陳去疾	3首	卷490	《塞下曲》		《送韓將軍之雁門》、《送人謫幽州》
沈亞之	1首	卷493			《答殷堯藩贈罷涇源記室》

施肩吾	3首	卷494	《古離別》二首其二、《昭君怨》		《贈邊將》
姚合	14首	卷495～502	《劍器行三首》、《從軍樂二首》、《塞下曲》、《從軍行》	《窮邊詞二首》	《送狄尚書鎮太原》、《送李侍御過夏州》、《送無可上人遊邊》、《送僧遊邊》一作送僧無可、《贈盧大夫將軍》
鄭巢	1首	卷504			《送邊使》
王睿	1首	卷505	《解昭君怨》		
章孝標	1首	卷506	《聞角》		
陳標	1首	卷508	《飲馬長城窟》		
顧非熊	4首	卷509	《關山月》	《塞上即事二首》	《送於中丞入回鶻》
張祜	13首	卷510～511	《雁門太守行》、《塞下》、《塞下曲》、《塞上曲》、《採桑》、《從軍行》、《穆護砂》、《金殿樂》、《昭君怨》二首、《邊思》、《破陣樂》	《塞上聞笛》一作董家笛	
朱慶餘	7首	卷514～515	《塞下曲》	《入蕭關》、《塞下感懷》、《長城》	《送於中丞入蕃冊立》、《送韋校書佐靈州幕》、《送李侍御入蕃》
厲玄	1首	卷516	《從軍行》		
雍陶	5首	卷518		《贈金河戍客》、《塞上宿野寺》、《罷還邊將》、《渡桑乾河》	《送於中丞使北蕃》
杜牧	11首	卷520～527	《閨情代作》、《少年行》二首其一	《史將軍二首》其二、《河湟》、《邊上聞笳三首》、《并州道中》、《遊邊》	《今皇帝陛下一詔徵兵不日功集河湟諸郡次第歸降臣獲睹聖功輒獻歌詠》、《夏州崔常侍自少常亞

					列出領麾幢十韻》
許渾	7首	卷528～538	《塞下》、《聽琵琶》		《贈梁將軍》、《征西舊卒》、《破北虜太和公主歸宮闕》、《吳門送振武李從事》、《聞邊將劉皋無辜受戮》
李商隱	2首	卷539～541	《王昭君》		《贈別前蔚州契苾使君》
紀唐夫	1首	卷542	《驄馬曲》		
劉得仁	1首	卷544		《塞上行作》	
薛逢	4首	卷548	《醉中聞甘州》、《涼州詞》	《狼煙》、《感塞》	
趙嘏	19首	卷549～550	《昔昔鹽·關山別蕩子》、《昔昔鹽·風月守空閨》、《昔昔鹽·恒斂千金笑》、《昔昔鹽·長垂雙玉啼》、《昔昔鹽·彩鳳逐帷低》、《昔昔鹽·倦寢聽晨雞》、《昔昔鹽·前年過代北》、《昔昔鹽·今歲往遼西》、《昔昔鹽·一去無遠意》、《昔昔鹽·那堪惜馬蹄》	《降虜》、《平戎》	《送韋處士歸省朔方》、《送從翁中丞奉使黠戛斯六首》
盧肇	1首	卷551	《楊柳枝》		
丁稜	1首	卷552	《塞下曲》		
姚鵠	3首	卷553		《塞外寄張侍御》	《贈邊將》、《送友人出塞》
項斯	2首	卷554		《邊遊》	《長安退將》

馬戴	13首	卷555～556	《關山曲》二首、《塞下曲》二首、《出塞詞》、《征婦歎》〔註64〕	《旅次夏州》、《隴上獨望》、《邊將》、《邊城獨望》、《別靈武令狐校書》	《送和北虜使》、《贈友人邊遊回》一作薛能詩
薛能	5首	卷558～561	《拓枝詞三首》其一、其二		《送友人出塞》、《送李浿出塞》、《贈出塞客》
劉威	1首	卷562		《塞上作》	
盧渥	1首	卷566			《送盧潘尚書之靈武》
賈島	6首	卷571～574	《代邊將》	《渡桑乾》、《上邠寧邢司徒》	《送鄒明遊靈武》、《送友人遊塞》〔註65〕、《送友人如邊》
溫庭筠	5首	卷575～583	《塞寒行》、《邊笳曲》、《敕勒歌塞北》、《過西堡塞北》、《楊柳八首》其八（織錦機邊鶯語頻）		
劉駕	13首	卷585	《古出塞》、《戰城南》、《塞下曲》		《唐樂府十首》
劉滄	1首	卷586	《邊思》		
李頻	7首	卷587～589	《春閨怨》	《朔中即事》	《送邊將》、《太和公主還宮》、《贈長城庾將軍》、《送友人往振武》、《送友人遊塞北》
曹鄴	3首	卷591～593	《戰城南》、《長城下》、《薊北門行》		

〔註64〕按，此詩當有感於現實生活，但歎為樂府用語，該詩也體現出樂府筆法的影響。再如張籍《楚妃歎》、《古釵歎》；元結《系樂府十二首‧隴上歎》、《古遺歎》；皮日休《正樂府十篇‧橡媼歎》等。

〔註65〕賈島此詩之後另有《思遊邊友人》一首，不錄。

儲嗣宗	1首	卷594		《隨邊使過五原》	
司馬扎	1首	卷596	《古邊卒思歸》		
霍總	2首	卷597	《塞下曲》、《關山月》		
高駢	7首	卷598	《閨怨》、《塞上曲二首》	《歎征人》、《邊城聽角》、《邊方春興》、《塞上寄家兒》	
于濆	12首	卷599	《塞下曲》、《遼陽行》、《沙場夜》、《古征戰》、《恨從軍》、《子從軍》、《隴頭水》、《古離別二首》其二、《隴頭吟》	《遊邊錄戍卒言》、《戍客南歸》、《戍卒傷春》	
翁綬	4首	卷600	《隴頭吟》、《關山月》、《雨雪曲》、《折楊柳》		
李昌符	4首	卷601		《書邊事》一作邊行出事一作塞上行、《登臨洮望蕭關》	《送人出塞》、《送人遊邊》
汪遵	3首	卷602	《戰城南》、《昭君》、《長城》		
許棠	12首	卷603～604	《塞下二首》	《塞外書事》、《雁門關野望》、《五原書事》、《出塞門》、《銀州北書事》、《夏州道中》、《隴上書事》、《邊城晚望》、《將過單于》	《送友人北遊》
邵謁	1首	卷605	《戰城南》		
林寬	1首	卷606		《塞上還答友人》	
司空圖	2首	卷632 633	《塞上》	《河湟有感》	
周繇	1首	卷635			《送邊上從事》

聶夷中	1首	卷636	《胡無人行》		
張喬	9首	卷638～639	《塞上》一作塞下曲	《書邊事》、《再書邊事》、《遊邊感懷二首》、	《宴邊將》、《贈邊將》、《送河西從事》、《河湟舊卒》
曹唐	3首	卷640			《羽林賈中丞》、《送康祭酒赴輪臺》、《哭陷邊許兵馬使》
李山甫	4首	卷643		《兵後尋邊三首》	《贈宿將》
李咸用	5首	卷644～645	《隴頭行》、《關山月》、《昭君》	《邊城聽角》	《送邊將》
胡曾	7首	卷647	《獨不見》、《交河塞下曲》		《草檄答南蠻有詠》、《詠史詩‧李陵臺》、《詠史詩‧玉門關》、《詠史詩‧銅柱》、《詠史詩‧長城》
方干	2首	卷648		《朔管》	《贈功成將》
羅鄴	7首	卷654	《征人》、《春閨》	《趁職單于留別闕下知己》、《河湟》	《長城》、《老將》、《邊將》
羅隱	6首	卷657～665	《隴頭水》	《登夏州城樓》、《夏州胡常侍》、《塞外》、《邊夜》	《送秦州從事》
章碣	1首	卷669			《贈邊將》
秦韜玉	3首	卷670	《塞下》、《紫騮馬》		《邊將》
唐彥謙	1首	卷671			《詠馬二首》其二
周樸	6首	卷673	《塞上曲》、《塞下曲》	《邊思》、《塞上行》、《塞上》(受降城必破)	《寄塞北張符》
鄭谷	2首	卷674			《送人遊邊》、《寄邊上從事》
崔塗	2首	卷679		《隴上逢江南故人》	《湖外送友人遊邊》

韓偓	2首	卷682		《邊上看獵贈元戎》、《并州》	
盧汝弼	4首	卷688	《和李秀才邊庭四時怨》四首		
戴司顏	1首	卷690	《塞上》		
杜荀鶴	2首	卷691~692	《塞上》（草白河冰合）、《塞上》（旌旗獵獵漢將軍）		
鄭準	1首	卷694			《代寄邊人》
韋莊	3首	卷696 698 700		《贈邊將》、《綏州作》	《平陵老將》
王貞白	10首	卷701	《擬塞外征行》、《少年行二首》其二、《塞上曲》、《度關山》、《出自薊北門行》、《胡笳曲》、《入塞》	《從軍行》、《古悔從軍行》〔註66〕、《曉發蕭關》	
張蠙	12首	卷702	《塞下曲》	《登單于臺》、《過蕭關》、《薊北書事》、《雲朔逢山友》、《邊庭送別》、《邊將二首》、《朔方書事》、《邊將》、《夏日題老將林亭》、《古戰場》	
黃滔	9首	卷704~706	《閨怨》（姜家五嶺南）、《塞上》（匹馬蕭蕭去不前）、《閨怨》（寸心杳與馬蹄隨）、《塞上》（塞門關外日光微）、《塞	《寄邊上從事》、《夏州道中》	《送友人遊邊》（銜杯國門外）、《送友人遊邊》（虜酒不能濃）

───────────────────

〔註66〕王貞白《從軍行》、《古悔從軍行》二首係樂府，但詩中亦包含個人從軍之經歷，故列於此。

			上》（掘地破重城）		
殷文圭	1首	卷707		《邊將別》	
崔道融	3首	卷714	《春閨二首》、《擬樂府子夜四時歌四首》其四		
曹松	3首	卷716		《塞上行》、《塞上》、《邊上送友人歸寧》	
蘇拯	1首	卷718	《古塞下》		
裴說	2首	卷720	《聞砧》一作寄邊衣、《塞上曲》		
李洞	2首	卷723			《送三藏歸西天國》、《冬日送涼州刺史》
唐求	1首	卷724		《邊將》	
于鄴	1首	卷725		《秋夜達蕭關》	
胡令能	1首	卷727	《王昭君》		
張迥	1首	卷727	《寄遠》		
張為	1首	卷727		《漁陽將軍》	
李九齡	1首	卷730	《代邊將》		
胡宿	1首	卷731	《塞上》		
趙延壽	1首	卷737	《塞上》		
江為	1首	卷741	《塞下曲》		
張泌	1首	卷742		《邊上》	
沈彬	6首	卷743	《入塞二首》、《塞下三首》	《弔邊人》	
陳陶	18首	卷745～746	《塞下曲》二首、《胡無人行》、《關山月》、《水調詞十首》、《隴西行四首》		
李中	5首	卷748	《春閨辭二首》（五言）、《春閨辭二首》（七言）、《王昭君》		

徐鉉	1首	卷 750			《從兄龍武將軍沒於邊戍過舊營宅作》
楊夔	1首	卷 763			《送張相公出征》
譚用之	2首	卷 764	《塞上》二首		
劉兼	2首	卷 766	《征婦怨》、《春怨》		
何象	1首	卷 768	《賦得御製句朔野陣雲飛》		
張震	1首	卷 768		《宿金河戍》	
金昌緒	1首	卷 768	《春怨》一作伊州歌		
梁獻	1首	卷 769	《王昭君》		
鄭鏦	1首	卷 769	《入塞曲》		
董初	1首	卷 770	《昭君怨》		
戴休珽	1首	卷 771	《古意》		
蔣吉	1首	卷 771	《出塞》		
馬逢	2首	卷 772	《部落曲》、《從軍》		
張陵	1首	卷 773			《虜患》
常理	1首	卷 773	《古離別》		
王偃	1首	卷 773	《明君詞》		
吳商浩	1首	卷 774		《塞上即事》	
吳大江	1首	卷 774	《搗衣》		
虞羽客	1首	卷 774	《結客少年場行》		
鄭渥	1首	卷 774	《塞上》		
李士元	1首	卷 775		《登單于臺》	
楊達	2首	卷 776	《塞下曲》、《明妃怨》		
歐陽瑾	1首	卷 776	《折楊柳》		
孫頠	1首	卷 779			《送薛大夫和蕃》（亞相獨推賢）
孟匡明	1首	卷 781			《餞王將軍赴雲中》

李子昂	1首	卷781			《西戎即敘》
呂敞	1首	卷782		《龜茲聞鶯》	
西鄙人	1首	卷784		《哥舒歌》	
無名氏	3首	卷786～787	《王昭君》、《胡笳曲》		《送薛大夫和蕃》（戎王歸漢命）
梁瓊	1首	卷801	《昭君怨》		
盛小叢	1首	卷802	《突厥三臺》		
薛濤	2首	卷803	《贈遠二首》		
李冶	1首	卷805	《春閨怨》		
清江	1首	卷812			《送婆羅門》
皎然	11首	卷820	《從軍行五首》、《隴頭水二首》、《塞下曲二首》、《效古》、《昭君怨》		
棲白	1首	卷823	《邊思》		
子蘭	1首	卷824	《飲馬長城窟》		
卿雲	1首	卷825			《送人遊塞》
貫休	38首	卷826～837	《胡無人》、《戰城南二首》、《塞上曲二首》、《古塞下曲四首》、《古一作入塞曲三首》、《古塞下曲七首》、《古塞上曲七首》、《古出塞曲三首》、《聽曉角》	《邊上作二首》	《送人征蠻》、《送友人下第遊邊》、《送僧人幽州》、《壽春進祝聖七首·守在四夷》、《灞陵戰叟》
齊己	3首	卷838 839 842		《送人遊塞》、《老將》、《邊上》	
棲蟾	1首	卷848		《遊邊》	
修睦	1首	卷849		《送邊將》	
《謠》	1首	卷878		《高昌童謠》	
溫庭筠	5首	卷891	《蕃女怨》二首、《定西番》三首		

皇甫松	2首	卷 891	《怨回紇》二首		
韋莊	2首	卷 892	《定西番》二首		
牛嶠	1首	卷 892	《定西番》		
毛文錫	1首	卷 893	《甘州遍》其二		
孫光憲	2首	卷 987	《定西番》二首		

	擬樂府邊塞詩數	社會真實出塞經歷邊塞詩數	應制應酬邊塞詩數
表一	105	223	
表二	69	36	
表三	657	264	103

　　通過以上表格的羅列，我們可以很清楚地看到邊塞詩的不同題材來源，其中，陳鐵民先生所重視的「社會真實」並非就是邊塞詩來源的全部。三個表格共計收入邊塞詩 1457 首，其中與詩人出塞經歷無關的擬樂府邊塞詩 832 首，以擬樂府體創作的反映詩人出塞經歷的作品約 80 首〔註 67〕，兩者一共占到了

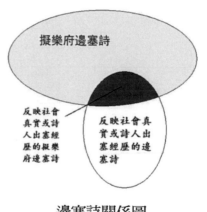

邊塞詩關係圖

總數的 62.59%。邊塞詩中涉及送將巡邊、送使節赴邊（和蕃）、送人遊邊等贈別祖餞之詩，雖也是唐代社會現實之反映，但是這類作品中，送將巡邊、送使節赴邊依然有「凱樂」的禮樂意義（詳本書第二章第二節《鼓吹曲軍樂特徵的延續與受凱樂儀式影響的凱樂體邊塞詩》），即使是社會現實寫作，也帶有應制特徵和祝願和期許之意，倒

〔註 67〕如高適的《薊門行》五首、岑參的《獻封大夫破播仙凱歌六章》、劉長卿《平蕃曲三首》、劉灣《雲南曲》、杜甫《兵車行》、白居易、元稹的新題樂府、劉駕《唐樂府十首》、以及《邊將》、《老將》、《出塞行》、《塞上行》等等作品，三表共計數量約為 80 首。

是和宋代送人使遼使金詩有寫作手法上的淵源關係。

　　而最為陳鐵民先生忽視的，就是本文特意析出的「擬樂府和音樂想像的邊塞詩」。上文已經指出，這一類作品依傍的是「梁陳傳統」的音樂文學，唐代的社會真實對這一類作品的持續繁榮影響甚微。並且社會真實也不是這一類邊塞詩生成的必要條件。我們不應只強調社會真實而忽略文學藝術自身的規律。以出塞經歷論具有出塞經歷的詩人的具體可考作品是可以的，但是要把它擴展到整個唐代的邊塞詩創作上，卻是危險的、非常片面的。擬樂府邊塞詩具有自己的傳統，沒有出塞經歷的詩人完全可以通過擬樂府的傳統來完成創作。

（四）

　　考察邊塞詩的生成，首先要考察邊塞詩的生成母體（母題）是什麼，然後要考察邊塞詩是如何從這個母體（母題）之中生發出來。這種生成過程的考察實際上比簡單的主題關聯研究要更為微觀和生動。

　　我們已知文學藝術的生成母體（母題）可以是社會生活。但同時，社會生活不是唯一的生成母體（母題）。僅僅考察社會環境和歷史真實這一個方面，而將藝術之間的相互影響忽略不計，實際上是有「單條腿走路」的缺憾。本文對於邊塞詩生成的研究，是想試圖在現有「詩本位」的研究之外，探討邊塞詩生成的「樂本位」土壤。努力使得邊塞詩的生成途徑與發展過程得到更為全面和清晰的展現。

　　在已有對邊塞詩「詩本位」的生成探究中，對於《詩經》的影響實際上還需要重新估衡。由於「詩經漢學」的經學闡釋的籠罩和遮蔽，邊塞詩的生成沒有直接受到《詩經》作品文學性的影響。這是本文第一章所要強調的。但是，《詩經》經學闡釋中所賦予的儒學思想，對邊塞詩人的創作思想也起到了相當影響，本文第一章只是簡單說明這種影響的存在。

　　邊塞詩的生成過程中，實際上社會生活這一母體（母題）很晚才加入進來，在南朝時代，沒有產生邊塞詩的社會生活環境。邊塞詩的生成母體（母題）直接來自於南朝時代所積累、薈萃的各種樂府音樂的藝

術土壤。這是本文著重探討的聚焦點所在。而這種音樂藝術的土壤在唐代繼續存在且得到加強，使得邊塞詩的生成動力更為強大。這也是本文試圖貫通的主要內容。

第一章 《詩經》正調

第一節 「詩經漢學」遮蔽下的文學史接受障礙

　　《詩經》中表現戰爭、徭役等內容的詩歌，被學界普遍認為是盛唐邊塞詩的濫觴。然而這種普遍認為的文學關聯實際上值得進行更為細緻的考察。《詩經》產生後，經秦火，至漢代，毛詩最晚興起，但是三家詩卻因此盡廢。究其原因，「毛詩按古文經學要求，更合乎儒家經典教義」〔註1〕而得以獨傳。東漢時期，經過衛宏、賈逵、馬融、鄭玄等古文經學家的闡釋和發揚，《毛詩序》成為《詩經》闡釋學上的太初經典和權力話語，《詩序》的權威地位與漢唐一千多年的漢學盛衰相始終。宋學興起之後，學者才開始質疑《詩序》的穿鑿之處。但是，由漢至北宋中期這一千多年間，「詩經漢學」作為一種權威主流解釋，是不可忽視的。〔註2〕而唐代的邊塞詩，實際上如果要從《詩經》中得到文學繼承，「詩經漢學」是其必經且無法繞開的接受途徑，實際上也是無法繞開的接受障礙。

〔註1〕毛慶耆、郭小湄著《中國文學通義》，嶽麓書社，2006年版，上冊，第
　　　547頁《漢代詩經學析論》。
〔註2〕洪湛侯《詩經學史》第三章《詩經漢學》，指出，「詩經漢學」是由漢
　　　到唐的長達一千年的古文詩經學派。參見北京：中華書局，2002年版，
　　　第155頁。

我們知道，著重闡發《詩經》中的儒家道義的《詩序》產生在漢代經學（儒學政治學）繁榮的時代，這種闡釋被現代學者大力批判為曲解和附會，如聞一多先生曾言：

> 漢人功利觀念太深，把三百篇做了政治課本，宋人稍好些，有拉著道學不放手，一股頭巾氣。清人較為客觀，但訓詁不是詩。近人囊中滿是科學方法，真屬害。無奈歷史唯物史觀的與非唯物史觀的，離詩還是很遠。明明一部歌謠集，為什麼沒人認真把它當文藝看呢？〔註3〕

兩漢至隋唐，《詩經》多是以「經」的面目出現。這種對《詩經》的解讀，以東漢衛宏《詩大序》為本，以官修孔穎達疏《毛詩正義》為巔峰權威。到了宋代，這種權威的闡釋方式才開始被學者懷疑。從歐陽修、蘇轍至於鄭樵、朱熹，逐漸建立了探尋《詩經》文本本意的闡釋模式。可以說，經學闡釋模式從宋開始至於現代，被懷疑、批判、冷落、捨棄，命運大致如此。但是，從漢至唐並波衍至宋的「《詩序》－《孔疏》」闡釋系統，維持了近千年的權力話語，必然對文學思想和文學接受產生重大影響。

據謝建忠《〈毛詩〉及其經學闡釋對唐詩的影響研究》統計，《隋書‧經籍志》所載《毛詩》類著作部數占總數的 92%、卷數占 91%；《舊唐書‧經籍志》所載《毛詩》類部數占總數 90%、卷數占 87%；《新唐書‧藝文志》所載《毛詩》類部數占總數 90%、卷數占 88%。〔註4〕統計數據表明，隋唐主要流行《毛詩》，成為學校教育、科舉考試以及下行、上行公文、文人創作活動重要的支配性話語〔註5〕。謝著

〔註3〕 參看《詩經學史》，洪湛侯編著，北京：中華書局，2002 年版，第 651 頁，《詩經研究從經學到文學的重大轉變》。

〔註4〕 《〈毛詩〉及其經學闡釋對唐詩的影響研究》第一章，《表1：〈詩〉在隋唐流衍目錄對照一覽表》，巴蜀書社，2007 年版，第 4～7 頁。

〔註5〕 詳見《〈毛詩〉及其經學闡釋對唐詩的影響研究》第一章，《表2：經學課程一覽表》、《表4：唐代立皇太子詔制用〈毛詩〉一覽表》、《表5：唐代冊公主文用〈毛詩〉一覽表》、《表6：〈舊唐書〉內上書（疏）用〈毛詩〉一覽表》、《表8：送張說組詩用〈毛詩〉一覽表》、《表9：李

在具體的經學闡釋對文學的影響上，舉白居易、王維、孟浩然、李白、李益等詩人接受《毛詩》經學闡釋系統的情況，其實較多地停留在類似典故考證的話語關聯探討上。本文認為，除了白居易的新樂府運動有比興怨刺之詩學觀念的繼承，《毛詩》闡釋系統更加重要的影響直接體現在對《詩經》文學作品的接受上。《毛詩》闡釋系統由於儒學觀念的灌輸和意識形態的教化，對《詩經》作品進行了定調和定性，直接影響該作品的接受效果。而《詩經》中的戰爭詩的經學闡釋，必然成為隋唐文人主流的文學接受。

　　《詩經》戰爭詩，在今天學者的研究中，已經具備了唐代邊塞詩之淵源的種種特徵〔註6〕。但是，這種淵源的考察實際上是一種並不準確的相似性判斷。本文主要結合《詩經》漢學的經學闡釋，考察唐人所接受到的《詩經》戰爭詩的大致面貌，由此再分析唐人創作邊塞詩會從經學闡釋下的《詩經》中獲取怎樣的影響。

一、《秦風·無衣》不是邊塞詩之祖

　　《詩經》中最膾炙人口的戰爭詩，當屬《秦風·無衣》，這首詩自宋朱熹以來，學者多解釋為是雄壯豪邁激昂頌戰之音。方玉潤、王先謙，至於現代學者、文學史著作，均同此說。如程俊英、蔣見元《詩經注析》：

> 這首詩可說是反映了《秦風》的典型風格。同袍同衣，
> 同仇敵愾，慷慨從軍，奮勇殺敵的精神充溢全詩。正如鍾惺
> 所云「有吞六國氣象」。吳闓生認為此詩「英壯邁往，非唐人

嶠等詩人用〈毛詩〉篇名一覽表）；第三章《表1：李白〈明堂賦並序〉用〈毛詩〉及其經學闡釋語彙一覽表》、《表3：李益詩歌語彙與〈毛詩〉經學闡釋系統對應關係一覽表》。分別見，第25、59、64、73、101、104、256、295頁。

〔註6〕例如史雲濤《古代邊塞詩探源》一文認為從《詩經》到初唐，邊塞詩有一個源遠流長的文學傳統，《詩經》是其源頭。見《許昌師專學報》，1986年第4期。該文又收入史雲濤《建安唐宋文學考論》，學苑出版社，2003年版，第1～16頁。

出塞諸詩所能及」。雖然不免言過其實，但我們試看唐人「相
看白刃血紛紛，死節從來豈顧勳」、「四邊伐鼓雪海湧，三軍
大呼陰山動」等詩句，確會產生一脈相承的感覺。因此，稱
《無衣》為邊塞詩之祖，倒是不過分的。〔註7〕

　　《無衣》被推崇為邊塞詩之祖，可以看出立論者對「英勇殺敵的
精神充溢」的詩歌產生了關聯性判斷，單從文本上看，這種感官上的淵
源判斷是成立的。但是，《無衣》這首詩，在《詩序》以來的經學闡釋
中，是被當做一首典型的窮兵黷武的諷刺詩來進行批判的，這在唐代
《毛詩正義》中被繼續堅持著，也就是說，唐人的邊塞詩如果從正面歌
頌英勇殺敵，在接受史上，不可能受到一個被權威經典批判為「刺用
兵」的詩歌的影響。《毛詩正義》卷六（六之四）（《詩序》云：「《無衣》，
刺用兵也。秦人刺其君好攻戰，亟用兵，而不與民同欲焉」）：

　　　《正義》曰：康公以文七年立，十八年卒，案《春秋》
文七年，晉人、秦人戰於令狐。十年，秦伯伐晉。十二年，
晉人、秦人戰於河曲。十六年，楚人、秦人滅庸。見於經傳
者已如是，是其好攻戰也。《葛生》刺好攻戰，《序》云：「刺
獻公」。此亦刺好攻戰，不云刺康公，而云「刺用兵」者，《葛
生》以君好戰，故「國人多喪」，指刺獻公，然後追本其事。
此指刺用兵，序順經意，故云刺用兵也。不與民同欲，首二
章是也。好攻戰者，下三句是也。

又引鄭玄《箋》云：

　　　鄭以為，康公平常之時，豈肯言曰：「汝百姓無衣乎？
吾與子同袍。」終不肯言此也。及於王法於是興師之時，則
曰：「修治我之戈矛，與子百姓同往伐此怨耦之仇敵。」不與
百姓同欲，而唯同怨，故刺之。〔註8〕

〔註7〕　《詩經注析》，北京：中華書局，1991年版，第357頁。
〔註8〕　《毛詩正義》十三經注疏標點本，卷第六，李學勤主編，北京大學出
　　　　版社，1999年版，第430頁。下文引頁碼皆用此。

《正義》還引了王肅的意見。在今人看來，這些說法，固然頗有穿鑿，但是，毛詩「刺詩說」在漢唐的主流接受群體中一直被奉為權威。《無衣》一直被解釋為一首諷刺用兵無度的反戰詩，我們今天所謂正本清源的直擊式解讀，只能追溯到宋代。解讀唐代激昂豪邁的邊塞詩受到《秦風‧無衣》的影響，幾乎類似於解說關公戰秦瓊。在儒家的詩學觀中，「豈曰無衣」只是諷刺的反語。我們以漢唐的經學闡釋系統來反觀今人思維中「邊塞詩之祖」的評價，顯然會覺得這種評價違背了接受史事實。〔註9〕因此，《秦風‧無衣》不可能對唐代激昂豪邁的邊塞詩產生影響。

二、《邶風‧擊鼓》是一首刺亂詩

與「邊塞詩之祖」較類似的評價，是清人喬億在《劍溪說詩》中以《擊鼓》詩為歷代「征戍詩之祖」〔註10〕。這首詩也並非只是征戍詩這麼簡單。《擊鼓》在《詩序》的闡釋中，其背景是被儒家倫理道德中徹底批判的「衛州吁之亂」。《邶風‧擊鼓》詩云：

擊鼓其鏜，踴躍用兵。土國城漕，我獨南行。

〔註9〕王先謙《詩三家義集疏》引《漢書‧地理志》所引《無衣》詩句，認為《齊詩》不以《無衣》為刺。見中華書局，1987年版，第458頁。但東漢之後，《毛詩》大行，餘三家盡廢。至於宋，《毛詩李黃集解》卷十四李樗言：「今康公不能與民同欲，欲民之從死，必無是理。況死者，人之所重，同袍同澤同裳者，君之所輕，以輕與民，而責其所重，苟不施之而欲得其報，豈有是理哉！」《文淵閣四庫全書》第71冊，第295頁。

〔註10〕《續修四庫全書》集部詩文評類，《劍溪說詩》又編，第1701冊，第236頁。原文曰：「許彥周亟稱《邶風》『燕燕于飛』可泣鬼神，阮亭先生申復其說為萬古送別詩之祖。余謂唐詩之善者不出贈別、思懷、羈旅、征戍、宮詞、閨怨之作。而皆具於國風大小雅。今獨舉『燕燕』四章，其說未備。蓋《雄雉》，思懷詩之祖也；《旄邱》、《陟岵》羈旅行役詩之祖也；《擊鼓》、《揚之水》征戍詩之祖也；《小星》、《伯兮》宮詞閨怨之祖也。」按，《揚之水》詩（揚之水，不流束薪。彼其之子，不與我戍申。懷哉懷哉，曷月予還歸哉！），《詩序》云：「刺平王也。不撫其民，而遠屯戍於母家，周人怨思焉」。作為征戍詩之祖，有合理性，但是《擊鼓》由於所繫之事甚實，難以對一般征戍詩產生影響。

　　從孫子仲，平陳與宋。不我以歸，憂心有忡。

　　爰居爰處？爰喪其馬？于以求之？于林之下。

　　死生契闊，與子成說。執子之手，與子偕老。

　　於嗟闊兮，不我活兮。于嗟洵兮，不我信兮。

　　從《詩序》解釋來看，這首詩的寫作背景是魯隱公四年衛州吁聯合陳、宋、蔡發動對鄭國的不義戰爭。「擊鼓其鏜，踴躍用兵」，鄭箋以為是「治兵時」，即軍隊未發之時。之後的「土國城漕，我獨南行」句，《毛詩正義》釋是「州吁虐用其民，此言眾民雖勞苦，猶得在國，己從征役，故為尤苦也」；「不我以歸，憂心有忡」句鄭箋云「兵，凶事，懼不得歸，豫憂之」，《正義》還引《采薇》「曰歸曰歸，歲亦莫止」釋士兵對歸期無望的憂愁。詩的第三章，寫軍隊混亂之狀，是遭受了一場小規模的敗仗。《正義》曰：「從軍之士懼不得歸，言我等從軍，或有死者、病者，有亡其馬者，則於何居乎？於何處乎？於何喪其馬乎？若我家人於後求我，往於何處求之？當在山林之下。」正因為對死亡的憂懼，所以士兵之間約以親愛同救：「死生契闊，與子成說。執子之手，與子偕老。」鄭箋云：「從軍之士與其伍約，死也生也，相與處勤苦之中，我與子成相說愛之恩，志在相存救也。孔疏曰：毛以為，從軍之士與其伍約，云我今死也生也，共處契闊勤苦之中，親莫是過，當與子危難相救，成其軍伍之數，勿得相背，使非理死亡也。於是執子之手，殷勤約誓，庶幾與子俱得保命，以至於老，不在軍陳而死。王肅云：言國人室家之志，欲相與從生死，契闊勤苦而不相離，相與成男女之數，相扶持俱老。此似述毛，非毛旨也。卒章傳曰『不與我生活』，言與是軍伍相約之辭，則此為軍伍相約，非室家之謂也。」〔註11〕可見在「《詩序》－《孔疏》」的闡釋系統中，這首詩表現的是士卒的勤苦，根本與征夫閨婦之間的怨戍題材無關。也不可能與《飲馬長城窟行》中的「作書與內舍，便嫁莫留住。善待新姑嫜，時時念我故夫子」的丈夫與妻子

────────────────

〔註11〕以上均見《毛詩正義》，十三經注疏標點本，卷第二（二之一），第130～131頁。

的民歌體的對話產生淵源。在「詩經漢學」的解釋中,「執子之手,與子偕老」是戰友之情,非夫婦之情。邊塞詩中寫閨情的作品,不可能受到這首詩的影響。

《擊鼓》在經學闡釋中,完全是一首「刺亂詩」,唐人寫征怨題材的作品,不可能將反映衛州吁惡行的詩來奉為淵源。「擊鼓其鏜,踴躍用兵」更不是激昂的戰鬥場面,而是經學闡釋中諷刺的反語。唐代的邊塞詩的實際寫作不可能與《擊鼓》詩發生關聯。

三、《小雅・采薇》所代表的「慰勞」之義

《小雅・采薇》也被認為是邊塞詩的濫觴之一[註12]:

> 采薇采薇,薇亦作止。曰歸曰歸,歲亦莫止。
>
> 靡室靡家,玁狁之故。不遑啟居,玁狁之故。
>
> 采薇采薇,薇亦柔止。曰歸曰歸,心亦憂止。
>
> 憂心烈烈,載飢載渴。我戍未定,靡使歸聘。
>
> 采薇采薇,薇亦剛止。曰歸曰歸,歲亦陽止。
>
> 王事靡盬,不遑啟處。憂心孔疚,我行不來!
>
> 彼爾維何?維常之華。彼路斯何?君子之車。
>
> 戎車既駕,四牡業業。豈敢定居?一月三捷。
>
> 駕彼四牡,四牡騤騤。君子所依,小人所腓。
>
> 四牡翼翼,象弭魚服。豈不日戒?玁狁孔棘!
>
> 昔我往矣,楊柳依依。今我來思,雨雪霏霏。
>
> 行道遲遲,載渴載飢。我心傷悲,莫知我哀!

學者多注重詩中所表現出的士卒戍邊之怨,思歸之哀,[註13]然

〔註12〕現代學者持此論者甚多,如《唐代文學研究年鑒 1985》胡大濬《唐代邊塞詩研究》引陳祥耀之論,秦紹培、劉藝《論唐代邊塞詩繁榮的原因》(新疆大學學報 1992 年第 1 期)之論,等等。

〔註13〕如王夫之《詩廣傳》卷三曰:「往伐,悲也;來歸,愉也。往而詠楊柳之依依,來而歎雨雪之霏霏,善用其情者,不斂天物之榮凋以益已之悲愉而已矣。」見《船山全書》,嶽麓書社,1996 年版,第三冊,第391 頁。王夫之《薑齋詩話・詩譯》第四條曰:「昔我往矣,楊柳依依。

而在《詩序》中，這首詩的解釋卻是文王之時「西有昆夷之患，北有獵狁之難」，文王以殷王之命守衛中國，是一首出兵遣戍的慰勞之詩。與朱熹研究方法類似的現代《詩經》學者，從不會把《詩序》所云的話語當真，並且埋怨這種闡釋把文本中哀怨意味遮掩抹殺了。但是，在唐人主流的價值判斷裏，《采薇》都被接受為經學解釋中的模樣。《采薇》出兵慰勞、文王攘夷狄而救中國。﹝註14﹞可見，此詩雖然在文本的思想感情上有厭戰、怨戍情結，但是在「《詩序》－《孔疏》」的經學闡釋系統的遮蔽下，其怨戍情結難以得到文學性的發揚。

　　《采薇》與之後的《出車》、《杕杜》、《東山》、《破斧》，單單從文本上分析，均有征戍詩的「哀怨」之意，然而這種「哀怨」卻並不會對唐代邊塞詩產生直接影響，因為作為一組組詩，在經學的闡釋系統中，表現的是文王、周公慰勞將士的功績。《詩序》所云「（文王）以天子（殷王）之命，命將率遣戍役，以守衛中國。故歌《采薇》以遣之，《出車》以勞還，《杕杜》以勤歸也」﹝註15﹞，在唐宋的詩人所的詩句中，我們很容易看出其與《詩序》闡釋系統的完全吻合性。如「佇聞歌《杕杜》，凱入繫名王」（盧從願《奉和聖製送張說巡邊》）、「賞延頒賜

今我來思，雨雪霏霏。以樂景寫哀，以哀景寫樂，一倍增其哀樂。」見《船山全書》第15冊，第809頁。常森在《歸鄉情悲——〈采薇〉新釋》一文中指出：「其實，『昔我往矣，楊柳依依』一句雖然可以說是以樂景寫離家出征時的哀傷，可『今我來思，雨雪霏霏』卻絕對不是『以哀景寫樂』。詩歌寫主人公歸來時，明明說：『行道遲遲，載渴載飢。我心傷悲，莫知我哀。』何樂之有呢？又哪裏談得上以哀景寫樂？只要我們完整地把握詩人提供的各種要素，就可以發現『雨雪霏霏』毋寧說是『以哀景寫哀』。」（《文史知識》，2005年第6期，第40頁）對王夫之的意見有所修正，但是依然注重的是《采薇》的「怨」與「哀」的主旨。

﹝註14﹞「三家詩」皆認為是周懿王時的詩。《漢書·匈奴傳》即引作周懿王時「戎狄交侵，暴虐中國，中國被其苦。詩人始作，疾而歌之曰『靡室靡家，獵狁之故』、『豈不日戒？獵狁孔棘』。」班固的齊詩觀也將此詩的重點放在反映戎狄交侵中國、中國被其苦（此說與西漢公羊學說近似）之上。

﹝註15﹞《毛詩正義》十三經注疏標點本，卷第九，第588頁。

重，宸贈《出車》榮」（許景先《奉和聖製送張尚書巡邊》）、「叨陪幕中
客，敢和《出車》詩」（岑參《奉和杜相公初發京城作》）、「戰罷言歸
馬，還師賦《出車》」（袁傪《喜陸侍御破石堥草寇東峰亭賦詩》）、「計
日方夷寇，旋聞《杕杜》詩」（沈佺期《夏日都門送司馬員外逸客孫員
外佺北征》）、「賞應歌《杕杜》，歸及薦櫻桃」（杜甫《收京三首》）、「明
光朝即邁，《杕杜》早成歌」（錢起《送蕭常侍北使》）、「旋師聞《杕
杜》，歸路憶轅轅」（皎然《同楊使君白蘋洲送陸侍御工住入朝》）；宋人
有「禁中日夜思頗牧，四牡看隨《杕杜》還」（韓琦《覽渭帥王龍圖西
行詩集》）、「但遣詩人歌《杕杜》，不妨侍女唱《陽關》」（蘇軾《次韻王
雄州還朝留別》）等等。我們看不到「采薇」與征戍之怨之間有聯繫的
詩歌意象和典故應用。這一點正是說明，《采薇》最大的經學闡釋意義
和接受表現在「出兵慰勞」之上。

「《小雅》盡廢，則四夷交侵，中國微矣。」[註16]可以說，經學
家實質上是強調其在《詩經》諸篇上所賦予的周禮、儒家理想的重要意
義。《采薇》、《出車》、《杕杜》三篇所代表的儒家理想的居上位者的仁
義、閔懷、慰勞的人文主義關懷精神，這些「精神」被強調之後，自然
遮蔽了文本本身的藝術內涵。而唐代詩人能夠從這幾首組詩中吸取
的，當然只是這種被經典闡釋的「精神」而已了。

「《七月》陳豳公之政，《東山》以下主述周公之德」[註17]，「《詩
序》－《孔疏》」的闡釋系統與我們今天的解讀大相徑庭。在這種從漢
至唐的權力話語面前，唐代詩人的邊塞詩創作，在文學性、文本關聯
上，追溯到《詩經》的可能性是微乎其微的。唐代詩人寫作的邊塞詩和
戰爭詩，如果說受到《詩經》的影響，那麼這種影響也直接來源於經學
闡釋，而非文學文本之本體。因此，簡單的主題探究《詩經》文學內容

[註16] 《小雅‧六月》，《詩序》：「《采薇》廢，則征伐缺矣。《出車》廢，則
功力缺矣。《杕杜》廢，則師眾缺矣。……《小雅》盡廢，則四夷交侵，
中國微矣。」

[註17] 引自《豳七月訓詁傳第十五》，《毛詩正義》十三經注疏標點本，卷第
八（八之一），第484頁。

對後代邊塞詩的影響，是並不能讓人信服的。我們可以斷定，《詩經》中的戰爭詩，不構成對唐代邊塞詩戰爭詩的直接影響。

最後要說明的是，《樂府詩集》之「橫吹曲辭」中錄《雨雪》之曲，其題解中云：「《采薇》詩曰：『昔我往矣，楊柳依依。今我來思，雨雪霏霏』。《穆天子傳》曰：『天子游於黃室之丘，筮獵蘋澤，天子乃休。日中大寒，北風雨雪，有凍人，天子作詩三章以哀之，曰：『我徂黃竹』是也。』《雨雪曲》蓋取諸此。」〔註18〕從這首橫吹曲的名稱來看，的確是受到了《采薇》中「雨雪霏霏」之句的影響，但是，這並不能說明《雨雪》的文學文本淵源來自於《采薇》。而應該認識到，這僅僅是樂府曲子在取名的時候附庸風雅的借名而已。陳後主、江暉、張正見、江總等人的擬作，是以表現鼓角橫吹曲的音樂感染為主，擬寫邊關雨雪，格調蒼涼。且《雨雪》曲辭並不關心真實的士卒哀怨，最多與「玉臺體」的閨情做一點聯繫，其生成的起點還是在樂府。〔註19〕

「《詩序》－《孔疏》」的經學闡釋強調聖人、「君子」對社會苦難的同情。前文已經舉《采薇》之例，再如反映周公東征之《豳風·破

〔註18〕《樂府詩集》卷二十四，北京：中華書局點校本，1979年版，第357頁。

〔註19〕陳後主、江暉、張正見、江總、陳暄、謝燮、李端、翁綬的作品詳見《樂府詩集》卷二十四，第357～359頁。此外，《全唐詩》卷四十二有盧照鄰《雨雪曲》、卷二五〇有皇甫冉《雨雪》。其他詩人在邊塞詩和送人赴邊的詩中也頗有使用「雨雪」之意象者，如鄭愔《胡笳曲》云「曲斷關山月，聲悲雨雪陰」；崔湜《大漠行》（又作胡浩詩）云「陣雲不散魚龍水，雨雪猶飛鴻鵠山」；盧象《雜詩二首》其一云「死生遼海戰，雨雪薊門行」；皇甫曾《送和西蕃使》云：「雨雪從邊起，旌旗上隴遙」；高適《送董判官》云「近關多雨雪，出塞有風塵」；姚合《送少府田中丞赴西番》云「風沙去國遠，雨雪換衣頻」；馬戴《送和北虜使》云「路始陰山北，迢迢雨雪天」；翁綬《折楊柳》云「此去關山雨雪多」；李昌符《送人出塞》云「北風吹雨雪，舉目已淒淒」。其中以橫吹曲樂府意象的「雨雪」居多，可見音樂對文學的影響力之巨。相關橫吹曲對邊塞詩的影響，見本文第二章《樂府母題》第三節《鼓吹樂曲的音樂摹寫》的專門論述。

斧》，在《詩序》、《正義》中，「哀我人斯，亦孔之將」也是指周公對從征三年的士卒的巨大悲憫。這種居高臨下意識形態解讀很難與表現個體的文學本身取得情感一致的聯繫。因此，本文認為，《詩經》文學性的影響實際上在漢代至唐代是被「詩經漢學」的經典闡釋遮蔽掉了的，我們稱之為戰爭詩文學性影響的接受障礙。這一點在探討邊塞詩的生成過程中，是不能被忽略的。

第二節　《詩經》正調：儒學思想與文本章法

　　在「《詩序》－《孔疏》」的經學闡釋系統影響下，《詩經》中的戰爭詩被解讀為一種政治話語，故本文以「《詩經》正調」呼之。《詩經》中的戰爭詩在這種「正調」話語之下，被解讀為一種以教化功能為主的群體性文本。這種文本對後代文學作品的影響必然是以思想性為主的。具體到對後代戰爭詩和邊塞詩的影響，主要包括詩人對儒家戰爭觀念的接受。

　　與此同時，「《詩經》正調」也表現為一種文學性影響，即《詩經》文本的敘事模式和頌揚模式，被後代廟堂文學的讚頌之文奉為應制寫作的範式，從而形成一種文學性的章法借鑒。

一、惠此中國，以綏四方：反戰題材邊塞詩的思想淵源

　　我們知道，儒家功利主義文學觀強調詩人對社會現實的反映，「上以風化下，下以風刺上」。「《詩序》－《孔疏》」系統中所云的詩人（或大夫、君子﹝註20﹞）的悲憫傷亂、怨刺時政，愍念下情的作品在創作觀念上還是對唐代邊塞詩有一定影響。邊塞詩中表達民生疾苦、反映戰爭給人民帶來災難不幸的詩篇則可以體現出與《詩經》儒學觀念的契合之處。邊塞詩中的反戰思維來源於詩人對社會現實的哀愍，而從思想淵源上講，這種文化心理受到以儒家戰爭觀念的影響。

﹝註20﹞《何草不黃》孔穎達《正義》云：「上言下國，後云君子，則作者下國君子也。君子無尊卑之限，國君以下，有德者皆是也。」

　　與孔子所云「遠人不服，則修文德以來之」(《論語‧季氏》)、《國語》鄢陵之戰范文子云「內睦而後圖外」、「君人者刑其民，成而後振武於外，是以內和而外威」〔註21〕相一致，「詩經漢學」對於戰爭詩的解讀首先也是強調內政修明的重要性，內政修則四夷服，這種經學觀念在儒學士大夫心中是極為根深蒂固的。

　　「《詩序》－《孔疏》」的闡釋認為，在內政不修國家喪亂的西周幽王、厲王時代，四夷交侵中國，人民征戍勞苦。而這種闡釋所批判的正是當此之時，幽王、厲王不知躬行檢討內政之失，反而導致人民徭役繁重，久病於外，這是本末倒置的做法。如《小雅‧漸漸之石》之《詩序》云：「下國辭幽王也。戎狄叛之，荊舒不至，乃命將帥東征，役久病於外，故作是詩也。」〔註22〕再如《小雅‧苕之華》，《詩序》云：「大夫閔時也。幽王之時，西戎東夷交侵中國，師旅並起，因之以飢饉。君子閔周室之將亡，傷己逢之，故作是詩也。」類似的評判還有《何草不黃》之《序》：「下國刺幽王也。四夷交侵，中國背叛，用兵不息，視民如禽獸。君子憂之，故作是詩也。」〔註23〕這些經學闡釋都試圖說明，治國的根本在內政，在於愛民，國內政治修明之後，不會有兵亂之災，百姓則不會罹遭災殃。《何草不黃》之《孔疏》曰：「隱五年《穀梁傳》曰：『古者征伐不逾時』。是古者師出不逾時也，所以厚愛民之性命，恐勞苦故也。今草玄至於黃，黃又至於玄，期年不歸，是為非民，言其不厚之也。」〔註24〕亦是此意。經學家的這種戰爭態度，歸根結底是一種政治儒學上探討內外關係的策略。唐代邊塞詩中表現出的詩人對邊塞戰爭時事的評論意見，可以看出與此儒學觀的一致之處。

　　深受儒學思想影響的杜甫，其邊塞詩戰爭詩中，很能代表唐人的

〔註21〕《國語集解》，晉語六第十二，北京：中華書局，2002年版，第392頁。
〔註22〕《毛詩正義》十三經注疏標點本，卷十五，第939頁。
〔註23〕分別見《毛詩正義》十三經注疏標點本，卷十五，第945、948頁。
〔註24〕《毛詩正義》十三經注疏標點本，卷十五，第949頁。

這種儒學思考。其在《贈高三十五書記》中云「請公問主將，焉用窮荒為？」、在《前出塞》中云「苟能制侵陵，豈在多殺傷？」、在《留花門》中云「自古以為亂，詩人厭薄伐」、在《秦州雜詩》中云「但添新戰骨，不返舊征魂」、在《兵車行》中云「邊庭流血成海水，武皇開邊意未已」、《哀王孫》中云「竊聞天子已傳位，聖德北服南單于」，皆是體現了儒家對待戰爭與邊塞的思考。

我們同時應該認識到，唐人「反戰」詩重表現的儒學思考包含了幾乎所有的當時奉為經典的儒家著作。並且也有受到道家等其他思想的影響（如李白的《戰城南》等詩）。《詩經》在這種思想淵源的影響中，與其他經典一致，並沒有展現出多少文學性上的獨特意義。

二、中興與攘夷：戰爭詩的「王道」理想

如果說，「反戰題材」作品受《詩經》的影響停留在思想性上，那麼，儒家「王道之師」、「尊王攘夷」等觀念在《詩經》戰爭詩的文本書寫得到了一種結合，成為一定的文學規範。《左傳》中描寫戰爭以渲染戰前氣氛、戰場布置而不多描寫戰事進程和戰鬥場面為寫作特點，《詩經》文本也體現了這種寫作特點。如《采薇》之中「駕彼四牡，四牡騤騤」、「四牡翼翼，象弭魚服」、「戎車既駕，四牡業業」的賦筆，再如《采芑》前三章全用賦法，描寫出戰前軍容之盛大，末章乃言「蠢爾荊蠻，大邦為讎。方叔元老，克壯其猶。方叔率止，執訊獲醜。戎車嘽嘽，嘽嘽焞焞，如霆如雷。顯允方叔，征伐玁狁，蠻荊來威。」〔註25〕成為後代戰爭詩中常用的譴責鞭撻之辭。而其中對戰陣的描寫，氣勢威嚴，如同今日之軍事演習，威懾對手，並加以政治詞語聲討譴責，以達到不戰而屈人之兵的目的。

雅頌中的戰爭詩淡化戰爭本身，強調武力震懾以及政治聲討。雅頌中的篇章，著墨點均在戰前和戰後。戰前，則是耀武與聲討，戰後，則是獻俘與受饗。戰前聲討的傳統，起源有三。第一是《尚書》「恭行

〔註25〕《詩經注析》，北京：中華書局，1991 年版，第 510 頁。

天罰」的命誓之辭〔註26〕；第二是湯之征自葛始的藉口之辭〔註27〕；第三則為《采芑》中的「蠢爾蠻荊，大邦為讎」的討逆之辭。三者對後代戰爭文學作品如邊塞詩、戰爭詩、檄文、露布、出師頌等均有影響。

　　大雅中的《江漢》、《常武》均是宣王針對淮夷用兵的詩。淮夷作為歷史上的邊患，在東周以後就逐漸弭平，但是《江漢》、《常武》所稱頌的平淮的勝利一直被歷代詩人作為歌詠對外戰爭勝利的典故使用，並直接啟發了韓愈作《平淮西碑》〔註28〕。《江漢》就如言股肱大臣統帥虎賁之師一臨敵境，立刻強虜震怖，不戰而勝。於是「經營四方，告成於王。四方既平，王國庶定。時靡有爭，王心載寧」了，《常武》就如言偉大的軍事勝利僅僅只需要聖明天子一發雷霆之怒，一聲令下，軍容威整之震懾氣勢一出，立刻強虜震驚，不戰來降。勝利之後，「王猶允塞，徐方既來。徐方既同，天子之功。四方既平，天子之功。」〔註29〕就二詩觀之，對於戰事本身幾乎沒有任何筆墨的描寫，給讀者的印象是，蠢爾蠻類如螳臂當車，王師不征則已，征則一掃而平，「鋪敦淮濆，仍執醜虜」。平定之後，汝等還會誠心入獻，「四方既平，徐方來庭」。這種一再而三的渲染戰前、淡化戰爭本身，強調王道蕩蕩、王

〔註26〕這個傳統強調的是：歷數所伐對象失德棄賢、暴虐其民的行為，此乃「恭行天之罰」（《甘誓》：「恭行天之罰」、《湯誓》：「致天之罰」、《牧誓》：「惟恭行天之罰」），最後申明軍紀。在夏啟攻伐有扈氏而作的《甘誓》、商湯伐桀的《湯誓》、武王伐紂的《泰誓》（《泰誓》之名，《史記・周本紀》存之，今古文尚書《泰誓》三篇之文，係東晉偽造）、《牧誓》中均有充分的表現。

〔註27〕《史記・殷本紀》：「湯征諸侯，葛伯不祀，湯始伐之」。《左傳》管仲責屈完「爾貢包茅不入」，《聲律啟蒙》：「葛被湯征因仇餉，楚遭齊伐責包茅」，均是這個傳統。

〔註28〕《韓昌黎文集校注》卷七《平淮西碑》補注引姚範曰：「自元和九年用兵淮蔡，至十三年而始平，銘及之。期間命將出師，攻城降卒，俱非一時事，亦非盡命裴度後事也。而序皆類之若一時事者，蓋其所以從唐憲奮武耆功，申命伐叛之威。裴度以宰相宣慰，君臣協謀，著度之威，而主威益隆。此《江漢》、《常武》之意也。」見上海古籍出版社，1986年版，第475頁。

〔註29〕《毛詩正義》十三經注疏標點本，卷第十八，第1241頁、1256頁。

師無敵的寫作思路，也對唐代邊塞詩戰爭詩中強調王師浩蕩的作品產
生直接影響。如柳宗元的四言詩《奉平淮夷雅·皇武》，即是以此寫
作模式以及戰爭理想來構思布局，詩中對正面戰場的記述幾乎為零：
「王旅渾渾，是伐是怙。既獲敵師，若饑得餔。蔡凶伊窘，悉起來聚。
左搗其虛，靡慾厥慮。載鬥載攽，丞相是臨。弛其武刑，諭我德心。其
危既安，有長如林。曾是讙譊，化為謳吟。」戰爭就這樣結束了，其結
果是「淮夷既平，震是朔南。宜廟宜郊，以告德音。歸牛休馬，豐稼於
野。我武惟皇，永保無疆。」〔註30〕

　　「宣王中興」儒學歷史觀的建構，在《毛詩》的經學闡釋中，體
現得尤為明顯。〔註31〕《小雅》中的《六月》、《采芑》，是歌頌周宣王
外攘夷狄的詩。《六月》為歌頌北伐獫狁；《采芑》為歌頌南伐荊蠻。
周宣王的軍事行動被儒家解讀為中興和攘夷的完美結合。並且《詩序》
也從《車攻》諸詩中解讀出了政治修明的深意──「宣王能內修政事，
外攘夷狄，覆文武之境土，修車馬，備器械，復會諸侯於東都。」《六

〔註30〕見《全唐詩》卷二五〇，第3915頁。
〔註31〕關於「宣王中興」的歷史事實，從已出土西周青銅器物可以印證宣王
　　　　征伐淮夷、徐方、荊楚等軍事行動是勝利的。李學勤《新出青銅器研
　　　　究》（文物出版社，1990年版）結合兮甲盤和駒父盨等出土文獻指出，
　　　　宣王二十三年、二十四年軍事上達到鼎盛。而《國語》、《史記》中亦
　　　　記載了宣王「敗於姜氏之戎」、「喪南國之師」等軍事失敗。顧炎武《日
　　　　知錄》卷三「太原」（按，顧氏此條考證「太原」即大原，在西北今甘
　　　　肅平涼一帶）條云：「吾讀《竹書紀年》，而知周之世有戎禍也。……
　　　　宣王之世，雖號中興，三十三年，『王師伐太原之戎，不克』。三十八
　　　　年，『伐條戎、奔戎，王師敗逋』。三十九年，『伐羌戎，戰於千畝，王
　　　　師敗逋』。四十年，『料民於太原』其與後漢西羌之叛，大略相似。……
　　　　蓋宣王之世，其患如漢之安帝也；幽王之世，其患如晉之懷帝也。……
　　　　然則宣王之功，計亦不過唐之宣宗，而周人之美宣，猶猶魯人之頌僖
　　　　也。事劣而文侈矣」（嶽麓書社，2011年版，第117頁。）《詩序》認
　　　　為屬周宣王時期的作品，如《大雅》中《雲漢》、《崧高》、《烝民》、《韓
　　　　奕》、《江漢》、《常武》；《小雅》中《六月》、《采芑》、《車攻》、《吉日》
　　　　基本可信。另有《鴻雁》、《庭燎》、《斯干》、《五羊》、《祈父》、《白駒》、
　　　　《黃鳥》、《我行其野》、《沔水》、《鶴鳴》，朱熹以來，學者懷疑漸多，
　　　　今之學者多不採其說。

月》在「《詩序》－《孔疏》」的經學闡釋系統中主要表達以下三方面
意思：

　　一、內政不修明是導致四夷侵秩的原因。《詩序》云「小雅盡廢，
則四夷交侵，中國微矣」，《正義》曰：「言宣王所以北伐者，由於前屬
王小雅盡廢，致令四夷交侵，以故敘所廢之事焉。……小雅之正經，王
者行之，所以養中國而威四夷。今盡廢，事不行，則王政衰壞，中國不
守，四方夷狄來侵之，中夏之國微弱矣。言北狄所以來侵者，為廢小雅
故也。屬王廢之而微弱，宣王能御之而復興。」〔註 32〕在這個邏輯之
下，對外戰爭的勝利首先是內政的修明和聖主的恩德。這在後代的對
外勝利的歌頌之詩文中都有反覆的體現。

　　二、作戰的目的和限度——安定王國，以強大的軍事實力威懾夷
狄，保證封域之內的安定，而對於夷狄則「逐出之而已」。儒家認為軍
事戰爭並不是以憑陵屠戮、攻城掠地為目的，而是以撫慰綏服、宣化
王道、弔民伐罪為歸止。宣王北伐夷狄並非為了單純的軍事勝利。《六
月》中「薄伐玁狁，至于大原」，最能表達儒家的戰爭思想。毛公注
「言逐出之而已」，孔穎達《正義》云：「不言與戰。《經》云『至于大
原』，是宣王德盛兵強，玁狁奔走，不敢與戰。吉甫直逐出之而已。《采
芑》、《出車》皆言『執訊獲醜』此無其事，明其不與戰也。」〔註 33〕周
宣王這場戰爭在儒家的闡釋系統中成為一個威懾外夷、不戰而勝，驅
逐外族、不與交兵、全師而還的理想模式。任昉《奏彈曹景宗》：「竊尋
獫猲侵秩，暫擾疆陲，王師薄伐，所向披靡。是以淮徐獻捷，河兗凱

〔註 32〕《毛詩正義》十三經注疏標點本，卷第十，第 632 頁。
〔註 33〕《毛詩正義》十三經注疏標點本，卷第十，第 640 頁。其所引《公羊
　　　　傳》莊（公）三十年，『齊人伐山戎』：「『此蓋戰也。何以不言戰？《春
　　　　秋》敵者言戰。桓公之與戎狄，驅之爾』。何休曰：『時桓公力但可驅
　　　　逐之而已。』義與此同。」按，這句詩的經學闡釋中，唯有《公羊傳》
　　　　持異議。《公羊傳》所云「時桓公力但可驅逐之而已」，以為《春秋》
　　　　書「齊人」而不書「齊侯」，有貶。（據《公羊傳注疏》卷第九）《公羊
　　　　傳》主張對夷狄主動出擊並趕盡殺絕，是漢武帝時期國家政策中征伐
　　　　匈奴戰爭在意識形態上的反映。

歸。東關無一戰之勞，途中罕千金之費。」〔註34〕孫楚《為石仲容與孫皓書》：「宣王薄伐，猛銳長驅。師次遼陽，而城池不守；枹鼓一震，而元兇折首。」〔註35〕李華《弔古戰場文》：「周逐獫狁，北至太原。既城朔方，全師而還。飲至策勳，和樂且閒。穆穆棣棣，君臣之間。」即是對此羨慕有加的讚歎。並且指出這種理想的對外戰爭模式之所以難以實施，是因為文教缺失，仁義偏廢：「古稱戎夏，不抗王師。文教失宣，武臣用奇。奇兵有異於仁義，王道迂闊而莫為」。〔註36〕更強調國家內政的重要性，對四夷的戰爭要適可而止，不可耗費中國，以德服之，羈縻繫之。

　　三、強調文武重臣（尹吉甫）對國家安危的支柱作用。這一點在《江漢》、《常武》的命將之辭中已經有所表現，而《六月》的頌揚之辭更為直接：「文武吉甫，萬邦為憲。」唐代投贈稱頌文武重臣的詩作中多有引用。如張說《奉和聖製送王晙巡邊應制》云：「八月歌周雅，三邊遣夏卿」、崔日用《奉和聖製送張說巡邊》亦云：「吉日四黃馬，宣王六月兵」、權德輿《送張僕射朝見畢歸鎮》：「東方連帥南陽公，文武吉甫如古風」。唐憲宗平淮西，韓愈、柳宗元等人對裴度的歌頌敘事模式也完全來源於此。

　　《詩經》中除了歌頌宣王的中興和攘夷，在《商頌·殷武》與《魯頌·泮宮》中，也有類似的宣傳模式。《商頌·殷武》的創作背景是宋襄公繼齊桓公的霸業對抗荊楚的歷史事實。《魯頌·泮宮》的創作背景是魯僖公繼桓公之霸而南伐淮夷之歷史事實。〔註37〕

〔註34〕《文選》卷四十，北京：中華書局點校本，第1802頁。
〔註35〕《文選》卷四十三，北京：中華書局點校本，第1931頁。
〔註36〕吳楚材等編，《古文觀止》，北京：中華書局，1959年版，第311頁。
〔註37〕傅斯年先生指出：「綜觀《魯頌》、《商頌》，齊桓、管仲事業之盛可見，宋襄、魯僖皆叨桓公之光者耳。齊桓之伯，北伐山戎，以救邢封衛，南伐楚，陳諸侯之兵於召陵，楚既受責，略東夷淮徐以歸。……齊桓遂於北方功定之後，率諸侯之師以威之，雖未能戰而勝楚，楚不敢不受盟也。魯僖實躬與桓公歷年之盟會，伐楚之役，與師往焉，東略而歸，遵徐淮（誤印作准）而返。疑《魯頌》所言淮夷來同，徐方來同者，

《殷武》為歌頌宋襄公的霸業而作〔註38〕，稱頌殷高宗武丁「伐荊楚」的功績，實際是為了現實宋國的形勢服務。全詩六章，稱頌高宗武丁戰功的只有第一章。《毛詩正義》云：「首章言伐楚之功，二章言責楚之意，三章、四章、五章述其告曉荊楚。」〔註39〕這樣看來，第二章至五章均為責備荊楚之辭，「以我商家之德盛明如此，汝何故敢背德不從我化乎！」〔註40〕第六章為敬修祖廟之辭：

撻彼殷武，奮伐荊楚。罙入其阻，裒荊之旅。有截其所，湯孫之緒。

維女荊楚，居國南鄉。昔有成湯，自彼氐羌，莫敢不來享，莫敢不來王。曰商是常。

天命多辟，設都於禹之績。歲事來辟，勿予禍適，稼穡匪解。

未必非由召陵班師之役，桓公助之開始經營。桓公晚年，徐從諸夏，楚伐之，諸夏救之。桓公一死而宋魯哄（筆者注：疑當為訌），宋納齊孝公，魯亦納公子無虧，宋敗魯。從此宋東聯東夷，主諸夏之盟，以鬥楚，魯則折而為楚（原文注：僖十九年，魯與楚盟。魯之折而為楚者，疑由宋襄公略地徐方，故遠交楚而近攻徐。徐在桓公末年，已折為中夏，楚伐之，同時楚人入舒，舒亦淮上國也。楚魯夾攻徐，則魯之拓地徐方自易。魯僖為自己之利，忘諸夏之義矣）。宋襄之主盟不成者，恐亦由於恢復殷商之觀念甚熾，姬姓諸國所極不願，然毅然抗楚之北上，為齊桓之所不敢為，繼齊桓之志，開晉文之業，誠春秋前半之最大事件。若魯僖則始追齊桓之後，繼背諸夏而為楚，終乃於泓之戰後受楚之獻俘。乃曰『戎狄是膺，荊舒是懲』，亦顏之厚矣。若《商頌》之語，雖為辭近誇，就感情論，及誠真無隱。」傅文中提到的《魯頌》、《商頌》，正是指《泮水》、《殷武》兩篇，「戎狄是膺，荊舒是懲」出自《魯頌·閟宮》，和《泮水》一起歌頌魯僖公的。見《傅斯年古典文學論著》，上海書店出版社，2011年版，第214頁。

〔註38〕《詩序》認為正考父整理了《商頌》：「微子至戴公，其間禮樂廢壞。有正考父者，得商頌十二篇於周之太師，以《那》為首」。《史記·宋世家》認為，正考父美宋襄公「修仁行義，欲為盟主」而作《商頌》。傅斯年《〈商頌〉非父作》認為，整個《商頌》五篇，不是正考父所作，因為其時代的下限是宋襄公，正考父的時代在宋襄公之後六十年。
〔註39〕《毛詩正義》十三經注疏標點本，卷二十，第1461頁。
〔註40〕《毛詩正義》十三經注疏標點本，卷二十，第1461～1467頁。

　　　　天命降監，下民有嚴。不僭不濫，不敢怠遑。命于下國，
封建厥福。

　　　　商邑翼翼，四方之極。赫赫厥聲，濯濯厥靈。壽考且寧，
以保我後生。

　　　　陟彼景山，松柏丸丸。是斷是遷，方斲是虔。松桷有梴，
旅楹有閑，寢成孔安。

　　《詩經注析》：「第二章舉成湯時代氐羌不敢不來貢來朝作比，第
三章言諸侯亦來服，第四、五章言高宗中興的國內形勢。措詞雖溫而實
厲，曲而實直。」〔註41〕其實這首詩是春秋時宋襄公與楚國爭霸的產
物。詩的最後一章言修其祖廟，《正義》以為主角是武丁，其實應該是
宋襄公，暗喻宋襄公能夠繼承武丁之功績，大興殷商，成就霸業。《詩
經注析》云：「《長發》、《殷武》是歌頌宋襄公伐楚的勝利」〔註42〕。
雖然宋襄公的爭霸僅僅是曇花一現，且因行事迂腐而成為笑柄，但是
事實上，本詩正是基於宋楚爭霸的背景，以歌頌武丁之德，嚴正聲討荊
楚背叛之逆。此詩當產生於宋楚泓之戰之前，詩中洋洋大論言殷商受
命「赫赫厥聲，濯濯厥靈」，以聲討荊楚不服宋命，正是宋楚爭霸的歷
史反映。〔註43〕而這種寫作模式，也為後來歌頌功德性質的戰爭詩提

〔註41〕《詩經注析》，第 1040 頁。

〔註42〕按，《長發》祀高宗及伊尹，無關征戰之辭，說其歌頌宋襄公伐楚，不
　　　　確。並據《左傳》，魯僖公二十一年，春，宋襄公為鹿上之盟，求諸侯
　　　　於楚，楚人許之。秋，宋襄公又為盂之盟，楚執宋公以伐宋。僖公二
　　　　十二年，夏，宋襄公伐鄭，冬，楚出兵救鄭，宋楚泓之戰，宋師敗績，
　　　　宋襄公傷，翌年公薨。則宋、楚之戰，宋襄公並未獲勝。「歌頌宋襄公
　　　　伐楚的勝利」，似言之無據。見第 1023 頁。

〔註43〕宋襄公的地位實際上比《左傳》和《國語》所述要重要。傅斯年認為：
　　　　「今試看《春秋》所記，葵丘之會，襄公與焉；咸之會，牡丘之會，
　　　　淮之會，皆與焉。齊桓甫死，襄公即以曹衛邾莒之師伐齊，勝魯而定
　　　　齊難，於是乎繼齊之伯。次年（僖十九年）執滕子嬰齊，與曹人、邾
　　　　人盟於曹南。逾二年（僖二十一年）宋人、齊人、楚人盟於鹿上。大
　　　　國之盟，宋人為先，儼然盟主也。其年秋，『宋公、楚子、陳侯、蔡侯、
　　　　鄭伯、許男、曹伯盟於霍』，襄公然後為楚所欺，乘車之會，楚人伏兵
　　　　執襄公。次年，『宋公、衛侯、許男、滕子伐鄭』，其年冬十一月，然

供了範本。

　　魏明帝曹叡《櫂歌行》：「王者布大化，配乾稽后祇。陽育則陰殺，暑景應度移。文德以時振，武功伐不隨。重華舞干戚，有苗服從媯。蠢爾吳中虜，憑江棲山阻。哀哉王士民，瞻仰靡依怙。皇上悼愍斯，宿昔奮天怒。發我許昌宮，列舟於長浦。翌日乘波揚，棹歌悲且涼。太常拂白日，旗幟紛設張。將抗旄與鉞，耀威於彼方。伐罪以弔民，清我東南疆。」〔註 44〕這首詩正是體現了儒家理想化的對外戰爭模式的頌揚。而其《善哉行》更是極力地渲染了曹操征戰孫權、劉備的功勳：

> 我祖我征，伐彼蠻虜。練師簡卒，爰正其旅。
>
> 輕舟竟川，初鴻依浦。桓桓猛毅，如羆如虎。
>
> 發炮若雷，吐氣如雨。旄旌指麾，進退應矩。
>
> 百馬齊轡，御由造父。休休六軍，咸同斯武。
>
> 兼塗星邁，亮茲行阻。行行日遠，西背京許。
>
> 遊弗淹旬，遂屆揚土。奔寇震懼，莫敢當御。
>
> 權實豎子，備則亡虜。假氣遊魂，魚鳥為伍。
>
> 虎臣列將，怫鬱充怒。淮泗肅清，奮揚微所。
>
> 運德耀威，惟鎮惟撫。反斾言歸，旆入皇祖。〔註 45〕

　　與宋襄公爭霸遭遇泓之戰的失敗頗相似的是曹操赤壁之戰的失敗。但是這並不影響以上兩首詩對曹操武功的歌頌，我們在敘事模式上可以看到《殷武》的影響。

　　唐代頌揚國家中興的邊塞詩中，詩人對《詩經》敘事模式和頌揚

後敗於泓。由是而論，襄公固曾主霸，只是斷爛朝報之《春秋》所記不詳耳。……襄公卒後，楚勢大張，伐陳滅蔡，數次伐宋，幾至入其國，諸侯亦宋故盟於宋。至僖公二十八年，晉文敗楚於城濮，然後中國不為楚滅。是晉文定功，亦緣宋之故也。齊桓、晉文之間，宋襄雖小霸而不卒，然齊桓、晉文御南蠻之事業，宋公三世（桓、襄、成）皆參與之。」參加《傅斯年古典文學論著》，上海書店出版社，2011 年版，第 212 頁。

〔註 44〕《樂府詩集》卷四十，第 592 頁。
〔註 45〕《樂府詩集》卷三十六，第 538 頁。

模式的借取是很明顯的，這裡僅舉杜牧的一首頌詩為例：

> 行看臘破好年光，萬壽南山對未央。
>
> 點戞可汗修職貢，文思天子復河湟。
>
> 應須日馭西巡狩，不假星弧北射狼。
>
> 吉甫裁詩歌盛業，一篇《江漢》美宣王。〔註46〕

三、武舞《大武》的「武德」精神

《周頌‧武》是周公所作的樂舞《大武》的六章的一章。《大武》作為歌頌武王伐紂勝利的有劇情的長篇音樂舞蹈，從西周至春秋皆在演奏。《大武》的六篇樂章，均在《周頌》中，分別為《我將》、《武》、《賚》、《般》、《酌》、《桓》〔註47〕，歌頌武王征伐滅商的武功，而其主題在《左傳》中被解釋為「七德」：「禁暴」、「戢兵」、「保大」、「定功」、「安民」、「和眾」、「豐財」〔註48〕。《大武》六章中，歌頌周武王

〔註46〕詩題《奉和白相公聖德和平致茲休運歲終功就合詠盛明呈上三相公長句四韻》，寫作背景為唐宣宗大中三年，張議潮歸義之後，朝廷收復隴右。時宰相白敏中、馬植、魏扶、崔鉉皆有賀聖工功德的詩。杜牧和作此首。見《杜牧集繫年校注》，北京：中華書局，2008年版，第218頁；《全唐詩》卷五二一，第5954頁。

〔註47〕《詩經注析》引《禮記‧樂記》「武樂六成」，並取王國維《周大武樂章考》以及陸侃如、高亨之說，最終認為，《我將》為《大武》之第一章，《賚》、《般》為第三章和第四章，《桓》為第六章。見第945頁。

〔註48〕見《左傳‧宣公十二年》，《春秋左傳注》，第744~747頁。原文曰：丙辰，楚重至於邲，遂次於衡雍。潘黨曰：「君盍築武軍，而收晉尸以為京觀。臣聞克敵必示子孫，以無忘武功。」楚子曰：「非爾所也。夫文，止戈為武。武王克商。作《頌》曰：『載戢干戈，載櫜弓矢。我求懿德，肆於時夏，允王保之。』又作《武》，其卒章曰『耆定爾功』。其三曰：『鋪時繹思，我徂求定。』其六曰：『綏萬邦，屢豐年。』夫武，禁暴、戢兵、保大、定功、安民、和眾、豐財者也。故使子孫無忘其章。今我使二國暴骨，暴矣；觀兵以威諸侯，兵不戢矣。暴而不戢，安能保大？猶有晉在，焉得定功？所違民欲猶多，民何安焉？無德而強爭諸侯，何以和眾？利人之幾，而安人之亂，以為己榮，何以豐財？武有七德，我無一焉，何以示子孫？其為先君宮，告成事而已。武非吾功也。者明王伐不敬，取其鯨鯢而封之，以為大戮，於是乎有京觀，以懲淫慝。今罪無所，而民皆盡忠以死君命，又可以為京觀乎？」

伐紂功業的詩句，有「日靖四方」、「勝殷遏劉」、「於鑠王師，遵養時晦。時純熙矣，是用大介」等，與《左傳》的闡釋結合來看，的確有「止戈」的武德，並參孔子對賓牟賈解說完《大武》後的一番議論，「馬散華山之陽，而弗復乘；牛散桃林之野，而弗復服；車甲釁而藏之府庫，而弗復用；倒載干戈，包以虎皮。將帥之士，使為諸侯，名之曰建櫜。然後天下知武王之不復用兵也」〔註49〕，《大武》可以說的確反映了儒家對戰爭的終極關懷，即「勝殷遏劉」的「武德」精神。而且《大武》作為歌頌性樂舞，與祭祀和告天成功的儀式是分不開的。《周頌·酌》即言「告成《大武》也」。王者功成治定，告成功於天，《頌》的篇章作為禮樂儀式專用的樂章，而《武》、《酌》等篇章，可以說是歌頌國家軍事勝利以及朝廷武德的重要樂曲樂章，其所表現出的對戰爭的終極關懷，對後世的樂舞之辭章的思想性產生巨大的影響。其中最為明顯的就是《破陣樂》作為樂舞的變化。

《破陣樂》作為音樂，源出於唐統一天下的初戰陣之間，傳唱於士卒之口，後被用於凱樂、宴享樂、并一度用為郊祀樂〔註50〕，並成為陳王業艱難的武舞，體制宏大，影響波及四夷。有唐一代，《破陣樂》的名稱、功用隨著國家禮樂制度的需要而有所變遷，據沈冬研究，《破陣樂》在貞觀元年（627）開始使用於宮廷宴饗之燕樂，貞觀七年（633）太宗親定為樂舞，改名為《七德舞》。有一百二十八位舞者，披甲執銳，編伍魚貫，擊刺奮殺，表現太宗平天下的英雄神武。高宗龍朔

祀於河，作先君宮，告成事而還。

〔註49〕 十三經注疏《禮記正義》，卷三十九，第 1134～1135 頁。按，孔子云《大武》「盡美矣，未盡善也」（《論語·八佾》），依然存在不滿，結合《禮記》的記述，頗多「發揚蹈厲」之舞，孔子雖將其解釋為「太公之志也」，但是與其中和之美的音樂觀念仍舊不合，故稱「未盡善也」。

〔註50〕 高宗麟德二年，以《破陣樂》用於郊祀。儀鳳二年，太常少卿韋萬石奏《破陣樂》不合郊祀法度，應恢復舊制樂舞《凱安》的使用。按，《凱安》為貞觀中郊祀化的凱樂，其六變之象，亦是軍陣之事。只是比《破陣樂》更適合郊祀典禮的法度。見《舊唐書·音樂一》，第 1048 頁。

元年（661）因征伐高麗的需要，改制《破陣樂》為《一戎大定樂》；玄宗誅滅韋后之亂後因之改制《小破陣樂》。後立部伎有百二十人舞《破陣樂》。《破陣樂》入雅樂先後改名《神功破陣樂》和《七德舞》，以象周之《大武》。後教坊和法曲之中亦有《破陣樂》。〔註51〕作為武舞的《七德舞》，與《大武》的印照關係非常明顯，尤其是思想性的影響。沈冬在分析太宗欽定《破陣樂》樂舞的動機，茲概述：

一、 為了法古。實踐《禮記·樂記》所謂「王者功成作樂」的理想，直接取法對象，則是周武王的《大武》。《破陣樂》「擊刺來往」的肢體動作，三變四陣的樂曲，顯然模仿《大武》「夾振四伐」的舞蹈、六成的結構。

二、 為了使人「畏威」。燕樂用於朝廷宴饗之中，愉悅耳目是其目的之一。但《破陣樂》的目的絕不止於娛悅耳目。觀者「扼腕踊躍，凜然震竦」，顯示眾人「畏威」的程度遠勝於「懷德」；「蠻夷自請率舞」的舉動，其效果同於「舞干羽於兩階」，正代表了蠻夷外邦震懾於太宗神威而心悅誠服的樣子。

三、 使人「懷德」。

四、 為了宣誓偃武修文的決心。〔註52〕

作為樂舞的《七德舞》正是將《破陣樂》包裝上儒家「武德」之理想。我們可以通過以上分析上接《詩經》以及其他儒家典籍，以及儒家對於聖明天子「中興與攘夷」的王道之功的期許。也可以分析當時歌頌這種王道隆興的應制頌詩的思想淵源。唐太宗《執契靜三邊》：

> 執契靜三邊，持衡臨萬姓。玉彩輝關燭，金華流日鏡。
>
> 無為宇宙清，有美璇璣正。皎佩星連景，飄衣雲結慶。
>
> 戢武耀七德，升文輝九功。煙波澄舊碧，塵火息前紅。

〔註51〕詳參沈冬，《咸歌破陣樂，共賞太平人——〈破陣樂〉考》，收入沈冬著《唐代樂舞新論》，北京大學出版社，2004年版，第51~79頁。
〔註52〕詳見《唐代樂舞新論》，第78~81頁。

霜野韜蓮劍，關城罷月弓。錢綴榆天合，新城柳塞空。

花銷蔥嶺雪，穀盡流沙霧。秋駕轉兓懷，春冰彌軫慮。

書絕龍庭羽，烽休鳳穴戌。衣宵寢二難，食旰餐三懼。

翦暴興先廢，除凶存昔亡。圓蓋歸天壤，方輿入地荒。

孔海池京邑，雙河沼帝鄉。循躬思勵己，撫俗愧時康。

元首佇鹽梅，股肱惟輔弼。羽賢崆嶺四，翼聖褒城七。

澆俗庶反淳，替文聊就質。已知隆至道，共歡區宇一。

〔註53〕

唐玄宗《平胡》：

雜虜忽猖狂，無何敢亂常。羽書朝繼入，烽火夜相望。

將出凶門勇，兵因死地強。蒙輪皆突騎，按劍盡鷹揚。

鼓角雄山野，龍蛇入戰場。流膏潤沙漠，濺血染鋒鋩。

霧掃清玄塞，雲開靜朔方。武功今已立，文德愧前王。

〔註54〕

此二首詩當時皆有群臣奉和，雖《全唐詩》所錄僅供我們窺見一斑。二首詩中完全沒有事件和背景的交代，因為其中所歌詠的是符合儒家王道觀念的「武德」精神。《舊唐書·音樂志》有儀鳳二年十一月六日，太常少卿韋萬石等上奏之議「謹按《凱安舞》是貞觀中所造武舞，準《貞觀禮》及今禮，但郊廟祭享奏武舞之樂即用之。凡有六變：一變象龍興參野，二變象克靖關中，三變象東夏賓服，四變象江淮寧謐，五變象獫狁讋伏，六變復位以崇，象兵還振旅。謹按《貞觀禮》，

〔註53〕《全唐詩》卷一，第3頁。唐太宗《執契靜三邊》詩《唐太宗全集校注》略云：契，此處疑指兵符。三邊，漢代時，幽、并、涼三州稱三邊，此泛指邊疆。此詩與《平薛延陀幸靈州詔》、《平契苾幸靈州詔》是相呼應的，當作於貞觀二十年（645）。見《唐太宗全集校注》，天津古籍出版社，2004年版，第17頁。而《唐五代文學編年史》列在太宗征遼東之時，貞觀十九年秋在遼東作，見遼海出版社，1998年版，第112頁。按，貞觀四年太宗平突厥執頡利，西北諸蕃咸請上尊號為「天可汗」，漠北無王庭，此詩當亦可能作於此時。

〔註54〕《全唐詩》卷三，第39頁。

祭享日武舞惟作六變，亦如周之《大武》，六成樂止。」〔註55〕我們以
「《詩經》正調」分析之，則其中體現了與《詩序》、《孔疏》一致的儒
學理想化的對外模式，故本文更注重強調其思想的淵源。

四、郊廟樂章中反映的服荒化遠思想

　　郊廟歌辭的傳統是與《詩經》中的《頌》詩一脈相承的。《樂府詩
集‧郊廟歌辭》序云：「《周頌‧昊天有成命》，郊祀天地之樂歌也。《清
廟》，祀太廟之樂歌也。《我將》，祀明堂之樂歌也。《載芟》、《良耜》，
籍田社稷之樂歌也。然則祭樂之有歌，其來尚矣。」〔註56〕而自春秋
之際始，禮崩樂壞。《周禮》系統下的祭祀雅樂在春秋戰國之際著被俗
樂取代。漢代初期，楚文化成為主流文化。楚辭、楚歌對漢初的郊廟
樂章產生了重要影響。〔註57〕武帝時期，摒棄了守舊儒生因循氏族國
家祭祀模式的《周禮》雅樂系統，綜合「趙代秦楚之謳」，造作出符合
中央集權國家新的郊祀樂章系統。而在宣帝朝，國家郊祀的樂曲開始
向雅樂回歸，將新天地觀建構起來的郊祀信仰納入《周禮》的範式。
〔註58〕郊祀之樂在東漢之後，成為歷代統治者昭示正統、克配上帝、
凝聚國家、告成天下的儒家意識形態化的重要載體，與其他題材的樂
府樂章相比，郊祀樂章是儒學化程度最高、宗教儀式性最強，最為歷代
封建王朝和儒家士大夫重視的宏大繁複的國家重典。

　　國之大事，在祀與戎。郊祀之樂宏大繁複，在祭祀活動中，往往
會表現出對軍事的關注。如武帝時破大宛，武帝獻《天馬歌》於宗廟。
除了重大戰事勝利後的獻捷、奏凱、獻俘宗廟之外，在歷朝歷代的郊祀
樂章和宴饗樂章之中，也表露出儒家正統的華夷觀念、「告成」的儀

〔註55〕《舊唐書》卷二十八，志第八，音樂一，北京：中華書局，1975 年版，
　　　　第 1948 頁。
〔註56〕《樂府詩集》卷一，北京：中華書局，1979 年版，第 1 頁。
〔註57〕詳參郭建勳，《論樂府詩對楚聲楚辭的接受》，《中國文學研究》，2002
　　　　年第 4 期。
〔註58〕詳參徐興無，《西漢武、宣兩朝的國家祀典與樂府的造作》，《文學遺
　　　　產》，2004 年第 5 期。

式，而最重要的是「王道遠洽」、「四夷來朝」的儒學理想。以下為《樂府詩集》所載歷代郊廟樂章中包含邊塞的詩句：

隔辟越遠，四貉咸服。既畏茲威，惟慕純德。(《漢郊祀歌‧西顥》，卷一，頁4)〔註59〕

招搖靈旗，九夷賓將。(《漢郊祀歌‧惟泰元》卷一，頁4)

承靈威兮降外國，涉流沙兮四夷服。(《史記‧樂書》所在漢武帝《天馬歌》，卷一，頁6)

涉流沙，九夷服。(《漢郊祀歌‧天馬歌》，卷一，頁6)

沈洽四塞，遐狄合處。經營萬億，咸遂厥宇。(《漢郊祀歌‧后皇》，卷一，頁8)

圖匈虐，薰鬻殛。(《漢郊祀歌‧朝隴首》，卷一，頁8)

永固鴻基，以綏萬國。(《宋明堂歌‧登歌》，卷二，頁16；又見《齊明堂歌‧登歌》，唯「鴻」作「洪」，卷二，頁24)

內靈八輔，外光四瀛。(《宋明堂歌‧歌太祖文皇帝》，卷二，頁16)

帝德實廣運，車書靡不賓。……八荒重譯至，萬國婉來親。(沈約《梁雅樂歌‧皇雅三首》其一，卷三，頁31)

休徵咸萃，要荒式序。(《隋圜丘歌‧文舞》，卷四，頁52)

兵暢五材，武弘七德。憬彼遐裔，化行充塞。(《隋圜丘歌‧武舞》，卷四，頁52)

偃武修文九圍泰，沈烽靜柝八荒寧。(《唐明堂樂章‧舒

〔註59〕頁碼均以《樂府詩集》，北京：中華書局，1979年版，為據，下同。

和》，卷五，頁 70）

　　嗚呼孝哉，案撫戎國。蠻夷竭歡，象來致福。兼臨是愛，終無兵革。（《漢安世房中歌》，卷八，頁 110）

　　蠢矣二寇，擾我揚楚。乃整元戎，以膏齊斧。亹亹神算，赫赫王旅。鯨鯢既平，功冠帝宇。（曹毗《晉江左宗廟歌‧歌世宗景皇帝》，卷八，頁 114）

　　戎夷竭歡，象來致福。（王儉《齊太廟樂歌‧高德宣烈樂》，卷九，頁 127）

　　悠悠四海，莫不來祭。……播此餘休，於彼荒裔。（沈約《梁宗廟登歌七首》其六，卷九，頁 128）

　　義征九服，仁兵告凱。上平下成，靡或不寧。（《北齊享廟樂辭‧武德樂昭烈舞》，卷九，頁 133）

　　終封三尺劍，長卷一戎衣。（庾信《周宗廟歌‧皇夏》，卷九，頁 136）

　　戎衣此一定，萬里更無塵。煙雲同五色，日月並重輪。流沙既西靜，蟠木又東臣。凱越聞朱雁，鐃歌見白麟。（庾信《周宗廟歌‧皇夏》，卷九，頁 137）

　　天地交泰，華夷輯睦。翔泳歸仁，中外禔福。（《唐享太廟樂章‧崇德舞》，卷十，頁 143）

　　廟略靜邊荒，天兵曜神武。（武后《唐享昊天樂‧第九》，頁 62，又見武后《清廟樂章》，卷十，頁 146）

　　中外同軌，夷狄來思。（《唐享太廟樂章‧昇和》，卷十，頁 147）

　　百蠻飲澤，萬國來王。（《唐享太廟樂章‧延和》，卷十，頁 148）

七德已綏邊，九夷咸底定。（《唐享太廟樂章‧寧和》，
卷十，頁 148）

化懷獯鬻，兵賦句驪。（張說《唐享宗廟樂章‧鈞天舞》，
卷十，頁 152）

澤周八荒，兵定四極。（段文昌《唐享太廟樂章‧象德
武》，卷十一，頁 155）

美溢中夏，化被南陲。（《梁太廟樂舞辭‧大合舞》，卷
十二，頁 174）

以上郊廟歌辭，我們發現，東晉以後的南朝郊廟歌辭中，對四夷
來賓的禱告比較少見，只有梁有「悠悠四海，莫不來祭」、「化被南陲」
等語，當是太祖梁武帝興禮樂而崇儒學的結果，「化被南陲」也就相當
於明言偏安一隅了。但總體上我們可以看出，國家雅頌之制中，儒學正
統的對外觀念非常強烈。文人在創作此類樂章，或受雅頌廟樂影響的
詩文中，必然要體現一致性的話語。我們再列燕射歌辭如下：

四表宅心，惠浹荒貊。（《晉四廂樂歌‧正旦大會行禮歌
四首‧明明》，卷十三，頁 185）

肅慎率職，楛矢來陳。韓濊進樂，均協清《鈞》。西旅獻
獒，扶南效珍。蠻裔重譯，玄齒文身。我皇撫之，景命惟新。
（《晉四廂樂歌‧食舉樂東西廂歌十二首‧時邕》，卷十三，
頁 187）

干戚舞階庭，疏狄悅遐荒。扶南假重譯，肅慎襲衣
裳。……綏函夏，總華戎。（張華《晉四廂樂歌‧食畢東西廂
樂詩》，卷十三，頁 189）

懷萬方，納九夷。……開宇宙，掃四裔。（成公綏《晉四
廂樂歌‧正旦大會行禮歌》，卷十三，頁 192）

懷荒裔，綏齊民。荷天祐，靡不賓。德澤被八紘，乾寧
軌萬國。禮儀煥帝庭，要荒服遐外。王道純，德彌淑。寧八

表，康九服。(《宋四廂樂歌・食舉歌》〔註60〕，卷十四，頁197～198)

止戈見於絕巒之野，稱伐聞於丹水之征。信義俱存，乃先忘食；五材並用，誰能去兵。雖聖人之大寶曰位，實天地之大德曰生。……志在四海而尚恭儉，心包宇宙而無驕盈。(庾信《周五聲調曲・角調曲二首》其一，卷十五，頁213)

九州攸同禹跡，四海合德堯臣。……雖南征而北怨，實西略而東賓。(庾信《周五聲調曲・羽調曲五首》其三，卷十五，頁216)

《尚書》:「成王既滅淮夷，肅慎來賀，王俾榮伯作《賄肅慎之命》」〔註61〕。這則記載後來成為儒家理想化的榜樣，戰勝四夷並不在單純的軍事，而是要使之心悅誠服，來朝賀獻。儒家的對外政策正是體現出這種服荒化遠的理想，類似於一種文化認同上的征服和宗教意義上的歸順。服遠歸仁、四夷來朝、象來致福、德被四表……這種理想化、教化式自我宣傳和自我陶醉可以說在封建時代的儒家士大夫精神深處都是存在的。而作為郊祀樂章和宴饗樂章本身，在歷代類似的四夷來朝的應制頌詩中依然有較大的影響。遠人來服、王道服荒的頌辭，代表著國家理想主義的軍事理念，這一點在具有雅頌需求的邊塞詩文本中，體現得非常鮮明。

我們將與南朝、唐代邊塞詩作品具有主題關聯性的《詩經》戰爭詩進行接受史的考察，就很容易得出邊塞詩不可能直接生成於《詩經》這個結論。因為邊塞詩的文學淵源被「詩序－孔疏」闡釋系統遮蔽或解構掉了。《詩經》戰爭詩在文學性上對後世邊塞詩的影響最主要的體現是在儒家仁政愛民的思想和對戰爭的固有態度觀念上。而這種思想

〔註60〕後文《齊四廂樂歌・食舉歌》全文與之雷同，故不重複。見同卷，第199～200頁。
〔註61〕十三經注疏《尚書正義》卷十八，第488頁。

思想觀念的影響實際上是所有的儒家經典共同營造完成的（同時也包含有道家和其他學說的零星貢獻），並不能體現出《詩經》的獨特性意義。

《詩經‧小雅》中的《六月》、《采芑》、《大雅》中的《江漢》、《常武》諸篇，只是在文本章法和寫作範式上對後代戰爭文學中的頌體文學產生了影響。而後世廟堂歌辭中的頌詩實際上也是這種雅頌之音與儒家王道服荒思想的結合品，屬於文學中的冷炙太牢，對後世邊塞詩不可能產生較大影響。由於西周雅音闕絕，《六月》、《江漢》等詩的演奏情況也不可能對漢代之後產生影響。這些都體現了《詩經》對邊塞詩影響的有限性和微弱性。因此，本文認為，孕育邊塞詩的主體生成環境並非來自《詩經》。

第二章　樂府母題(上)

第一節　鼓吹樂曲的儀式化與雅正化

《周禮・春官宗伯・大司樂》云：「以樂德教國子中和祗庸孝友，以樂語教國子興道諷誦言語。以樂舞教國子舞《雲門》、《大卷》、《大咸》、《大磬》、《大夏》、《大濩》、《大武》。以六律六同五聲八音六舞大合樂以致鬼神、示以和邦國、以諧萬民、以安賓客、以說遠人、以作動物。乃分樂而序之，以祭、以享、以祀。乃奏黃鐘、歌大呂、舞雲門，以祀天神；乃奏大蔟、歌應鐘、舞咸池，以祭地示；乃奏姑洗、歌南呂、舞大磬，以祀四望；乃奏蕤賓、歌函鐘、舞大夏，以祭山川；乃奏夷則、歌小呂、舞大濩，以享先妣；乃奏無射、歌夾鐘、舞大武以享先祖。……王出入，則令奏《王夏》；尸出入，則令奏《肆夏》；牲出入，則令奏《昭夏》。……王大食，三宥，皆令奏鐘鼓。王師大獻，則令奏愷樂。」

《周禮・春官宗伯・樂師》云：「教樂儀，行以《肆夏》，趨以《采薺》，車亦如之。環拜以鐘鼓為節。凡射，王以《騶虞》為節，諸侯以《狸首》為節，大夫以《采蘋》為節，士以《采蘩》為節。……凡國之小事用樂者，令奏鐘鼓。……饗食諸侯，序其樂事，令奏鐘鼓，……凡軍大獻，教愷歌，遂倡之。凡喪，陳樂器，則帥樂官。及序哭，亦

—89—

如之。」〔註1〕

　　作為儒家禮樂文化的理想描繪，《周禮》成為後世各朝禮樂制度的淵藪。上文引述的材料及其附著的經學闡釋包含了《周禮》的關於禮樂制度的理想模式，這種理想模式中，作為祭祀和宴饗的鍾鼓雅樂是第一位的，而「凱樂」、「凱歌」也略備一角。後代各朝的儒生和禮樂官員們對這種模式進行著一遍又一遍地複製或附會。經歷了春秋戰國禮崩樂壞的社會變化以及秦滅六國、秦末暴亂等社會動盪，傳統的以鍾磬為主要樂器的國家雅樂系統徹底崩絕。而在這個過程中，音樂藝術依然以其自身的藝術規律發展，由於長時期脫離政治和意識形態的控制，西漢時代的音樂文化頗為多元。漢代宮廷的音樂，「內有掖庭材人，外有上林樂府，皆以鄭聲施於朝廷」〔註2〕，《大風歌》〔註3〕、《巴渝舞》〔註4〕以及武帝時《郊祀歌十九章》〔註5〕均是西漢國家新

〔註1〕 以上據引十三經注疏《周禮注疏》卷二十二、卷二十三。北京：中華書局影印本，1980年版，第787～793頁。

〔註2〕 《漢書・禮樂志》卷二十二，第1071頁。

〔註3〕 《漢書・禮樂志》：「初，高祖既定天下，過沛，與故人父老相樂，醉酒歡哀，作《風起》之詩，命沛中僮兒百二十人習而歌之。至孝惠時，以沛宮為原廟，皆令歌兒習吹相和，常以百二十人為員。文景之間，禮官肄業而已。」見第1045頁。

〔註4〕 《後漢書》卷八十六《南蠻西南夷列傳》：「至高祖為漢王，發夷人還伐三秦。秦地既定，乃遣還巴中，復其渠帥羅、朴、督、鄂、度、夕、龔七姓，不輸租賦，餘戶乃歲入賨錢，口四十。世號為板楯蠻夷。閬中有渝水，其人多居水左右。天性勁勇，初為漢前鋒，數陷陳。俗喜歌舞，高祖觀之，曰：『此武王伐紂之歌也。』乃命樂人習之，所謂巴渝舞也。遂世世服從。」見《後漢書》，第2843頁。

〔註5〕 由《漢書・郊祀志》所敘武帝元鼎五年冬十月行幸雍祠五畤事來看，西漢《郊祀歌十九章》的創作應在元鼎五年冬十月郊祀之後：「十一月辛巳朔旦冬至，昒爽，天子始郊拜泰一。朝朝日，夕夕月，則揖；而見泰一如雍郊禮。其贊饗曰：『天始以寶鼎神策授皇帝，朔而又朔，終而復始，皇帝敬拜見焉。』而衣上黃。其祠列火滿壇，壇旁亨炊具。有司云『祠上有光』。公卿言：『皇帝始郊見泰一雲陽，有司奉瑄玉嘉牲薦饗，是夜有美光，及晝，黃氣上屬天。』太史令談、祠官寬舒等曰：『神靈之休，祐福兆祥，宜因此地光域立泰畤壇以明應，令太祝領，秋及臘間祠。三歲天子壹郊見。』其秋為伐南越，告禱泰一，以牡荊

型雅樂系統重新塑造的反映。試圖重新恢復儒家禮樂制度的儒生們也被迫適應這種變化以及皇帝的喜好，逐漸吸納更為豐富的音樂樣式來重新塑造廟堂之音和宴饗之樂。漢代國家樂府系統中，鼓吹樂曲，也經歷了一個儀式化和雅正化過程。

　　漢代以來，在重新塑造雅樂系統的大背景之下，國家樂府機構中的各地民間俗樂（所謂「趙代奉楚之謳」、鄭衛之音）、四夷樂曲〔註6〕均重新獲得了躋身雅樂的通行證，並形成了兩種演奏方式命名的樂曲：鼓吹樂和相和歌〔註7〕。在新雅樂系統的建立過程中，鼓吹樂曲發

畫幡日月北斗登龍，以象太一三星，為泰一鋒，命曰『靈旗』，為兵禱，則太史奉以指所伐國」。又，《郊祀志》元鼎六年：「其春，既滅南越，嬖臣李延年以好音見，上善之，下公卿議，曰：『民間祠有鼓舞樂，今郊祀而無樂，豈稱乎？』公卿曰：『古者祠天地皆有樂，而神祇可得而禮。』或曰：『泰帝使素女鼓五十弦瑟，悲，帝禁不止，故破其瑟為二十五弦。』於是塞南越禱祠泰一、后土始用樂舞。益召歌兒，作二十五弦及箜篌瑟自此起。」此西漢新郊祀制度之開端也，而祭祀也與征伐頗相關聯，其音樂雖不得考，但當有較強的軍樂成分。引文見《漢書》卷二十五上，第1230～1232頁。

〔註6〕四夷樂曲，《周禮·春官宗伯》記載，朝廷音樂機關備有四夷樂：「鞮師掌教鞮樂」、「旄人掌教舞散樂，舞夷樂」。《禮記·明堂位》：「納蠻夷之樂於太廟，言廣魯天下也。」《白虎通疏證》卷三云：「所以作四夷之樂何？德廣及之也。」《宋書·樂志》：「古今夷夏之樂，皆主於宗廟，而後播及其餘也。夫作先王樂者，貴能包而用之。納四夷之樂者，美德廣之所及也。」《通典》卷一百四十六《樂六·四方樂》：「《周官》鞮師掌教鞮樂，祭祀則帥其屬而舞之，大饗亦如之。旄人掌教夷樂，凡四方之以舞仕者屬焉。又有鞮鞻氏，掌四夷之樂，與其聲歌祭祀則龡而歌之，燕亦如之。作先王樂者，貴能包而用之。納四夷之樂者，美德廣之所及也。」看來，「美德廣之所及」，作為儒家王化四夷，德音廣被的一個理想性的裝飾，成為儒家吸收外來音樂的一個強有力的理論依據。

〔註7〕鼓吹曲和相和歌的名稱來源最早是以其演奏方式來區別命名的。簡單地說，擊鼙鼓吹簫笳的是鼓吹樂，琴瑟琵琶伴奏徒歌的是相和樂。由於樂器本身的音域和演奏特質，兩種以演奏方式命名的樂種並沒有太多重合，鼓吹曲適合於演奏軍樂和儀仗樂，這一特徵被長期保留。相和歌因為演奏方式是配樂演唱，所以很容易和民歌相融合，故而漢魏清商樂、宋齊吳歌西曲很快融入相和歌中。

揮出越來越大的實際影響力。在魏晉南北朝以至於隋唐時代，鼓吹樂曲成為鍾鼓雅樂之外，禮樂實用性最強的一大類樂種。

　　本文的「鼓吹樂曲」是一個整體性概念，包括了《樂府詩集》中的「鼓吹曲辭」和「橫吹曲辭」。《樂府詩集》題解認為，「鼓吹」和「橫吹」二者使用樂器不同、用途不同。「鼓吹」主要用簫笳，「橫吹」主要用鼓角。「鼓吹」用於朝會、道路、亦以賞賜，而「橫吹」主要是馬上所奏的軍中之樂。韓寧《鼓吹橫吹曲辭研究》指出「鼓吹」、「橫吹」都是軍樂，也都用於朝會宴飲等活動〔註8〕。本文進一步認為，「鼓吹」和「橫吹」最初基本上是一種合奏關係〔註9〕。在漢代的演奏情況是，「鼓吹」為主，「橫吹」為輔。「橫吹」以配合「鼓吹」演奏的形式出現。這種充當「伴奏」的輕微角色使得「橫吹」作為附庸而不被提及。但南朝之後，「橫吹」漸漸重視，最終以附庸而蔚為大國，甚至可以作為整個鼓吹樂隊的代名詞〔註10〕，與之同時「鼓吹」的地位反而漸漸降溫

〔註 8〕 韓寧，《鼓吹橫吹曲辭研究》，北京大學出版社，2009 年版，第 155～157 頁。韓寧認為，鼓吹的樂器除了簫笳，其代表性的樂器應當是鼓；而橫吹除了鼓角，代表性的還有笛。「鼓吹」和「橫吹」兩種樂曲的命名，實際上這種分析思路與郭茂倩相同，都是以演奏樂器的差別來區分樂種。

〔註 9〕 這個判斷還是來自《晉書・樂志》這則非常熟悉且引用率頗高的材料：「胡角者，本以應胡笳之聲，後漸用之橫吹。有雙角，即胡樂也。張博望入西域，傳其法於西京，惟得《摩訶兜勒》一曲，李延年因胡曲更造新聲二十八解。乘輿以為武樂。後漢以給邊將。和帝時萬人將軍得用之。魏晉以來，二十八解不復具存，用者有《黃鵠》、《隴頭》、《出關》、《入關》、《出塞》、《入塞》、《折楊柳》、《黃覃子》、《赤之楊》、《望行人》十曲。」然而學界往往注意的是後段「李延年二十八解」，對於「胡角者，本以應胡笳之聲，後漸用之橫吹」這則重要的源流交待則忽視不見。胡笳之聲，正是「鼓吹」，而最初，胡角之聲，被用來給「胡笳之聲」伴奏，這就是「本以應胡笳之聲」的確切含義。「橫吹」最早正是從給「鼓吹」伴奏的方式存在，而在伴奏的過程中，逐漸地位得到提升的。

〔註10〕 《宋書・張興世傳》有張興世（宋武將，官至冠軍將軍，雍州刺史）之父張仲子向張興世索要「鼓角」之事：「嘗謂興世，我雖田舍老公，樂聞鼓角。可送一部，行田時吹之。」張興世一向恭謹，畏懼違反制度，就對其父說「此是天子鼓角，非田舍老公所吹。」（《宋書》卷

了（這種關係可以類比為豎琴和小提琴的合奏最終變成了小提琴的獨奏）。漢代陣容龐大的簫笳鐃鼓樂隊中，有數量很少的胡角伴奏樂工，這應該就是當時的演奏事實。作為賞賜「鼓吹」，必然也是一個總稱。因此，鼓吹樂曲包括了漢短簫鐃歌、漢橫吹曲、北狄樂、梁鼓角橫吹曲。郭茂倩將「漢鐃歌系統」視為「鼓吹」，將「漢橫吹曲」系統和「北狄樂」系統統統劃為橫吹，認為鼓吹和橫吹一開始就是兩個相對獨立的概念，其實是很不恰當的。

　　在歷代的典籍文獻中，我們都可以發現以「鼓吹」涵蓋「橫吹」的事實。甚至到了《新唐書·儀衛志》，也云：「凡鼓吹五部：一鼓吹，二羽葆，三鐃吹，四大橫吹，五小橫吹。」〔註11〕可見鼓吹作為一個整體概念，是非常明確的。楊蔭瀏《中國古代音樂史稿》說得很清楚：「鼓吹樂是以擊樂器和吹樂器演奏的一種音樂。擊樂器中間，鼓特別重要，吹樂器中間，有排簫、橫笛、加、角等。很多時候也有歌唱。……鼓吹樂發展了一個時期以後，漸漸因所用樂器和引用場合不同，區分為鼓吹和橫吹兩類。……但是鼓吹和橫吹的區分，在悠長的歷史中，相對地說來，是暫時的。因為，在發展的過程中，各種樂器在樂隊中間如何相互配合，以及同一樂種具體應用於那種場合，都會隨時改變。所以，越到後來，這種區分，就越見得不恰當；而初期應用的鼓吹這一名稱，則被保存下來，成為不斷變遷中性質相近的多類音樂的概括名稱。」〔註12〕

　　鼓吹樂曲最初是北方游牧民族音樂、西域音樂以及異域樂器演奏出的音樂的統稱，這種音樂本身有將強烈的殺伐之音和粗獷之氣，這正是其本身的胡樂特性，並且也使得這些音樂適合於軍樂性的演奏。

　　　　五十，第1455頁）據此，當時「鼓角」已經成為「鼓吹」的別名，也就是說，「鼓角橫吹」在整個鼓吹樂曲中已經提升到主奏樂器的地位了。

〔註11〕《新唐書》卷二十三，北京：中華書局，第509頁。

〔註12〕楊蔭瀏，《中國古代音樂史稿》，北京：人民音樂出版社，1981年版，第109～110頁。

蔡邕有「漢樂四品，其四曰短簫鐃歌，軍樂也」的定性〔註 13〕，今天

〔註 13〕 《樂府詩集》鼓吹曲辭題解中引蔡邕《禮樂志》。錢志熙，《論蔡邕敘
「漢樂四品」之第四品應為相和清商樂》（《北京大學學報》，2010 年
第 2 期）認為「其四曰短簫鐃歌」有誤，短簫鐃歌屬黃門鼓吹。文章
從文獻出發，據《東觀漢記·樂志》有關蔡邕《樂意》的文字中，黃
門鼓吹為第三品，「其短簫鐃歌」是黃門鼓吹中的樂曲，而不是「漢樂
四品」之第四品。蔡邕原文散佚。而其闕文應該是吳兢《樂府古題要
解》所引的「蔡邕云，清商曲，其辭不足採著」的一段文字。同時認
為，沒有直接材料證明「漢樂四品」是明帝確定的，「漢樂四品」確實
有品評音樂高下之意。本文認為，錢志熙的觀點疑古過勇，似有不當。
按照文意，蔡邕認為黃門鼓吹是「天子宴饗群臣」之樂，而短簫鐃歌
是「軍樂」。兩者非等同。且《東觀漢記·樂志》的文字與司馬彪《續
漢書·禮樂志》的梁劉昭注全同。其文曰：「漢樂四品，一曰大予樂，
典郊廟上陵殿諸食舉之樂。郊樂，《易》所謂『先王以作樂崇德，殷薦
上帝。』《周官》『若樂六變，則天神皆降，可得而禮也。』宗廟樂，
《虞書》所謂『琴瑟以詠，祖考來假』。《詩》云：『肅雍和鳴，先祖是
聽』。食舉樂，《王制》謂『天子食舉以樂』，《周官》『王大食則命奏鍾
鼓』。二曰周頌雅樂。典辟雍、饗射、六宗、社稷之樂。辟雍、饗射，
《孝經》所謂『移風易俗，莫善於樂』，《禮記》曰『揖讓而治天下者，
禮樂之謂也』。社稷，所謂『琴瑟擊鼓，以御田祖』者也。《禮記》曰
『夫樂施於金石，越於聲音，用乎宗廟社稷，事乎山川、鬼神』，此之
謂也。三曰黃門鼓吹，天子所以宴群臣。《詩》所謂『坎坎鼓我，蹲蹲
舞我』者也。其短簫鐃歌，軍樂也。其傳曰黃帝岐伯所作。以建威揚
德，風勸士也。蓋《周官》所謂『王師大獻則令凱樂，軍大獻則令凱
歌』也。孝章帝親作歌詩四章，列在食舉。又制《雲臺十二門》詩，
各以其月祀而奏之。熹平四年正月中，出雲臺十二門新詩，下大予樂
官細誦被聲，與舊詩並行者，當撰錄以成《樂志》。」（《後漢書》，第
3132 頁、中華書局輯佚本《東觀漢記校注》卷五樂志，2008 年版，第
159 頁）不知其脫文當安插在何處？「其四曰清商曲，其辭不足採著」，
這句話只能放在最後，因為文末云「當撰錄以成《樂志》」，而清商樂
「其辭不足採」，為什麼還要撰錄進《樂志》呢？再者，東漢章帝親自
作四章歌詩、又作《雲臺十二門》，《雲臺十二門》應該是明堂雅樂。
不可能是清商樂，因為清商樂興起頗晚，真正為文人重視，在建安末
年的鄴下文人集團（木齋《論清商樂始於曹魏建安時期——以曹丕《燕
歌行》為中心》，《學習與探索》，2011 年第 2 期），故而這段所謂的脫
文也不可能放在「孝章帝」之前，故而無處安放。本文認為，「漢樂四
品」應該類似於《詩經》的「四詩」、「四始」之類的概念，其實只有
風雅頌三大類，在蔡邕看來，鼓吹有大小雅，大雅為黃門鼓吹，小雅
為短簫鐃歌。這段文字全篇都說雅樂，不可能涉及當時還未雅化的清

我們從《樂府詩集》所保留的漢鐃歌曲辭分析，頗覺其雜湊難懂，甚至與軍樂無關。如《朱鷺》、《巫山高》、《有所思》、《上邪》，從標題到曲辭內容均無關軍陣。但我們不能以後代的鐃歌曲辭來判定前代的短簫鐃歌不是軍樂〔註14〕。我們更應該相信蔡邕的判斷。從後代對漢鐃歌的沿襲應用中，我們都可以看出其軍樂性質的流露。以《巫山高》為例，曹魏時改名為《屠柳城》，頌曹操破烏桓之事；孫吳改名為《關背德》，頌孫權擒殺關羽之事；西晉改為《平玉衡》、南朝梁改為《鶴樓峻》，都是以歌頌戰功為主要內容。〔註15〕我們不能以齊梁詩人擬作的《巫山高》中有巫山神女的典故，就認定漢鐃歌《巫山高》為長江流域的巫山音樂，進而否定其軍樂性質。應該認識到，漢鐃歌在從胡曲翻譯和改制的過程中，音樂曲調本身得到沿襲，而名稱、曲辭的標注則具有

商俗曲。《隋書‧音樂志》亦云：「四口短簫鐃歌樂，軍中之所用焉。」（《隋書》卷十三，第 286 頁）

〔註14〕趙敏俐《漢代樂府制度與歌詩研究》第八章《〈漢鼓吹鐃歌〉十八曲研究》，在論述之初言「鼓吹在漢代就是個寬泛的概念，它主要指漢代的宴饗食舉之樂，同時既包括前世振旅凱樂，又包括後世騎吹。……原本並非僅指軍樂。」（第 168 頁）而在具體分析中，以文本（即歌辭）考量音樂，兼以分析樂器（鼓和簫、笛等）。對待曹魏、孫吳的改制則云「但是到了漢末曹魏、孫吳因其音樂而擬作軍樂，才導致了後人的誤解。」（第 172 頁）趙文的最終結論是：「《漢鼓吹鐃歌》十八曲原本不是軍樂，而是在中國先秦鼓樂和吹樂的基礎上，受異族音樂影響而產生於西漢的一組具有獨特風格的歌詩藝術作品。」（第 196 頁）本文認為，歌辭不能完全反應音樂，甚至完全可能有歌辭對音樂的誤傳現象。不可能非軍樂的音樂僅僅靠改制歌辭就能適應軍樂場合的演奏。且趙文沒有提到胡笳、胡角等重要樂器，以現存歌辭內容來認定音樂本身的性質，是比較片面或者危險的。結論偏頗，本文不取。但是，趙文也承認鼓吹曲「由西漢的廣泛應用到東漢的專門限定應用範圍，實際走了一條逐步雅化的道路」（第 172 頁）。

〔註15〕分別見《樂府詩集》，第 267、272、277～278、299 頁。又據《晉書‧音樂志》：「漢時漢時有短簫鐃歌之樂，其曲由《硃鷺》、《思悲翁》、《艾如張》、《上之回》、《雍離》、《戰城南》、《巫山高》、《上陵》、《將進酒》、《君馬黃》、《芳樹》、《有所思》、《雉子班》、《聖人出》、《上邪》、《臨高臺》、《遠如期》、《石留》、《務成》、《玄雲》、《黃爵行》、《釣竿》等曲，列於鼓吹，多序戰陣之事。」見卷二十三，第 701 頁。

很大的隨意性和草率性，因此導致曲辭中蕪雜、樂名不能準確反映音樂曲調以及樂名不可曉的情況。這應該與樂府機構中的樂工文化知識層次低下、輕易借俗曲定名、以各自的方式記錄音節而非記錄歌辭以及音樂自身求新求變的發展變化等原因有關〔註16〕。

《宋書‧志序》中略述朝代更迭導致的禮樂闕絕，也透露出鼓吹樂曲的文字信息因為樂工的隨意記錄而導致後代不可理解的情況：「郊廟樂章，每隨世改，雅聲舊典，咸有遺文。又案今鼓吹鐃歌，雖有章曲，樂人傳習，口相師祖，所務者聲，不先訓以義。今樂府鐃歌，校漢、魏舊曲，曲名時同，文字永異，尋文求義，無一可了。不知今之鐃章，何代曲也。」〔註17〕這則文字是說，鼓吹鐃歌是樂人口耳相傳，重視的是聲音，而與聲音相匹配的歌辭卻無人可曉了。對此，許雲和《漢魏六朝文學考論》第三編《樂府考論‧〈宋書‧樂志〉「今鼓吹鐃歌三首」研究》有詳細的闡述：「考察中國古代音樂史，我們可以發現這樣一種獨特的現象，在統治者看來，樂為『升平之冠帶，王化之源本』（《隋書‧樂志》），是其政治意識形態的一個重要組成部分，故歷代禮樂相與並行，目的是安上治民、移風易俗。但是，真正對其進行具體實施和操作的卻不是制定禮樂的聖人和文人士大夫，而是專以技藝為生計、地位又十分低下的樂師和樂工。於是，樂譜的記寫、演唱、演

〔註16〕按，本文持古辭與音樂「分離」之論，即古辭不足以完全代表本曲的音樂性，古辭具有隨意紀錄的特性。對後代文學影響更為直接和明確的並非是古辭，而是音樂本身。後代的擬作並非僅僅因為「賦題法」而改變原辭，而是往往以音樂特性而新制相匹配的新詞，以糾正原詞不合適之處，或適應音樂新變之要求。本文反對以考據學的思路解讀十八首漢鐃歌。這種研究方法從清人開始，如莊述祖《漢鐃歌鈎解》、陳本禮《漢詩統箋》、王先謙《漢鐃歌釋文箋證》、陳沆《詩比興箋》等，到了近人聞一多《樂府詩箋》、孫楷第《滄州集》、譚獻《漢鐃歌十八曲集解》、陳直《漢鐃歌十八曲新解》，依然是這種思路。現代學者沿襲這種思路，試圖對難以卒讀的漢鐃歌本辭做出所謂「新解」式的發掘文章亦頗多，不一一列舉。本文認為，大多是買櫝還珠之類，不應過分做實。

〔註17〕《宋書》卷十一，第 204 頁。

奏便成了他們的專門技藝，而一般文人反而不大瞭解。就樂工這個階層來講，因所受文化教育的有限，他們的文化水平自不能和知書識禮的文人相比，有的可能根本就不識字。他們也許能很好地演唱和演奏某一首歌曲，但對音樂法度及辭章和樂義不一定能夠瞭解，這對那些雅樂歌詞來說尤其如此。由於這個原因，其師傳方式也帶上了強烈的民間色彩。這就是沈約所說的『口相師祖』，樂師通過口傳聲教把自己演唱或演奏的某一首歌曲的方法傳給弟子，弟子又依此法傳給下一代。偶有識字的樂師，把這些樂曲以自己的記錄方式記下來備忘，就成了曲譜。因對音樂法度及辭章和樂義不一定能夠瞭解，他們當然只能教弟子以聲節而不能教弟子以樂義了。然就樂義而言，卻是另一種情形，它多為上層文人士大夫所掌握，製詞度曲及聲音法度基本上都出於他們之手。這樣製詞度曲的上層文人士大夫就和演唱演奏的樂工幾乎就是在各司其職，只有在演出的時候，樂工才依曲而演奏，依曲而唱詞，達到了詞與曲的合一。在平時，則曲譜是曲譜，歌詞是歌詞，並不合寫為歌譜而同居一處。……當一個王朝分崩離析時，……即或有幸存的樂工或記聲之曲譜，一因非職之所在，師之不傳；二因文化水平低，對歌曲的聲音法度及辭章內涵不一定能瞭解，自然也就說不出此曲譜的曲義為何。再次，這些記聲之曲譜並不是音樂界統一的記譜方式形成的，完全是樂師各用其法，此樂師未必就讀得懂彼樂師所記之譜，這樣，又造成了一些記聲之譜的無法解讀。翻開史籍，中國音樂史上的這種災難可謂是不絕於書……漢鼓吹鐃歌十八曲之歌詞內容之所以與其作為軍樂的章曲性質嚴重不符，根本上就是這種災難帶來的結果。」〔註18〕

那麼，所謂的鼓吹樂曲的儀式化和雅正化，具體是一個怎樣的過程呢？本文認為，鼓吹樂曲的儀式化和雅正化過程，是在鼓吹樂曲在長期充當國家皇帝出行儀仗的樂隊以及下行給賜的儀仗樂隊使用的過

〔註18〕許雲和著，《漢魏六朝文學考論》，上海古籍出版社，2006 年版，第 203 ～228 頁。

程中，促使鼓吹樂曲地位的提高，從而促使蕪雜的漢鐃歌轉變而雅正的組詩性頌歌、促使一度瀕臨不傳的橫吹曲再次繁榮、促使宮廷燕樂對鼓吹樂曲的「充庭」使用、促使從南朝開始文人持續的邊塞意象的想像與摹寫的過程。

鼓吹樂曲自東漢開始固定充當國家朝廷、皇帝皇族正式出行儀仗的樂隊，並開始以賞賜褒獎的方式應用於皇族重臣功臣的出行儀仗中。魏晉南北朝把這一傳統延續下來，這種長期而持續性的儀式化使用使得鼓吹樂曲的影響空前廣泛和持久。在這一過程中，鼓吹樂曲本身的曲名和樂章也因禮樂儀式的需要而發生了雅正化的改變；鼓吹樂曲在具體使用需要中不斷吸收來自北方鮮卑等民族的新生樂曲，當時社會的中上層形成了普遍而獨特的美學影響。

鼓吹樂曲在西漢初期作為普通的胡樂、普通的軍中之樂、普通的宮廷之樂存在。鼓吹樂曲在西漢的地位開始也和其他鄭衛之音秦楚之謳類似，地位並不重要。〔註 19〕《漢書‧霍光傳》載昌邑王「擊鼓歌吹作俳倡」〔註 20〕，昌邑王的娛樂之歌應該是鼓吹樂曲和其他俳優雜

〔註19〕趙敏俐《漢代樂府制度與歌詩研究》第八章《〈漢鼓吹鐃歌〉十八曲研究》中，認為鼓吹樂一開始就具有六大場合的應用：第一，天子宴群臣，第二用於日常娛樂，第三，與傳統的振旅凱樂同樣用於軍隊進途中，第四，用於冊立帝王皇后的某些儀式中，第五，用於宗廟食舉，第六，用於宴請賞賜外賓。本文認為，趙文的觀點頗有「靜態看問題」的遺憾。其列舉了鼓吹在兩漢的使用情況，直接材料僅有《後漢書》。趙敏俐認為在西漢也是同樣的使用情況，其立論有推測、猜測成分，例如引《秋風辭》「簫鼓鳴兮發棹歌」，認為這「大概就是天子宴樂群臣的鼓吹樂」。見《漢代樂府制度與歌詩研究》，第 168～170 頁。本文認為，西漢時期的鼓吹樂遠遠沒有形成固定使用的制度，故而《漢書》無記載。《西京雜記》、《三輔黃圖》、《晉中興書》所轉引的西漢鼓吹的記載並不可靠。另有學者懷疑漢鐃歌曲辭乃沈約雜湊（偽造）而成，其實沒有認識到短簫鐃歌等鼓吹曲在漢代因地位不重要而不被史書記載，到了南朝地位重要而加以記載的變化過程（也正是鼓吹樂曲儀式化和雅正化的過程），故而《漢書》、《後漢書》不錄而《宋書》始加著錄。

〔註20〕《漢書》卷六十八，北京：中華書局，1964 年版，第 2940 頁。

歌是一起被演奏的。韓寧認為「西漢音樂總的來說還是以鄭聲為主」，使得漢鐃歌「不會是高高在上的廟堂之音，也不是流行於百姓之中的鄭衛之音。它是介於二者之間的典正而不失自由的音樂。」〔註21〕這種判斷大致不錯，但是，所謂鼓吹樂曲的「典正」，則反映在其作為儀仗樂曲的使用上。因為鼓吹樂曲本身的胡樂、軍樂性質，使得鼓吹樂曲逐漸被應用於道路和出行的儀仗中，並最終成為一種儀式化、制度化的常態使用，並對漢代之後以至於唐代均產生了重大的禮樂與社會影響。

鼓吹樂曲作為儀式化使用，是從東漢開始有明確記載的。西漢時期，鼓吹樂曲與樂府機構中的宮廷俗樂（所謂「趙代秦楚之謳」、鄭衛之音）、四夷樂曲處於同樣的地位。並沒有引起製樂者多大的注意。漢武帝時期的皇帝儀仗樂使用，基本上是楚歌系統的宮廷雅樂。例如《漢書·韓延壽傳》載韓延壽「建幢棨、植羽葆、鼓車歌車。……歌者先居射室，望見延壽車，嗷咷楚歌。」〔註22〕這是蕭望之派御史按察的韓延壽僭越的證據。「嗷咷楚歌」應是漢初雅樂《房中樂》，楚聲，是大不敬的僭越。而重要的是其私自使用了「幢棨、羽葆、鼓車歌車」的儀仗隊，讓漢宣帝非常不滿，可見這個儀仗隊規格很高。但是這裡的「鼓車」並非就是鼓吹樂曲（漢鐃歌）的「鼓車」，而應該是雅樂《安世房中樂》的「鼓車」。「鼓」是演奏之意，而非樂器。《漢書·禮樂志》：「《安世樂》鼓員二十人」〔註23〕，可證。正是因為韓延壽僭越宮廷雅樂，

〔註21〕參見《鼓吹橫吹曲辭研究》，北京大學出版社，2009 年版，第 44 頁。

〔註22〕《漢書》卷七十六，第 3214 頁。

〔註23〕《漢書》卷二十二，第 1073 頁。按，這則材料是西漢哀帝時省罷樂府時丞相孔光和大司空何武的上奏，列舉未罷省之前樂府機構中「大樂鼓員六人」、「嘉至鼓員十人」、「邯鄲鼓員二人」、「騎吹鼓員三人」、「江南鼓員二人」、「淮南鼓員四人」、「巴俞鼓員三十六人」、「歌鼓員二十四人」、「楚嚴鼓員一人」、「梁皇鼓員四人」、「臨淮鼓員三十五人」、「茲邡鼓員三人」等以及「安世樂鼓員二十人」、「沛吹鼓員十二人」、「族吹鼓員二十七人」、「陳吹鼓員十三人」、「商樂鼓員十四人」、「東海鼓員十六人」、「長樂鼓員十三人」、「縵樂鼓員十三人」，皆屬「朝賀置酒」

才使得宣帝「惡之」，以致「延壽竟坐棄市」。而鼓吹樂曲在當時沒有這麼高的地位。學者引此則材料證明鼓吹樂曲在西漢就有了儀仗樂隊的使用，是沒有說服力的。

　　總的來說，鼓吹樂曲在西漢時期，並未進入國家樂府機構，而是在漢武帝「外興樂府協律之事」〔註 24〕的過程中，存在於服務於皇帝私人的少府機構中，屬於宮廷俗樂的一種。《樂府詩集》中的《上之回》、《上陵》曲辭鄙俗，正是體現了鼓吹樂曲當時的俗樂屬性。少府機構被稱為黃門〔註 25〕，其音樂人員則稱為黃門倡〔註 26〕，這種宮廷俗樂也被稱為黃門倡樂。王運熙先生《說黃門鼓吹》一文即指出了西漢時代的黃門鼓吹屬於黃門倡樂〔註 27〕。鼓吹樂曲早期蕪雜的形態也說明

　　　　　的燕射雅樂，「鼓」皆為「演奏」之意。我們可見看出，在西漢時，作
　　　　　為漢鐃歌概念的「鼓吹樂曲」並沒有在雅樂佔有重要地位，即使我們
　　　　　將「騎吹鼓員」理解為鼓吹樂曲，也不過只有三人的樂工而已。與《巴
　　　　　俞》、《臨淮》、《族吹》、《安世樂》等無法相比。
〔註 24〕班固，《兩都賦序》，《文選》卷一，上海：上海古籍出版社，1986 年
　　　　　版，第 1 頁。
〔註 25〕《漢書·元帝記》（卷九，第 282 頁）：「詔罷黃門乘輿狗馬。」師古注：
　　　　　「黃門，近署也，故親幸之物屬焉。」黃門作為聲色狗馬的儲蓄之所，
　　　　　《漢書·霍光傳》師古注（卷六十八，第 2932 頁）：「黃門之署，職任
　　　　　親近，以供天子，百物在焉，故亦有畫工。」《漢書·百官公卿表》（卷
　　　　　十九，第 731 頁）有「黃門」、「中黃門」，隸屬少府，是服務於皇宮的
　　　　　職能部門。
〔註 26〕黃門倡為皇帝宮禁之內演奏俗樂雜耍的倡優樂人，身份為閹人。王運
　　　　　熙先生《說黃門鼓吹》一文推測漢武帝時即設有有「黃門倡」，演奏的
　　　　　樂曲包括相和歌辭和雜舞鄭聲等音樂，並認為黃門鼓吹和黃門倡性質
　　　　　接近（見王運熙《樂府詩述論》（增補本），第 225 頁）。孫尚勇《黃門
　　　　　鼓吹考》一文認同黃門是服務於皇帝娛樂的職能部門，即少府；而「黃
　　　　　門倡」則是監管黃門的職位，全稱為「倡監」，屬樂府。《漢書·東方
　　　　　朔傳》中的「倡監」應該就是黃門倡監，因職位不常設，故《漢書》
　　　　　失載（見《黃鐘》，2002 年第 4 期；收入《樂府文學文獻研究》，北京：
　　　　　人民文學出版社，2007 年版，第 79～81 頁）。按，「倡監」固然是管
　　　　　理倡優之職，但不是所有的「倡」都是「倡監」，「黃門倡」當指黃門
　　　　　倡優，即少府音樂人員。
〔註 27〕王運熙先生指出當時黃門倡演奏的樂曲包括了鼓吹樂和相和歌，均為
　　　　　宮廷俗樂。見《樂府詩述論》（增補本），上海：上海古籍出版社，2006

了其地位的低下。

　　鼓吹樂曲（漢鐃歌和漢橫吹曲）在當時是以吸收軍樂和胡樂形成的宮廷俗樂，地位低下。即使在漢武帝「外興樂府協律之事」的過程中，也只是以少府所管理的眾多俗樂的一支存在。漢宣帝元康五年（神爵元年，61）正月「上始幸甘泉，郊見泰畤，數有美祥。修武帝故事，盛車服，敬齊祠之禮，頗作詩歌。」〔註28〕宣帝所作之詩歌，《漢書・禮樂志》以「巡狩福應之事，不序宗廟，故弗論」，〔註29〕然推測應類似於武帝之郊祀歌。《樂府詩集》中的《上之回》、《上陵》只是軍樂或宮廷俗樂曲辭，而並非高規格的鼓吹儀仗樂隊曲辭。西漢時期鼓吹樂曲的低下地位使得其不可能有固定的禮儀規範和特別龐大的規模，亦不可能有作為儀仗樂隊的儀式化和雅正化的使用記載。鼓吹樂曲的儀式化和雅正化，經歷了一個長期發展的歷史演進過程，西漢只是其萌生和發軔時期。有關「鼓吹」在西漢使用的情況《漢書》不加記載，止是說明這種鼓吹樂曲還沒有成為配合出行儀仗的固定禮儀規範，也沒有形成定制。

　　但是，葛洪所整理而成的《西京雜記》〔註30〕卷五之中有關「甘泉鹵簿」的記載，卻出現了「象車鼓吹」、「黃門前部鼓吹」等記載，這種被認為是西漢甘泉祭祀的大駕鹵簿中已有的儀仗樂隊，是否符合歷史真實呢？

　　《西京雜記》云：「漢朝輿駕祠甘泉汾陰備千乘萬騎，太僕執轡，大將軍陪乘，名為大駕。」〔註31〕但這句話與《後漢書・輿服志》所

　　　　　年版，第225頁。
〔註28〕《漢書・郊祀志》，卷二十五，第1249頁。
〔註29〕《漢書》卷二十二，第1070頁。
〔註30〕據程章燦老師考證，《西京雜記》一書是葛洪根據漢晉以來流傳的稗史野乘、百家短書抄撮編輯而成的。其中有很多與西漢不合之處，其舉第118條即本文所引之「大駕」條，程文引沈欽韓《漢書疏證》卷三十三，沈欽韓已經指出其摻入了後漢魏晉的輿駕典制。見《〈西京雜記〉的作者》。《中國文化》，1994年第2期。
〔註31〕《燕丹子　西京雜記》，北京：中華書局，1985年版，第33頁。

云「乘輿大駕，公卿奉引，太僕御，大將軍參乘。屬車八十一乘，備千乘萬騎。西都行祠天郊，甘泉備之。官有其注，名曰甘泉鹵簿」〔註32〕相關內容頗為一致，其文字最早的出處當是蔡邕的《獨斷》：

> 天子出，車駕次第，謂之鹵簿。有大駕、有小駕、有法駕。大駕公卿奉引，大將軍參乘，太僕御，屬車八十一乘，備千乘萬騎。在長安時，出，祠天於甘泉，備之。百官有其儀注，名曰「甘泉鹵簿」。中興以來希用之。先帝時特備大駕，上原陵。他不常用。唯遭大喪乃施之。〔註33〕

蔡邕所云「官有其注」，應該是東漢官方有關於西漢「甘泉鹵簿」的儀注。而蔡邕描繪的是東漢大駕儀仗的施用情況，只是講這種大駕的使用溯源到了西漢的「甘泉鹵簿」。《三輔黃圖》卷六文字與之大致相同：「鹵簿，天子出，車駕次第，謂之鹵簿。有大駕，有法駕，有小駕。大駕則公卿奉引，大將軍參乘，大僕御，屬車八十一乘。作三行。尚書御史乘之，備千乘萬騎出長安，出祠天於甘泉備之，百官有其儀注，名曰『甘泉鹵簿』。」〔註34〕也與蔡邕意見相同，先說東漢，再追溯西漢。《後漢書·輿服志》的文字也與之相同。但是，到了《通典》卷六十六「鹵簿」條，則成了西漢一朝之制度了：「漢制乘輿大駕備車千乘騎萬匹，屬車八十一乘。公卿奉引，太僕御，大將軍參乘，祀天於甘泉用之。」我們贊同東漢的大駕儀仗制度來自於西漢的「甘泉鹵簿」，但同時我們認為，東漢沿用西漢制度的同時會有所損益，並不是完全死板照抄西漢鹵簿，在具體的使用實踐中，應該加入了東漢的特色，本文認為，這一特色就是最為儀仗樂隊的鼓吹樂的加入。

除《西京雜記》外，均無「屬車八十一乘」的具體儀仗紀錄。故先迻錄於下：

〔註32〕《後漢書·輿服志》志第二十九，輿服上，北京：中華書局，1965 年版，第 3648 頁。

〔註33〕蔡邕，《獨斷》卷下，四部叢刊三編景明弘治本。

〔註34〕《三輔黃圖校注》，三秦出版社，2006 年版，第 364 頁。

司馬車駕四，中道。

辟惡車駕四，中道。

記道車駕四，中道。

靖室車駕四，中道。

象車鼓吹十三人中道。

弌道候二人，駕一。左右一人。

長安都尉四人，騎。左右各二人。

長安亭長十人駕。

……〔註35〕

太尉舍人祭酒駕一。左右。

司徒列從，如太尉王公騎。令史持戟吏亦各八人。**鼓吹一部。**

〔註36〕

中護軍騎，中道。左右各三行戟楯弓矢。**鼓吹各一部。**

步兵校尉、長水校尉，駕一。左右。

隊百匹。左右。

騎隊十。左右各五。

前軍將軍。左右各二行戟楯刀楯。**鼓吹各一部七人。**

射聲翊軍校尉，駕三。左右三行戟楯刀楯。**鼓吹各一部七人。**

驍騎將軍、游擊將軍，駕三。左右二行戟楯刀楯。**鼓吹各一部七人。**

黃門前部鼓吹左右各一部十三人駕四。

前黃麾騎，中道。

〔註35〕原文頗長，且與本文探討內容略無關聯，故省略文中10條記述，並備於此：長安令車駕三，中道。京兆掾史三人，駕一。京兆尹車駕四，中道。司隸部京兆從事，都部從事別駕一車。司隸校尉駕四，中道。廷尉駕四，中道。太僕宗正引從事駕四。太常光祿衛尉駕四。太尉外部都督令史，賊曹屬倉曹屬戶曹屬東曹掾西曹掾，駕一。太尉駕四，中道。

〔註36〕中華書局標點本作「鼓吹十部」，「十」字當為「一」字之誤，見第33頁。

自此分為八校。左四右四。

護駕御史騎。

御史中丞駕一，中道。

謁者僕射駕四。

武剛車駕四，中道。

九遊車駕四，中道。

雲罕車駕四，中道。

皮軒車駕四，中道。

闟戟車駕四，中道。

鸞旗車駕四，中道。

建駕四，中道。

……〔註37〕

左衛將軍。

右衛將軍。

華蓋。自此後麋爛不存〔註38〕

　　《樂府詩集》卷十六題解引《西京雜記》「漢大駕祠甘泉汾陰，備千乘萬騎，有黃門前後部鼓吹」，〔註39〕應該就是對這段材料的檃栝。《西京雜記》所整理抄錄出的「甘泉鹵簿」材料中，有七處提到了鼓吹（皆字體加粗加斜），正文兩處，注文五處。從內容來看，小字注文的

〔註37〕省略文中 15 條備於此：虎賁中郎將車駕二，中道。護駕尚書郎三人，騎。護駕尚書三，中道。相風烏車駕四，中道。自此分為十二校。殿中御史，騎。典兵中郎騎，中道。高華，中道。畢罕。御馬。節十六。華蓋，中道。自此分為十六校。剛鼓，中道，金根車。自此分為二十校，滿道。

〔註38〕「自此後麋爛不存」是葛洪的按語（參程章燦《〈西京雜記〉的作者》），應是指此後材料難以辨識或簡牘稿本朽壞、丟失。細觀文本，其著錄的僅是「屬車八十一乘」儀仗隊的先驅部分，尚未列舉到皇帝乘輿。

〔註39〕《樂府詩集》卷十六，鼓吹曲辭，題解，北京：中華書局，1979 年版，第 224 頁。

五條「鼓吹」文字應該是東漢使用過程中所加的「儀注」內容，葛洪錄入時尚能區分。但仍有未能辨別之處，則是誤入正文之「象車鼓吹十三人中道」和「黃門前部鼓吹左右各一部十三人駕四」。

我們認為，東漢保留「甘泉鹵簿」是為東漢的大駕儀仗提供參考的。從以上所引材料中可見，東漢明帝時祭光武帝陵寢的儀仗直接因襲了「甘泉鹵簿」。雖然明帝卜陵的儀仗，《後漢書》並無詳載，但應該以永平十七年（74）最為隆重。《後漢書·皇后紀》：「十七年正月，當謁原陵，夜夢先帝、太后如平生歡。既寤，悲不能寐，即案歷，明旦日吉，遂率百官及故客上陵。其日，降甘露於陵樹，帝令百官採取以薦。」〔註 40〕與此幾乎同時，鼓吹樂曲使用於皇族以及賞賜的紀錄開始出現。明帝永平十三年（70）廢楚王英，「徙丹陽涇縣，賜湯沐邑五百戶，工技·鼓吹悉從。」〔註 41〕這是正史中最早關於鼓吹使用的紀錄，而且是皇族的使用紀錄，章帝建初八年（82）「拜超為將兵長史，假鼓吹幢麾。」〔註 42〕此為功臣受鼓吹儀仗的最早紀錄；之後的和帝永元三年（91）耿秉去世的賞賜使用：「假鼓吹、五營騎士二百人送葬。」〔註 43〕其葬禮所假鼓吹，當是賜以最高榮譽的儀仗；接著之後永元五年（94）梁節王暢上書請罪請歸還所賜「虎賁、官騎及諸工技、鼓吹」〔註 44〕、靈帝中平二年（186）楊賜葬禮有「前後部鼓吹」、「驃騎將軍官屬司空法駕」〔註 45〕，也是賞賜和葬禮的應用。可以說，東漢以來，鼓吹樂曲以儀仗樂隊的使用方式賞賜王族、功臣和使用於送葬隊伍的情況逐漸頻繁。與之同時的東漢大駕鹵簿，參酌時需，在西漢「甘泉鹵簿」之基礎上加入鼓吹樂隊，是完全可能的。

〔註 40〕《後漢書》卷十上，第 407 頁。
〔註 41〕《後漢書·光武十王列傳》卷四十二，第 1429 頁。
〔註 42〕《後漢書·班梁列傳》卷四十七，第 1577 頁。
〔註 43〕《後漢書·耿弇列傳》卷十九，第 718 頁。
〔註 44〕《後漢書·孝明八王列傳》卷五十，第 1676 頁。
〔註 45〕《後漢書·楊震列傳》卷五十四，第 1785 頁。

在明帝上原陵使用大駕鹵簿之後，東漢的大駕使用更成為皇帝大
喪的專用儀仗。除上文引蔡邕《獨斷》之外，《後漢書‧輿服志》也記
載大駕在東漢中後期固定為皇帝大喪專用，唯對其前期在明帝上原陵
時的使用沒有言及：「東都唯大行乃大駕。大駕，太僕校駕，法駕，黃
門令校駕。」〔註46〕但《後漢書‧輿服志》明確記載了當時的僅次於
大駕的「乘輿法駕」是有「黃門鼓車」的：「前驅有九斿雲罕，鳳凰闟
戟，皮軒鸞旗，皆大夫載。……後有金鉦黃鉞，黃門鼓車。」〔註47〕
可見，法駕是有配合鼓吹儀仗樂隊的。參校皇帝法駕使用「黃門鼓
車」，則東漢的大駕必當也已有之。

大駕在東漢明帝之後固定用於大喪的凶禮，凶禮的相關使用儀仗
「藏城北秘宮，皆不得入城門」〔註48〕，保存有西漢「甘泉鹵簿」紀
錄的大駕儀注也應該藏之城北秘宮，後世實難一見。所以蔡邕才會感
慨甘泉鹵簿是「國家舊章，而幽僻藏蔽，莫之得見。」〔註49〕

而《西京雜記》中「甘泉鹵簿」的整理者所見者，已經是經歷了
東漢、曹魏、西晉之後的文獻，最大的可能就是來自東漢轉手記錄的
西漢「甘泉鹵簿」，加入了東漢使用中的補充成分──鼓吹樂隊，這與
《後漢書》同時出現「鼓吹」的記載完全吻合。

另外，《樂府詩集》引《晉中興書》：「漢武帝時，南越加置交趾、
九真、日南、合浦、南海、鬱林、蒼梧七郡，皆假鼓吹。」〔註50〕也是
學界常引用的關於西漢武帝時就有賞賜鼓吹樂曲現象的證據。本文認
為，這則記載是靠不住的，因為這則材料也是拈首接尾檃栝而成的。
《後漢書‧郡國志》劉昭注引王範《交廣春秋》的文字應該是這則材料
的本源：「交州治嬴嶁縣，元封五年移治蒼梧廣信縣。建安十五年治番

〔註46〕《後漢書》志第二十九，輿服上，第3648頁。
〔註47〕《後漢書》志第二十九，輿服上，第3649頁。
〔註48〕《後漢書‧輿服志》，「大行載車」條，見第3651頁。
〔註49〕《後漢書‧輿服志》志第二十九，輿服上，第3648頁「甘泉鹵簿」注
　　　　引蔡邕《表志》。
〔註50〕《樂府詩集》卷十六，第224頁。

禺縣。詔書以州邊遠，使持節，並七郡皆授鼓吹，以重威鎮。」〔註51〕
細玩文意，文中「詔書」應是建安十五年的詔書，故賜七郡鼓吹是東漢
末年之事。這也與東漢正史中出現鼓吹的現象相吻合。

　　因此，我們認為，鼓吹樂曲在西漢屬於發軔期，影響頗微，並無
應用於儀仗的記錄。後代文獻中轉抄及櫽栝的關於西漢鼓吹樂曲的儀
仗記錄，應引起學界的懷疑，不可輕信。

　　在有關東漢鼓吹儀仗隊的文獻中，黃門鼓吹尤為重要，也尤為引
起學界探究〔註52〕。本文認為，黃門鼓吹在東漢概念有兩個，其一是
指黃門演奏的鼓吹樂曲；其二是指鼓吹樂曲使用於乘輿的儀仗隊。蔡
邕「漢樂四品」〔註53〕其三曰「黃門鼓吹」，是「天子所以宴群臣」的
宴饗樂曲〔註54〕，屬於第一個概念。但是，黃門鼓吹對後世影響最大
的是其第二個概念。黃門鼓吹是東漢中後期形成的為皇帝、皇族出行

〔註51〕《後漢書》志第二十三，第3533頁。
〔註52〕關於黃門鼓吹的性質，王運熙先生認為是黃門倡樂，演奏樂曲包括了
　　　　鼓吹樂和相和歌。（見王運熙《樂府詩述論》（增補本），《說黃門鼓吹》，
　　　　上海古籍出版社，2006年版，第225頁）孫尚勇認為，是乘輿的儀仗
　　　　隊，並且有持兵護衛的職能。（《樂府文學文獻研究》之《黃門鼓吹考》，
　　　　人民文學出版社，2007年版，第89頁）
〔註53〕記載「漢樂四品」的文獻有司馬彪《續漢書·禮樂志》的梁劉昭注、
　　　　徐天麟《東漢會要》卷八引《後漢書·禮儀志注》、《宋書·樂志二》、
　　　　《晉書·樂志上》、《隋書·音樂志》、《通典·樂典一》、《通志·樂略
　　　　一》等，可參孫尚勇《樂府文學文獻研究》（人民文學出版社，2007年
　　　　版，第92頁），孫尚勇認為，漢樂四品」中黃門鼓吹和短簫鐃歌單獨
　　　　列為兩品，而這四種音樂，原則上不存在音樂等級和雅俗之辨一類問
　　　　題。四品樂皆是儀式用樂，非宴私用樂。黃門鼓吹和短簫鐃歌只是分
　　　　工不同，沒有高下之分。
〔註54〕蔡邕此為論「漢樂四品」之語。「黃門鼓吹」在蔡邕看來是一種音樂形
　　　　式，並非使用方式。而學界以王運熙先生為代表的學者認為「黃門鼓
　　　　吹」為音樂形式；以孫尚勇為代表的學者認為屬儀仗隊式的使用方式。
　　　　按，東漢時期，鼓吹樂曲在短簫鐃歌、橫吹曲之外，定然還有其他以
　　　　鼓吹樂器吹奏的樂曲，後代或已不傳。如前文注釋中，引文有東漢章
　　　　帝所做的歌詩四章和《雲臺十二門》。這應該就是蔡邕所說的「天子宴
　　　　群臣」的黃門鼓吹之樂了。漢末大亂，禮樂又一次崩壞，這些雅詩不
　　　　傳，只有從蔡邕的論「漢樂四品」之語中進行猜測了。

服務的，車駕前後負責奏樂的儀仗樂隊。其演奏人員可能最初是來自於為皇宮禁內為皇帝日常娛樂服務機構——黃門的倡優樂人「黃門倡」，故名沿用黃門之稱而一直作「黃門鼓吹」。作為儀仗樂隊的黃門鼓吹，其使用於皇帝、皇族的出行、道路等相關的儀仗中，並不使用在皇帝宮禁黃門之中。

《後漢書·禮儀志》有「皇后帥公卿諸侯夫人蠶」禮的記載，劉昭注引丁孚《漢儀》，對其出行的道路儀式場面做了詳細的記錄，可以反映東漢時期作為儀仗樂隊的黃門鼓吹配合出行的盛況：

> 皇后出，乘鸞輅，青羽蓋，駕駟馬，龍旂九旒，大將軍妻參乘。太僕妻御，前鸞旂車，皮軒鸞戟，洛陽令奉引，亦千乘萬騎。車府令設鹵簿駕，公、卿、五營校尉、司隸校尉、河南尹妻皆乘其官車，帶夫本官綬，從其官屬導從皇后。置虎賁、羽林騎、戎頭、**黃門鼓吹**、五帝車，女騎夾轂，執法御史在前後。亦有金鉦黃鉞，五將導。桑於蠶宮，手三盆於繭館，畢，還宮。〔註55〕

皇后出行的法駕，規模龐大，洛陽令導引、公卿夫人隨行，鸞車翠蓋，車騎雍容。旌旗儀仗，羽林衛隊、黃門鼓吹夾道。其可見黃門鼓吹的儀仗性使用。《後漢書·安帝紀》：「（永初元年九月）壬午，詔太僕、少府減黃門鼓吹，以補羽林士。」注引《漢官儀》「黃門鼓吹百四十五人。羽林左監羽林八百人，右監主九百人。」〔註56〕也就是說，在安帝時，因儀仗排場的需要，擴大了羽林衛隊的人數，而減少了黃門鼓吹的人數。〔註57〕我們不得而知《漢官儀》記載的 145 人是減少之

〔註55〕《後漢書》志第四，第 3110 頁。

〔註56〕《後漢書》卷五，第 208 頁。

〔註57〕孫尚勇《樂府文學文獻研究》之《黃門鼓吹考》認為：「黃門鼓吹可補羽林衛士」、「黃門鼓吹主要職責是作為乘輿的禮樂儀仗，平時有持兵護衛之任。」（人民文學出版社，2007 年版，第 89 頁），我們從這則材料中看，黃門鼓吹自是黃門鼓吹，羽林衛隊自是羽林衛隊，在出行儀仗隊中減少黃門鼓吹而增加羽林衛隊，最大的可能兩者沒有兼任的關係，只是兩種不同職能人員人數的此增彼減。

後還是減少之前的數字，但是不管怎麼樣，安帝詔太僕、少府兩個機構共同協作來削減黃門鼓吹儀仗，也可證黃門鼓吹樂隊此時尚未有專門的管理機構，因此也不可能存在黃門鼓吹署這個機構〔註58〕，黃門鼓吹署應該是黃門鼓吹儀仗隊作為儀仗定制之後，為了管理方便而增設的太常寺雅樂系統的職能部門，其設置在西晉時期。今引史凱敏《鼓吹（樂）署考》：〔註59〕

> 西晉時，我國正式設立了最早的鼓吹署，管理鼓吹和百戲。《晉書·職官志》：「太常有博士、協律校尉員，又統太學諸博士、祭酒、及太史、太樂、鼓吹等令。」……西晉之前，鼓吹樂原本隸屬九卿的少府所轄，在西晉時期獨立出來改隸太常鼓吹署，管理太樂以外的禮樂，這既是鼓吹歸屬太常的開始，同時也是鼓吹走入禮樂、逐漸雅化的先聲。

《通志》卷五十四：「鼓吹令，《周禮》有鼓人掌六鼓四金之音。後漢有承華令，典黃門鼓吹，屬少府。晉置鼓吹令丞，屬太常。（東晉）元帝省太樂並鼓吹。（東晉）哀帝復省鼓吹而存太樂。梁有鼓吹令丞，又有清商署。北齊鼓吹令丞及清商部並屬太常。隋有鼓吹、清商二令丞。至煬帝罷清商署。唐鼓吹署，令、丞各一人，所掌頗與太樂同。」〔註60〕我們通過所引史凱敏的觀點，就可以較為明晰地理解《通志》的這則材料。承華令其實是管理皇家馬匹的機關〔註61〕，對黃門鼓吹

〔註58〕《中國文學史》（高等教育出版社，2003 年版）認為東漢就出現了黃門鼓吹署：「東漢音樂管理的機關也分屬兩個系統，一個是大予樂署，行政長官是太予樂令，相當於西漢的太樂令，隸屬於太常卿。一個是黃門鼓吹署，由承華令掌管，隸屬少府。」（第247頁）其注〔5〕引《通典》「後漢有承華令，典黃門鼓吹，屬少府」、《唐六典》「後漢少府屬官有承華令，典黃門鼓吹百三十五人、百戲師二十七人」的記載（260頁）。按，這兩則材料不能證明承華令下有黃門鼓吹署。

〔註59〕史凱敏《鼓吹（樂）署考》，河南大學中國古代音樂史專業碩士研究生學位論文，2008 年。

〔註60〕《通志》職官略第四，第670頁。

〔註61〕《後漢書》卷六順帝永和六年秋七月始設承華廐令，負責管理天子馬匹。並無其他「承華令」的記載。見第272頁。

可能只是做儀仗出行的部分功能的管理。真正管理黃門鼓吹的機構鼓吹署是西晉最早建立的。黃門鼓吹從東漢開始作為儀仗樂隊使用，到了西晉才正式編入雅樂系統。

　　東晉永嘉之亂後，雅樂崩解，晉元帝時只好裁掉了徒有虛名的太樂署，將太樂的演奏人員併入鼓吹署（省太樂並鼓吹），這一時期鼓吹樂曲接管了朝廷宴饗雅樂的職能。隨著北方藝人的漸漸歸附，雅樂創制的逐步完成，到了晉成帝時期，才重新設置太樂署，恢復其的原來職能。《宋書・樂志》「至江左初立宗廟，……舊京荒廢，今既散亡，音韻曲折，又無識者，……於時以無雅樂器及伶人，省太樂並鼓吹令。是後頗得登哥，食舉之樂，猶有未備。明帝太寧末，又詔阮孚等增益之。成帝咸和中，乃復置太樂官，鳩習遺逸，而尚未有金石也。」〔註62〕可見，在東晉江左雅樂重建的過程中，鼓吹樂實際的地位是繼續得到了提高。東晉以來，鼓吹樂隊成為「出入陳作，移風易俗」〔註63〕的重要國家典章。及至唐代，鼓吹署的設置沒有斷絕，也說明鼓吹樂已經成為朝廷重大儀仗中固定化的使用音樂了。

　　作為儀仗樂隊性質的黃門鼓吹，是促進鼓吹樂曲儀式化和雅正化的重要推手，這種社會需求在持續性促進鼓吹樂曲躋身雅樂的過程中功績甚巨。當鼓吹樂隊的演奏成為固定式的常態時，其樂章的要求必然要雅正化。因此，才出現了以繆襲、韋昭、傅玄等人開啟的各個朝代對漢鐃歌十八曲的頌詩化改制。黃門鼓吹作為儀仗樂隊的官方化使用促使了原本被隨意記錄的短簫鐃歌古辭變成了稱頌開國皇帝赫赫武功和洋洋盛德的頌詩〔註64〕，而這些頌詩也直接應用於皇家鹵簿樂（黃

〔註62〕《宋書・樂志》，見卷十九，第540頁。

〔註63〕《北堂書鈔》卷一百三十儀飾部上「鼓吹六」引孫毓《東宮鼓吹議》云：「禮樂之教，義有所指。給鼓吹以備典章，出入陳作，用以移風易俗。」按，據《隋書・經籍志》，孫毓，晉長沙太守，著有《毛詩異同評》十卷。

〔註64〕可參《隋書・音樂志中》，北齊武成帝時「鼓吹二十曲，皆改古名，以敘功德。第一，漢《朱鷺》改名《水德謝》，言魏謝齊興也。第二，漢《思悲翁》改名《出山東》，言神武帝戰廣阿，創大業，破尒朱兆也。

門鼓吹儀仗樂隊），並被正史加以著錄。也就是說，鼓吹樂曲不可替代且影響重大的儀仗樂隊使用是歷代雅正化鼓吹樂章產生的直接土壤。如果沒有規模隆重的官方化高規格使用，鼓吹樂曲不可能引起禮樂制作者的如此大的改制興趣。〔註65〕

　　韓寧在《鼓吹橫吹曲辭研究》中以「鼓吹」檢索《三國志》、《晉書》、《宋書》、《南齊書》、《梁書》、《陳書》、《隋書》、《舊唐書》八部史書中的鼓吹樂的使用情況，編成《歷代鼓吹使用情況表》，並在《鼓吹曲的流傳和演唱》專節中進行相關論述。茲分析其數據及其論述如下：

　　　鼓吹樂最初作為軍樂的使用方式在三國還延續著，裴注

第三，漢《艾如張》改名《戰韓陵》，言神武滅四胡，定京洛，遠近賓服也。第四，漢《上之回》改名《珍關隴》，言神武遣侯莫陳悅誅賀拔岳，定關、隴，平河外，滿北軟，秦中附也。……」（見第330頁）北周宣帝時「革前代鼓吹，製為十五曲。第一，改漢《朱鷺》為《玄精季》，言魏道陵遲，太祖肇開王業也。第二，改漢《思悲翁》為《征隴西》，言太祖起兵，誅侯莫陳悅，掃清隴右也。第三，改漢《艾如張》為《迎魏帝》，言武帝西幸，太祖奉迎，宅關中也。第四，改漢《上之回》為《平竇泰》，言太祖擁兵討泰，悉擒斬也。……」（見第342頁。）另，《樂府詩集》（卷二十，第293頁）尚錄有齊謝脁所製的《齊隨王鼓吹曲》，限於諸侯之樂的禮制，未有歌頌皇帝武功的組詩，可見，皇帝之外的王族甚至功臣所奏鼓吹，也有文人改制樂章歌辭的現象。《樂府詩集》（卷十九，第287頁）錄何承天的《宋鼓歌十五篇》也是一組文人改制的歌頌劉裕的組詩性樂章。

〔註65〕按，唐代的音樂形態已經與隋朝之前完全不同，以祖孝孫等創制的十二和雅樂、三大樂舞（破陣樂、慶善樂、上元樂）作為歌頌祖宗功德的樂舞、十部伎宮廷燕樂的主體，接著是唐玄宗時代教坊、梨園成為當時音樂制度的實際中樞，太常寺地位下降，太常寺中的鼓吹署更是冷落。所以，中唐之後，鼓吹樂隊的地位下降。《樂府詩集》載柳宗元私造唐鼓吹十二曲。據《柳宗元集》第一卷《雅詩歌曲》之《唐鐃歌鼓吹十二篇並序》之《序》云：「臣為郎時，以太常聯禮部，嘗聞鼓吹署有戎樂，詞獨不列。……今臣竊取魏晉義，用漢篇數，為唐鐃歌鼓吹曲十二篇，紀高祖、太宗功能之神奇，因以知取天下之勤勞，命將用帥之艱難，每有戎事，治兵振旅，幸歌臣詞以為容。」可見國家雅樂系統的太常禮部雖備鼓吹，但在實際的音樂演奏中已經處於相當冷落的地位了。

《三國志》所載的 14 次鼓吹使用中，用於征戰的有 5 次。
用於給賜武將的 5 次，武將出行儀仗 3 次，武將葬儀 1 次。
兩晉鼓吹記載 47 次，給賜（包括葬儀贈、死後追贈）就達 41
次之多。用於戰爭（出征及軍功賞賜）的 3 次。鼓吹使用最
多的是南朝梁，《梁書》上有 60 次的官方記載，而梁武帝在
位的時期多達 53 次之多，占 88%。〔註66〕

南朝四代，給賜的數量大大超過了魏晉時期，但人員的
範圍卻縮小了。《宋書》中 52 次給賜，賜予皇族就佔了 28
次，這與郭茂倩《樂府詩集》所云「初，魏晉之世，給鼓吹
甚輕，牙門督將五校皆有鼓吹。宋齊以後，則甚重矣」的說
法符合，說明鼓吹樂的地位提高了。從魏晉到宋齊，鼓吹樂
逐漸固定為較高地位象徵的儀式樂。而同時，鼓吹樂也用於
娛樂宴會的場合。隋唐時代，鼓吹樂地位依然很高，給賜更
加嚴格。〔註67〕

從《歷代鼓吹使用情況表》的數據中關於皇帝出行用鼓吹的記錄
反而沒有，這並不是皇帝出行儀仗不用鼓吹，而是作為一種常態，史
官不加記錄，史官所記錄則是賞賜鼓吹、非皇族使用鼓吹儀仗的特殊
情況。接受給賜的武將大臣，可使用鼓吹儀仗樂壯大排場、宣揚聲
威，是無上的光榮。這種賞賜，也使得鼓吹樂的演奏範圍和影響進一
步擴大。

蕭滌非先生《漢魏六朝樂府文學史》指出：「《鐃歌》不僅在詩體
上獨樹一幟，自成一派，其文字亦時挾奇趣。即屬頌詩，亦不似《郊祀
歌》之第以古奧艱深為能事，疑出自當時黃門倡及樂工之手。」〔註68〕

〔註66〕《鼓吹橫吹曲辭研究》，其書附錄一《歷代鼓吹使用情況表》，見第 241
～273 頁。
〔註67〕詳見《鼓吹橫吹曲辭研究》，第二章，第 71～74 頁。
〔註68〕蕭滌非著，蕭海川輯補，《漢魏六朝樂府文學史（增補本）》，北京：人
民文學出版社，1984 年版，第 51 頁。

又云：「《鐃歌》乃夷樂，非雅樂亦非楚聲，故體裁獨異。……《鐃歌》之
聲價，自明帝列為四品之一，始漸抬高，故魏晉以下遂全變為頌詩。」
〔註69〕準確地認識到了短簫鐃歌在漢代的事實和後代的發展結果。但
沒有指出黃門鼓吹作為儀仗樂隊對鐃歌「變為頌詩」的決定性影響。

　　據《隋書·音樂志》，鼓吹樂曲在南朝的演奏，形成了一種「充庭」
的形式，這種形式是皇家儀仗樂隊之外的進一步發展，而使得鼓吹樂
曲得以在宮廷宴饗等場合被演奏：

　　　　天監四年，……明山賓、嚴植之及徐勉等，以為周有九
　　《夏》，梁有十二《雅》。此並則天數，為一代之曲。……

　　　　鼓吹，宋、齊並用漢曲。又充庭用十六曲。（梁）高祖乃
　　去四曲，留其十二，合四時也。更制新歌，以述功德。其第
　　一，漢曲《朱鷺》改為《木紀謝》，言齊謝梁升也。第二，漢
　　曲《思悲翁》改為《賢首山》，言武帝破魏軍於司部，肇土跡
　　也。第三，漢曲《艾如張》改為《桐柏山》，言武帝牧司，王
　　業彌章也。第四，漢曲《上之回》改為《道亡》，言東昏喪道，
　　義師起樊鄧也。第五，漢曲《擁離》改為《忱威》，言破加湖
　　元勳也。第六，漢曲《戰城南》改為《漢東流》，言義師克魯
　　山城也。第七，漢曲《巫山高》改為《鶴樓峻》，言平郢城，
　　兵威無敵也。第八，漢曲《上陵》改為《昏主恣淫慝》，言東
　　昏政亂，武帝起義，平九江、姑熟，大破朱雀，伐罪弔人也。
　　第九，漢曲《將進酒》改為《石首局》，言義師平京城，仍廢
　　昏，定大事也。第十，漢曲《有所思》改為《期運集》，言武
　　帝應籙受禪，德盛化遠也。十一，漢曲《芳樹》改為《於穆》，
　　言大梁闡運，君臣和樂，休祚方遠也。十二，漢曲《上邪》
　　改為《惟大梁》，言梁德廣運，仁化洽也。

　　　　天監七年，將有事太廟。詔曰「《禮》云『齋日不樂』，

〔註69〕蕭滌非著，蕭海川輯補，《漢魏六朝樂府文學史（增補本）》，第57頁。

今親奉始出宮，振作鼓吹。外可詳議。」八座丞郎參議，請
與駕始出，鼓吹從而不作，還宮如常儀。帝從之，遂以定
制。〔註70〕

……

及後主嗣位，耽荒於酒，視朝之外，多在宴筵。尤重聲
樂，遣宮女習北方簫鼓，謂之《代北》，酒酣則奏之。又於清
樂中造《黃鸝留》及《玉樹後庭花》、《金釵兩臂垂》等曲，
與幸臣等制其歌詞，綺豔相高，極於輕薄。男女唱和，其音
甚哀。〔註71〕

　　這段材料以梁朝為中心，向前向後均有所溯衍。梁朝的十二
《雅》，用於祭祀天地、明堂、宗廟及君臣宴饗，是梁代追攀《周禮》
九《夏》之樂而制定的標準的雅樂，是梁代儒家禮樂制度跨越前代的標
誌性成就。而梁武帝沿襲並改革了宋齊以來的鼓吹樂曲的另一種使用
方式——「充庭」演奏。何謂「充庭」？《後漢書》孝安帝紀：「四年
春正月元日會，徹樂，不陳充庭車。」〔註72〕《宋書》志第八禮五：
「舊有充庭之制，臨軒大會，陳乘輿車輦旌鼓於殿庭。張衡《東京賦》
云『龍路充庭，鸞旗拂霓』，晉江左廢絕。宋孝武大明中修復。」〔註73〕
《南齊書》：「三元告始，則朝會萬國，雖金石輟響，而簨簴充庭。」
〔註74〕同書卷十一《高宗明皇帝神室奏明德凱容之樂歌辭》：「八簋陳
室，六舞充庭。」〔註75〕據此可見，「充庭」既是一種儀式場面，有乘

〔註70〕以上見《隋書》卷十三，第304～305頁。
〔註71〕《隋書》卷十三，第309頁。此段引文，多被學者截取後半段，以說
　　　　明宮體詩在陳代的繁榮。如果前後文字合起來理解，則可知，南朝擬
　　　　邊塞詩的繁榮，正與宮體詩的繁榮一樣，實際上直接受到音樂形式的
　　　　影響。
〔註72〕《後漢書》卷五，第214頁。此條下李賢注云：「每大朝會，必陳乘輿
　　　　法物車輦於庭，故曰充庭車也。以年饑，故不陳。」
〔註73〕《宋書》卷十八，第501頁。
〔註74〕《南齊書》卷九，志第一，禮上，第133頁。
〔註75〕《南齊書》，第184頁。

與儀仗之隊伍，以及音樂演奏，又是配合雅樂、燕樂應用於室內廊中的演奏形式，乘輿儀仗不行進而固定陳列，可以稱之為「靜止於原地演奏進行曲的儀仗隊」，這種特徵最終使得鼓吹樂曲實現了匹配宮廷的雅樂與燕樂演奏，這是對鼓吹儀仗隊的一種新的發展，是將鼓吹儀仗應用於朝廷固定場合的新變化。梁武帝在這種新變中，更是熱衷於將鼓吹樂曲的曲辭改為稱頌蕭梁開國的武功仁德，自然是使得充庭演奏的影響更為重大。

　　我們更注意到，梁武帝的十二《雅》，和十二首新制鼓吹曲之間，有一種配合關係。首先，十二雅樂的使用具有通行性和下行性。據鄭樵《通志》卷四十九《梁武帝雅歌十二曲》後按語，我們可以看到梁武帝的十二《雅》具有郊祀、宗廟、宴饗三者通行的特點：

　　　　至梁武十二曲成，則郊廟、明堂、三廟之禮，展轉用之；

　　　天地、君臣、宗廟之事，同其事矣。此禮之所以亡也。〔註76〕

　　鄭樵以宋儒禮樂衛道士的復古態度，對於禮樂自漢魏至梁代的整體發展均表示出了極為痛心的不滿，這種恪守儒家禮樂功用性的等級觀念的態度實際上是儒家復古的文藝觀在音樂上的體現，故其論述泥於郊祀（天地）、宗廟、燕射（君臣）的不同用途，強調其不可混淆

〔註76〕《通志》，北京：中華書局，1987年版，第634頁。此文字之前還有一段對禮樂「淪喪史」的一個整體回顧：「有宗廟之樂，有天地之樂，有君臣之樂。尊親異制，不可以分；幽明異位，不可以無別。按漢叔孫通始定廟樂，有降神、納俎、登歌、薦祼等曲。武帝始定郊祀之樂，有十九章之歌。明帝始定黃門鼓吹之樂，天子所以宴群臣也。嗚呼！風、雅、頌三者不同聲，天地、宗廟、君臣三者不同禮。自漢之失，合雅而風，合頌而雅，其樂已失，而其禮猶存。至梁武十二曲成，則郊廟、明堂、三廟之禮，展轉用之……」在鄭樵的復古觀念之下，我們前文論及的漢武帝時的短簫鐃歌、東漢明帝時的黃門鼓吹，都不幸被認定為導致雅頌淪喪、禮樂墜地的「罪魁禍首」。又可參《通志》卷四十九《樂府總序》的相同觀點：「梁武帝作十二《雅》，郊廟、明堂、三朝之禮展轉用之。天地之事、君臣之事、宗廟之事，同其事矣。樂之失也，自漢武始；其亡也，自魏始。禮之失也，自漢明始；其亡也，自梁始。禮樂淪亡之所由，不可不知也。」其論述稍嫌簡略，故備於注腳。見《通志》，第626頁。

之處。

　　我們通過鄭樵的議論，結合我們對鼓吹樂曲的實際應用和充庭新變，也從另一個反面認識到一個事實：梁武帝時代，鼓吹樂既充庭使用，也成為有事太廟的儀仗（武帝的本意是出宮還宮均奏鼓吹，後禮官參議，出宮從而不作，還宮奏鼓吹）。同時雅樂也出現了下行性的通用情況。梁武帝時十二《雅》樂在郊祀、宗廟、宴饗三大場合的進行等同化的輪流使用（展轉用之），正是說明鼓吹樂曲的上升和雅樂的下行達到了一種交融。這種交融，必然使得鼓吹樂曲終宴饗樂的成分加強，樂章內容則必然從固定的組詩性頌歌開放為一種自由的音樂形式。這樣，必然對鼓吹樂曲的發展帶來新的契機。

　　謝建平《樂舞語話》：「在梁代宮廷音樂中出現了一種新的樣式，叫做『熊羆十二案』（也稱鼓吹十二案），《文獻通考》上說：『熊羆架十二，悉高丈餘，用木雕之；其狀如床，上安版，四旁為欄，其中以登。梁武帝始設十二案鼓吹，在樂懸之外，以施殿庭，宴饗用之，圖熊羆以為飾也。』可知從這時起，宮廷中已有鼓吹樂和雅樂同場合出現的形式，並且可以用鍾磬等樂器配合演奏。後北周武帝、隋煬帝均依梁制設鼓吹十二案，延續了這種俗樂雅奏的傳統。」〔註77〕到了北周武帝時，取梁鼓吹十二案，元旦大會與雅樂合奏〔註78〕。這種鼓吹配合雅樂演奏的情況，定然是延續了在梁代的傳統。

　　鼓吹樂曲經過宋齊的發展，而大盛於梁朝。一方面體現為梁武帝時代賞賜鼓吹的記載大大超過前代，使得鼓吹樂曲更大規模地被使用，另一方面朝廷官方的演奏方式發生了重大改變，朝廷的鼓吹樂曲使用出現了儀仗進行曲之外的固定匹配雅樂的「充庭」演奏模式，也使得鼓吹樂曲更近距離地配合宴饗娛樂的需要。在梁代這種兩方面需

〔註77〕謝建平著，《樂舞語話》，南京大學出版社，2009 年版，第 176～177頁。

〔註78〕《隋書‧音樂志中》：「（北周）武帝以梁鼓吹熊羆十二案，每元正大會，列於懸間，與正樂合奏。」見卷十四，第 342 頁。

求同時擴大的機遇下，新的鼓吹樂曲必然很快得到統治者以及音樂機構的重視，所以北朝產生的鮮卑族鼓吹曲、氐羌橫吹曲、民間鼓吹橫吹曲等鼓吹樂曲迅速在南朝梁代被整理集結以供使用。於是，代表北朝樂曲風格的「梁鼓角橫吹曲」便奇特地產生。《樂府詩集》：「《古今樂錄》曰：『梁鼓角橫吹曲有《企喻》、《琅琊王》、《鉅鹿公主》、《紫騮馬》、《黃淡思》、《地驅樂》、《雀勞利》、《慕容垂》、《隴頭流水》等歌三十六曲。二十五曲有歌有聲，十一曲有歌。是時樂府胡吹舊曲有《大白淨皇太子》、《小白淨皇太子》、《雍臺》、《擒臺》、《胡遵》、《利羝女》、《淳于王》、《捉搦》、《東平劉生》、《單迪歷》、《魯爽》、《半和企喻》、《比敦》、《胡度來》十四曲。三曲有歌，十一曲亡。又有《隔谷》、《地驅樂》、《紫騮馬》、《折楊柳》、《幽州馬客吟》、《慕容家自魯企由谷》、《隴頭》、《魏高陽工樂人》等歌二十七曲，合前三曲，凡三十曲，總八十八曲。』江淹《橫吹賦》云：『奏《白臺》之二曲，起《關山》之一引。採菱謝而自罷，綠水慚而不進。』則《白臺》、《關山》又是二曲。」〔註79〕

梁代的鼓吹樂曲走出了「頌詩」的束縛，急劇性地吸收當時北魏

〔註79〕見《樂府詩集》卷二十五，第 362 頁。按，《白臺》，孫尚勇認為是《北墩》（《比墩》）一曲的訛轉；《關山》即《關山月》，見《橫吹曲考論》，2003 年第 1 期，第 116 頁注釋第 18。再按，本文認為，孫尚勇此說有誤。「《白臺》之二曲」，《北墩》只是一曲。「白臺」不應該著書名號，其應為《大白淨皇太子》、《小白淨皇太子》與《雍臺》、《擒臺》的代稱。分析江淹文意，江南本地的《採菱》、《淥水》（均屬雜歌謠詞，《樂府詩集》卷八十三引梁元帝《纂要》曰：「齊歌曰謳，吳歌曰歈，楚歌曰豔，浮歌曰哇，振旅而歌曰凱歌，堂上奏樂而歌曰登歌，亦曰升歌。故歌曲有《陽陵》、《白露》、《朝日》、《魚麗》、《白水》、《白雪》、《江南》、《陽春》、《淮南》、《駕辯》、《淥水》、《陽阿》、《採菱》、《下里巴人》。」見第 1165 頁）均不能和梁鼓角橫吹曲中的《大白淨皇太子》、《小白淨皇太子》二曲或者《雍臺》、《擒臺》二曲相比，更不能和《關山月》之調頭的高音相比。《採菱》與《陽阿》是楚歌遺留；《淥水》又入琴曲，《蔡氏五弄》有之（傳為蔡邕所製，不可信），嵇康《琴賦》「初涉淥水，中奏清徵」；庾信《春賦》「陽春、淥水之曲」，可見也是調式較高的音樂。但這兩種高腔樂曲依然不能和梁鼓角橫吹曲中的《大白淨皇太子》、《小白淨皇太子》與《雍臺》、《擒臺》以及《關山月》相比。

的橫吹樂曲，形成了頗具文化奇觀的「梁鼓角橫吹曲」，更大規模地實現了鼓吹樂曲的繁榮。這種繁榮，也使得漢橫吹曲由微末的輔助角色成為鼓吹樂曲中的主導。孫尚勇《橫吹曲考論》認為，漢橫吹十八曲在魏晉俱存：「拙意以為吳兢對漢橫吹曲的紀錄有誤。首先，漢橫吹曲二十八解魏晉以來並非『唯傳十曲』，只是『見世用』或『在俗用者』僅《黃鵠》等十曲而已。關於二十八解，《古今注》、《晉書‧樂志》的記錄說明，到西晉末年其中的曲調已經有所散佚了，當時被使用的是《黃鵠》等十曲；《古今注》的紀錄說明這一情況可能始於東漢。十曲之外的二十八解的曲調，崔豹和智匠都未曾說完全散失。參酌他們的記錄，可以確信，除《黃鵠》等為世所用的十曲之外，魏晉以後肯定還保存著二十八解中的其他一些曲調。其次，根據郭茂倩在《樂府詩集》中對《樂府解題》的引用所表現出來的矛盾以及他對五卷《橫吹曲辭》的結構安排來看（在曲辭編排上，郭茂倩只對漢橫吹曲和梁鼓角橫吹曲作了分別），吳兢『八曲後代所加』的說法，也是不符合漢橫吹曲歷史發展的實際的，這八曲同樣應該是漢二十八解中的曲調，只是這些曲調不為世用而已。」〔註80〕孫尚勇對《古今注》中記載「魏晉以來，二十八解不復俱存。見世用《黃鵠》、《隴頭》、《出關》、《入關》、《出塞》、《入塞》、《折楊柳》、《黃覃子》、《赤之陽》、《望行人》十曲」中所云「見世用者」的意義進行闡發，認為尚有流傳但「不為世用者」。按，《古今注》、《晉書》、《通典》所云「見世用者」，正與本文所討論之鼓吹樂曲的儀式化和雅正化相關。「不為世用者」，即在梁武帝之前沒有進入儀式化和雅正化使用的漢橫吹曲。這種判斷，以宏觀視角看待漢橫吹曲的發展史，具有啟發意義。漢橫吹曲本應是鼓吹樂曲之偏俾補充，禮樂上又因曹魏率先改制了漢鐃歌十二曲，使得當時的鼓吹樂隊熱衷於演

〔註80〕孫尚勇《橫吹曲考論》，《中國音樂學》（季刊），2003 年第 1 期，第 112 頁。按，該文觀點認為「後又有《關山月》、《洛陽道》、《長安道》、《梅花落》、《紫騮馬》、《驄馬》、《雨雪》、《劉生》八曲」八曲都是漢橫吹曲，吳兢所云「後代所加也」的判斷忽略了對音樂史的必要關注，其編纂目的和方法是為了指導擬樂府詩的文學創作，所云不準確。

奏辭章華美的頌詩而使得有曲無詞的橫吹曲不能較好適應新的演奏環境而演奏機會越來越少，以至於逐漸殘缺不全。《晉書・樂志下》：「胡角者，本以應胡笳之聲，後漸用之橫吹，……李延年因胡曲更造新聲二十八解，乘輿以為武樂。後漢以給邊將，和帝時，萬人將軍得用之。魏晉以來，二十八解不復具存，用者有《黃鵠》、《隴頭》、《出關》、《入關》、《出塞》、《入塞》、《折楊柳》、《黃覃子》、《赤之楊》、《望行人》十曲。」〔註81〕《後漢書》李賢注認為班超受賜的鼓吹就是橫吹曲〔註82〕。魏晉之後，僅存的十首橫吹曲沒有得到官方改制的重視，《樂府詩集》云「其辭後亡」〔註83〕、吳兢《樂府古題要解》云「皆無其詞」〔註84〕；因為橫吹曲雅正化和儀式化的步伐較鼓吹曲而言比較慢，所以「不為世用」的漢二十八解橫吹曲自魏晉以來大半散佚，況且又經歷了漢末人亂、西晉八王之亂、五胡之亂和永嘉南渡的種種變遷。橫吹曲存在一個散佚的低谷，這個低谷時期除了十首為儀式化使用的橫吹曲外，其餘不得而知〔註85〕。到了梁武帝時代，「梁鼓角橫吹曲」的再度繁榮，使得一部分久已湮沒的音樂風格接近於漢橫吹曲的新曲雨後春筍般再度出現。到了陳代，「遣宮女習北方簫鼓，謂之《代北》，酒酣則奏之」，則應是依然供不應求，主動到北方搜求新曲了。

　　因此，我們認為，南朝鼓吹樂曲整體繁榮的背後推手，是其極為

〔註81〕 《晉書》卷二十三，志第十三，第715頁。按，《晉書》雖成書年代在
　　　　唐代，但是在唐代之前，有「十八家晉書」之基礎，唐房玄齡《晉書》
　　　　綜納眾家，其記載當為可信。

〔註82〕 《後漢書・班梁列傳》卷四十七，第1577頁。

〔註83〕 《樂府詩集》，第309頁。

〔註84〕 韓寧，《鼓吹橫吹曲辭研究》下編第一章《橫吹曲辭文獻學研究》，引
　　　　丁保福《歷代詩話續編》，第40頁。

〔註85〕 按，孫尚勇的觀點依然帶有較強烈的假想和武斷成分。其認為「不為
　　　　世用」的漢橫吹曲一直存在，是一種假想。如果是因為十曲之外的橫
　　　　吹曲全部散佚沒有了，沒有辦法「為世用」，那麼《古今注》、《晉書》
　　　　所言正是對客觀事實的更為準確的描繪。而這十首儀式化使用的橫吹
　　　　曲，究竟起於何時，不得而知，「李延年改造」不過是一個文化附會
　　　　罷了。

重要的制度性使用性儀仗演奏和充庭演奏需求。我們不能僅僅認為是南北戰爭、南北交流等外部因素促進北方樂歌進入南方。〔註86〕

　　鼓吹樂曲在北朝的使用也是非常普遍。《隋書·音樂志》載：「（北齊）諸州鎮戍，各給鼓吹樂，多少各以大小等級為差。諸王為州，皆給赤鼓、赤角，皇子則增給吳鼓、長鳴角，上州刺史皆給青鼓、青角，中州已下及諸鎮戍，皆給黑鼓、黑角。樂器皆有衣，並同鼓色。」〔註87〕在這種普遍而稍有等差的賞賜環境下，北齊的鼓吹樂曲也出現了歌頌高歡武功的聯章改制樂章，同時，鼓吹以賞賜等方式，不侷限於宮廷的演奏，而是在國家功臣的府邸、國家重大出行活動的儀仗中都有使用，這樣鼓吹的影響範圍必然十分廣泛。至北周，則綜合梁朝，鼓吹樂曲的官方地位更加顯赫且應用廣泛了。

　　鼓吹樂曲的儀仗性使用，一直持續到唐代。《舊唐書·音樂志》載：「景龍二年，皇后上言：『自妃主及五品以上母妻，並不因夫子封者，請自今遷葬之日，特給鼓吹。宮官亦准此。』侍御史唐紹上諫曰：「竊聞鼓吹之作，本為軍容，昔黃帝涿鹿有功，以為警衛。故摎鼓曲有《靈夔吼》、《雕鶚爭》、《石墜崖》、《壯士怒》之類。自昔功臣備禮，適得用之。丈夫有四方之功，所以恩加寵錫。假如郊祀天地，誠是重儀，

〔註86〕學界對「梁鼓角橫吹曲」的研究多集中在其民間文學性和本事考證上。這種研究方式實際自《樂府詩集》著錄時就已經形成慣性。本文認為，「梁鼓角橫吹曲」在梁朝屬宮廷宴饗俗樂性質，其在梁朝的宮廷演奏與其民間文學性和本事考察無關，其對梁朝文人的音樂影響也和所謂的民間文學性和本事考察無關。另外，關於鼓吹樂曲中橫吹曲在南朝的繁榮，形成獨特的「梁鼓角橫吹曲」現象，學界的論述多是從南朝社會風氣、北方少數民族豪放特性對南方的影響、南北戰爭、南北交融等方面論述。如王運熙先生《梁鼓角橫吹曲雜談》認為「是漢民族和兄弟民族的文化相互交流」（《樂府詩述論》，第522頁）；孫尚勇《橫吹曲考論》主要強調南北戰爭勝利方的戰利品形式的客觀交流（《樂府文學文獻研究》，第221頁）；劉懷榮、宋亞莉《魏晉南北朝樂府制度與歌詩研究》認為是南朝貴族求新求奇的審美文化追求以及歌詩消費和娛樂刺激（277頁）。

〔註87〕《隋書》卷十四，第331頁。

惟有宮懸，本無案架。故知軍樂所備，尚不洽於神祇；鉦鼓之音，豈得接於閨闈？」〔註88〕

　　唐紹的上諫，直接針對的是韋后的僭禮行為，但其論述也體現了鼓吹樂曲以功臣備禮的賞賜使用為主。公主王妃等女流之輩是不可以僭越使用的。我們注意到，唐紹認為鼓吹樂曲的郊祀使用尚有不合古制之處，但是說法很委婉：「尚不合於神祇」。而其列舉的《靈夔吼》、《雕鶚爭》、《石墜崖》、《壯士怒》之類鼓吹曲，《樂府詩集》失載，應該為段安節《樂府雜錄》所錄「熊羆部」的鼓吹曲名〔註89〕。亦可以

〔註88〕《舊唐書》卷二十八，第1050頁；又見《舊唐書》卷八十五列傳第三十五，第2813～1814頁。又《唐會要》卷三十八：武德六年二月十二日，平陽公主葬，詔加前後鼓吹。太常奏議，以禮婦人無鼓吹。高祖謂曰：「鼓吹是軍樂也，往者公主於司竹舉兵，以應義軍，既常為將、執金鼓，有克定功，是以周之文母，列於十亂，公主功參佐命，非常婦人之匹也，何得無鼓吹？宜特加之，以旌殊績。」至景龍二年十二月，皇后上言：「自妃主及五品以上母妻，並不因夫子封者，請自今婚葬之日，特給鼓吹，宮官准此。」左臺侍御史唐紹上疏諫曰：「竊聞鼓吹之作，本為軍容。……」。按，鼓吹的賜給，自晉以來，重臣喪葬常有，如賈充、王導，桓溫。南朝時王公重臣送葬，受賜鼓吹亦頗可見。隋朝葬儀賜鼓吹有李穆、李德林、楊素、段文振等，唐代魏徵、李靖葬儀亦有賜。唐初就有平陽公主葬禮用鼓吹。

〔註89〕（唐）段安節《樂府雜錄》有「鼓吹部」「熊羆部」，皆屬鼓吹樂曲。「鼓吹部」云「即有鹵簿、鉦、鼓及角」，並指出吉禮、凶禮以及「大全仗」、「小半仗」等儀仗中的應用。「熊羆部」云「亦謂之十二按樂」，亓娟莉注云：「熊羆部主要為熊羆十二按樂，是唐宮廷雅樂的重要組成部分。因其演奏時要用圖有熊、羆、貙、豹等『騰倚之狀』的十二按（案），又因以鼓吹為主，又稱『鼓吹十二按（案）』」，見《樂府雜錄校注》，上海古籍出版社，2015年版，第25頁。又按，（宋）陳暘《樂書》卷一百三十八（清文淵閣四庫叢書本）「捬鼓」條文云：「隋大駕鼓吹，有捬鼓，長三尺，朱髹其上。工人青地苣文。大業中，煬帝宴饗用之。唐《開元禮義羅》曰：『捬鼓，小鼓也』。按圖，鼓上有蓋。常先作之，以引大鼓。亦猶雅樂之奏　與金鉦相應。皆有曲焉。《律書·樂圖》云：『捬鼓一曲十搨，一曰《驚雷震》，二曰《猛虎駭》，三曰《鷙鳥擊》、四曰《龍媒蹀》、五曰《靈夔吼》、六曰《雕鶚爭》、七曰《壯士奮怒》、八曰《熊羆哮吼》、九曰《石蕩崖》、十曰《波蕩壑》。並各有辭，其辭無傳焉。大常鼓吹前部用之。」或即此類。

看出，鼓吹樂曲在唐代的雅樂使用已經涵蓋了朝廷禮樂儀仗的方方面面〔註90〕。

　　杜甫《麗人行》中云「簫鼓哀吟感鬼神」，亦是鼓吹樂曲的儀仗。在唐代鼓吹樂曲儀仗化使用成為出行常態，而且其中的梁鼓角橫吹曲，因之繼續流傳，影響廣泛，為文人的邊塞詩擬作繼續提供著音樂土壤。

　　以上僅是對鼓吹樂曲的儀式化和雅正化過程作簡要梳理。我們可以較為清晰地看到儀仗鼓吹樂隊在鼓吹樂曲儀式化和雅正化道路上持續不斷的推動力。雖然鼓吹樂曲沒有被雅正化為真正的廟堂之音或一代雅樂（這與歷代國家制禮必須符合《周禮》要求有關，當然也與鼓吹樂曲自身的胡樂軍樂特性有關），但鼓吹樂曲找到了「儀仗樂隊」這個突破口，其實際使用和影響大大超過了廟堂雅樂。而且，在新王朝初建之時，雅樂崩解之際，鼓吹樂曲還暫時性充當廟堂之音，因此常會出現「迎神猶帶於邊曲」〔註91〕的現象。這才是鼓吹樂曲「既不是高高在上的廟堂之音，也不是流行於百姓之中的鄭衛之音。它是介於二者之間的典正而不失自由的音樂」〔註92〕的真實地位和影響力。

　　在這種背景之下，宮廷以及朝廷的出行儀仗和宴饗之中、高門貴族出行的儀仗以及府邸的宴饗中，皇帝本人、宮廷文人、王公貴族、幕府文人均必然會受到這種莊重典雅、節奏雄壯的鼓吹樂曲音樂旋律的

〔註90〕韓寧《鼓吹橫吹曲辭研究》下編《〈樂府詩集〉橫吹曲辭研究》，列舉了橫吹曲在《南齊書》、《南史》的五條記載，以及《隋書》兩條記載，說明橫吹的儀式、娛樂和儀仗應用。按，韓寧所舉材料，《南齊書》、《南史》作「鼓角橫吹」，《隋書》作「大橫吹」，實際上都屬鼓吹樂曲。檢索「鼓吹」可以得到數百條的記載，而「橫吹」僅有數條，這個正說明了，鼓吹樂曲是一個整體概念，而橫吹是鼓吹的一支。詳見第169～172頁。

〔註91〕《隋書》卷十三，原文曰：「（隋）高祖受命惟新，八州同貫，制氏全出於胡人，迎神猶帶於邊曲。及顏、何（佟之）驟請，頗涉雅音，而繼想聞《韶》，去之彌遠。」見第287頁。

〔註92〕韓寧語，此句原是其判斷西漢鼓吹樂曲的宮廷地位的斷語，也應符合鼓吹樂曲雅正化之後的地位。見《鼓吹橫吹曲辭研究》，第44頁。

感染。所創作的鼓吹樂曲的音樂歌辭，除了朝廷官方意識形態的歌功頌德的組詩性樂章之外，必然是最早的具有邊塞詩特徵的作品。如梁簡文帝（503～551）《上之回》〔註93〕中「笳聲駭胡騎，清磬聾山戎」一句，將鼓吹樂曲作為儀仗樂的震懾力很恰當地表現出來，而這種表現，實際來源於音樂的想像，讀罷彷彿直接置身於漢武帝巡幸北方邊境的儀仗之中了。這正是音樂對詩歌的跨越時空，甚至是虛構的聯想。地位典正且流傳頗廣的鼓吹樂曲促進了以宮廷為主要創作場合、以皇帝和宮廷文人為創作主體的、以置身音樂想像之中為主要創作途徑的擬樂府邊塞詩的繁榮。宮廷文人所創作的具有邊塞、戰爭以及漢代相關塞外征伐史事背景的「鼓吹曲歌辭性質」的邊塞詩，正是文學史上所指的南朝文人擬樂府邊塞詩。

第二節　鼓吹曲軍樂特徵的延續與受凱樂儀式影響的凱樂體邊塞詩

鼓吹樂曲的儀式化和雅正化過程上文已作探討，鼓吹樂的儀式化和雅正化過程中，其音樂本身的地位提高、受眾廣泛，而並非軍旅之人，並非生活在塞北邊陲的人，也可以通過音樂的想像，完成歌辭的創作，而這些歌辭，則成為後代邊塞詩的生成淵源。

本節擬從鼓吹樂的最基本特徵——軍樂性質著手，來探討鼓吹樂曲的凱樂化〔註94〕對邊塞詩創作的影響。

〔註93〕《上之回》的原詞為：「上之回所中，益夏將至。行將北，以承甘泉宮。寒暑德。遊石關，望諸國。月支臣，匈奴服。令從百官疾驅馳，千秋萬歲樂無極。」《樂府詩集》引《漢書・武帝紀》：「元封四年冬十月，行幸雍，祠五畤，通回中道，遂北出蕭關。」又引吳兢《樂府解題》曰：「漢武通回中道，後數出遊幸焉。」沈建《廣題》曰：「漢曲皆美當時之事。」見第 227 頁。

〔註94〕本文所云「凱樂」，專指具有朝廷禮樂中出征命誓、獻功告成作用的雅正軍樂。在《樂府詩集》以及當今學者論述中，多將「凱樂」概念擴大為所有「軍中樂曲」別名，如下文引韓寧《鼓吹橫吹曲辭研究》即如此。此說太泛，本文仍舊以《周禮》所云「王師大獻，則令奏愷樂」

　　所謂凱樂，專指重大軍事行動前後的儀仗化的軍樂，主要分命將出征樂和凱旋慶功樂兩類。主要作用有激勵鬥志、鼓舞士氣、慶祝勝利、告獻社稷等等。韓寧認為：「郭茂倩認為短簫鐃歌就是軍樂，軍樂就是凱樂。郭茂倩所引在《宋書》和《舊唐書》的《樂志》裏都可見。《晉書・樂志》中解釋短簫鐃歌時稱：『其有短簫之樂者，則所謂王師大捷令軍中凱歌者也』。而短簫鐃歌與鼓吹通名，凱樂等同於短簫鐃歌，也就等同於鼓吹。……凱樂等同於鼓吹，鼓吹曲承擔著凱樂獻捷示功之用。……簡單地說，凱樂就是軍樂，這種軍樂在漢代就有了短簫鐃歌之名，其後短簫鐃歌與鼓吹通名，從而不再稱凱樂，而稱鼓吹了。至隋唐時，鼓吹發生了變化，作為軍樂的凱樂之名再次得以使用。」〔註95〕韓說簡要明瞭，然亦籠統偏頗。首先，軍樂不等同於凱樂，凱樂專指用於軍事活動前後的儀式化樂曲，概念範圍小於軍樂。其次，所謂「鼓吹發生了變化」，第一是鼓吹樂曲在魏晉南北朝時期的儀式化和雅正化轉變，第二是南北朝時期新的鼓吹樂曲產生並流行。隋唐時期，鼓吹樂曲已經廣泛應用於多種朝廷禮樂場合，而凱樂僅是其中保留特性最完整的一種，故而凱樂名稱不再與鼓吹通用。

　　正因為鼓吹樂曲的雅正化和儀式化，使得很多軍事場合的凱樂具有通行通用的特徵。這是官方直接將儀仗樂隊的鼓吹樂曲使用於軍隊的重大軍事出征和重大軍事勝利。這種通行性的凱樂當然可以不需要歌辭，或者其歌辭具有通行性的內容，這種內容自然屬於固定性的頌體詩。《舊唐書・音樂一》大和八年太常院奏議中稱「太宗平東都，破宋金剛，其後蘇定方執賀魯，李勣平高麗，皆備軍容凱歌入京師」〔註96〕，並沒有提到樂章歌辭，應該屬於通行性的凱樂。這種凱樂重視音樂性而忽視文學性，主要是一種演奏的需要。通行性凱樂的歌辭內容不針對具體戰爭戰事所發，而是以歌頌武德和武功為主。《樂府

　　　　者為凱樂，而一般的軍中樂曲只稱軍樂。
〔註95〕《鼓吹橫吹曲辭研究》，第24〜25頁。
〔註96〕《舊唐書》卷二十八，第1053頁。

詩集》著錄的西晉張華所作的凱樂歌辭《命將出征歌》和《勞還師歌》
〔註97〕，即屬於通行性歌辭：

> 重華隆帝道，戎蠻或不賓。徐夷與有周，鬼方亦違殷。
> 今在盛明世，寇虐動四垠。豺狼染牙爪，群生號穹旻。元師
> 統方夏，《出車》撫涼秦。眾貞必以律，臧否實在人。威信加
> 殊類，疏邈思自親。單醪豈有味，挾纊感至仁。武功尚止戈，
> 七德美安民。遠跡由斯舉，永世無風塵。

> 玁狁背天德，構亂擾邦畿。戎車震朔野，群帥贊皇威。
> 將士齊心膂，感義忘其私。積勢如鞠弩，赴節如發機。罿聲
> 動山谷，金光耀素暉。揮戟陵勁敵，武步蹈橫屍。鯨鯢皆授
> 首，北土永清夷。昔往冒隆暑，今來白雪霏。征夫信勤瘁，
> 自古詠《采薇》。收榮於舍爵，燕喜在凱歸。

詩中「不賓」、「撫」、「至仁」、「止戈」、「七德」以及「永世無風
塵」、「北土永清夷」之語，讀來雅正而雄壯，威武而有節，在文學淵源
上體現出對《詩經》大雅一脈的繼承，並且與郊祀樂章中儒家戰爭觀念
和用詞也頗為一致。出征和還師，均奏凱樂，也與《詩序》所云「（文
王）以天子（殷王）之命，命將率遣戍役，以守衛中國。故歌《采薇》
以遣之，《出車》以勞還，《杕杜》以勤歸也」〔註98〕的說法相一致。
按照《詩序》的說法，則《采薇》、《出車》、《杕杜》、《江漢》、《常武》
等也應該屬於凱樂。〔註99〕

〔註97〕《樂府詩集》第十九卷，第284～285頁。
〔註98〕《毛詩正義》十三經注疏標點本，卷第九，第588頁。
〔註99〕按，清人尹繼美《詩管見》即申述此意，成「以樂說詩」的詩經禮樂
　　　　性探討，認為《詩經》三百篇詩分為「特製」和「採錄」二種：「頌者，
　　　　盡出於特製也；雅者，大半出於特製也。風者，大半出於採錄也。」
　　　　所謂的「特製」，就是專門為特定的典禮應用而製作的樂章。對於《詩
　　　　經》入樂的情況，尹繼美又細分為「房中樂」、「凱歌」、「宴饗之樂章」、
　　　　「祭祀之樂章」、「奏舞之樂章」等等。其中「凱歌」列《清人》、《無
　　　　衣》、《六月》、《采芑》、《江漢》、《常武》、《叔于田》、《大叔于田》、《還》、
　　　　《盧令》、《駟驖》、《車攻》、《吉日》、《擊鼓》、《王風·揚之水》、《陟

　　《樂府詩集》又收錄何承天「私造」《宋鼓吹鐃歌》十五篇〔註100〕，
實際作於東晉義熙年間。此「私造」語，出自《宋書‧樂志》之記載，
原文曰：「鼓吹鐃歌十五篇，何承天晉義熙中私造。」〔註101〕這十五篇
只是被《宋書》收錄，故而《樂府詩集》冠以「宋鼓吹鐃歌」之名，實
際上是何承天在東晉義熙年間就完成的。《樂府詩集》言「按此諸曲皆
承天私作，疑未嘗被於歌也。雖有漢曲舊名，大抵別增新意，故其義與
古辭考之多不合云。」然據《宋書‧何承天傳》，「宋臺建，召為尚書祠
部郎，與傅亮共撰朝儀」〔註102〕，可見何承天熟諳朝廷禮樂，其東晉
末年所作十五篇鼓吹曲，不可能因為違反音樂旋律而「未嘗被於歌」
〔註103〕。本文認為，何承天的十五篇鼓吹曲應該是演奏過的，但其演奏
的場合不是東晉的朝廷，也不是南朝宋的朝廷，而應該是東晉義熙年間
劉裕私人的鼓吹樂隊。劉裕受賜羽葆鼓吹在義熙八年（412）〔註104〕，

　　　　岵》、《鴇羽》、《祈父》、《四月》、《北山》、《無將大車》、《小明》、《綿
　　　　蠻》、《漸漸之石》、《何草不黃》、《雄雉》、《伯兮》、《君子于役》、《小
　　　　戎》、《采綠》、《東山》、《破斧》、《采薇》、《出車》、《杕杜》共 35 首，
　　　　頗有收之寬泛之嫌。然此「以樂說詩」具有符合周禮闡釋系統中的禮
　　　　樂文化上的合理性。《毛詩序》將《采薇》、《出車》、《杕杜》三首詩追
　　　　溯到文王之時，可以看做是漢儒對周禮禮樂制度淵源的一種假想。當
　　　　然，也存在以漢代禮樂思維解釋《詩經》的可能。但是畢竟這些篇章
　　　　符合了《周禮》以來的禮樂制度。可參見李輝、李山《尹繼美〈詩管
　　　　見〉「以樂說詩」述評》，《河北師範大學學報》，2013 年第 1 期。

〔註100〕見《樂府詩集》，第 287～288 頁。
〔註101〕《宋書》卷二十二，志第十二，樂四，第 661 頁。
〔註102〕《宋書》卷六十四，第 1702 頁。
〔註103〕又據王光祈《中國音樂史》（中華書局，民國 30 年版，第 68 頁），何
　　　　承天改進了京房六十律、錢樂之三百六十律兩種「不平均律」，使得
　　　　「則從中呂還得黃鐘，十二旋宮，聲韻無失」，成為音樂史上發明「十
　　　　二平均律」的先驅。故郭茂倩所言「未嘗被於歌」是純屬猜測之辭，
　　　　大謬。又劉再生《中國音樂史簡明教程》（上海音樂學院出版社，2006
　　　　年版）：「何承天的『新律』，從理論上看還不是真正的十二平均律，
　　　　但卻是世界上最早運用數字計算對十二平均律的探索，在中國樂律史
　　　　上起著承上啟下的作用」。
〔註104〕《宋書‧本紀第二》：「進公太傅，揚州牧，加羽葆鼓吹，班劍二十人。」
　　　　見《宋書》卷二，第 29 頁。

何承天自義熙十一年（415）為劉裕世子征虜參軍〔註105〕，其作十五篇，應該在此前後。

　　何承天的十五篇鼓吹樂主要是為劉裕出行儀仗服務的。故而其中的內容從多個方面歌頌劉裕〔註106〕。而其中的《朱路篇》、《雍離篇》、《戰城南篇》、《巫山高篇》四首保留了軍樂性質，是雅正化後的儀式凱樂歌辭。這四首凱歌，《朱路篇》和《戰城南篇》具有通行性的特點：

朱路篇

　　朱路揚和鸞，翠蓋耀金華。玄牡飾樊纓，流旌拂飛霞。

　　雄戟闢曠塗，班劍翼高車。三軍且莫喧，聽我奏鐃歌。

　　清鞞驚短簫，朗鼓節鳴笳。人心惟愷豫，茲音亮且和。

　　輕風起紅塵，渟瀾發微波。逸韻騰天路，頹響結城阿。

　　仁聲被八表，威震振九遐。喤喤介冑士，勖哉念皇家。

　　《朱路篇》中「仁聲被八表，威震振九遐」等句，與張華凱歌均讀來有威儀棣棣、王道蕩蕩之感。而《戰城南篇》，則成功地是將一首控訴戰爭殘酷傷亡的軍中之樂，收編成一首士氣高昂的凱樂：

戰城南篇

　　戰城南，衝黃塵。丹旌電烻，鼓雷震。

　　勍敵猛，戎馬殷。橫陣互野，若屯雲。

　　仗大順，應三靈。義之所感，士忘生。

　　長劍擊，繁弱鳴。飛鏑炫晃，亂奔星。

　　虎騎躍，華眊旋。朱火延起，騰飛煙。

　　驍雄斬，高旗搴。長角浮叫，響清天。

〔註105〕《宋書·何承天傳》，卷六十四，第 1702 頁。

〔註106〕詳細考察何承天十五篇鐃歌歌辭的文章，可參見王志清《晉宋樂府詩研究》第二章第六節《何承天〈宋鼓吹鐃歌十五首〉的儀式雅樂性質》，河北大學出版社，2007 年版，第 67 頁。另參見王志清，《東晉南朝音樂文化研究》九《東晉南朝音樂文化背景與樂府文學研究》，第 208 頁。

夷群寇，殪逆徒。餘黎沾惠，詠來蘇。

奏愷樂，歸皇都。班爵獻俘，邦國娛。

「來蘇」語為《尚書》逸文〔註107〕，《孟子・梁惠王章句下》引此，文曰：「《書》曰：『湯一征，自葛始。』天下信之，東面而征西夷怨，南面而征北狄怨，曰『奚為後我？』民望之，若大旱之望雲霓也。歸市者不止，耕者不變，誅其君而弔其民，若時雨降，民大悅。《書》曰：『徯予後，後來其蘇。』」疏曰：「待我君來，則我蘇息而已。」〔註108〕可見，在這篇《戰城南》的語境中，不光沒有了戰爭的傷痛，相反，對外戰爭已經被納入了儒家仁義之師救民塗炭的宣揚之中。何承天的十五首鐃歌曲辭，其典雅的特性可以說上接《詩經》之意。其曲辭首句必然承接曲名，如《君馬篇》首句「君馬麗且閑」、《芳樹篇》首句「芳樹生北庭」、《上邪篇》首句「上邪下難正」，這雖可看作是文人對擬作舊樂府詩「緣題取意」、「賦題法」傳統的初步運用，但更重要的意義在於，這種形式與《詩經》中標題與首句的一致關係（或可稱之為「首句起興」式的寫法）有極大的相似性。《詩經》標題和首句，大抵皆是直接關聯。如《關雎》首句「關關雎鳩」、《鹿鳴》首句「呦呦鹿鳴」、《江漢》首句「江漢浮浮」、《昊天有成命》首句「昊天有成命」。學者雖論對標題和首句關係有詳論，但是作為一種既成關聯，對後世樂府雅言的製作，定然有巨大影響。因此，何承天所改製的十五篇鼓吹鐃歌的意義，既包含了以儒家禮樂精神和獻功告成觀念對漢鐃歌歌辭凱樂化的改造，又借鑒《詩經》的「比興」手法，是從藝術手法上對短簫鐃歌雅正化的積極探索。〔註109〕

〔註107〕參《偽古文尚書》之《商書・仲虺之誥》，原文曰：「東征西夷怨，南征北狄怨。曰：『奚獨後予！』攸徂之民室家相慶，曰：『徯予後，後來其蘇。』」，見十三經注疏《尚書正義》卷第八，北京大學出版社標點本，第195頁。按，此為偽古文尚書依《孟子》造假，參《孟子評傳》（南京大學出版社，1998年版），第458頁。

〔註108〕十三經注疏《孟子注疏》，卷第二下，北京大學出版社，1999年版，第57～58頁。

〔註109〕王志清《晉宋樂府詩研究》指出：「何承天鼓吹曲辭的內容與齊梁文

同樣作為通行凱樂歌辭的，《樂府詩集》還錄有隋凱樂歌辭《述帝德》、《述諸軍用命》、《述天下太平》三首、唐凱樂歌辭《破陣樂》、《應聖期》、《賀聖歡》、《君臣同慶樂》四首。〔註110〕通用性曲調曲辭的方便性在於可大量重複應用於類似的軍事行動場合，作為激勵和讚頌的樂章，成為一種穩定的國家禮樂儀式，其音樂性壓倒文學性，其樂章也必然成為千篇一律的讚頌之文。以唐代《破陣樂》為例，此樂作為樂舞應用貫穿整個唐代，被現代學者類比為「唐代的國歌」〔註111〕。就其樂曲曲調而言，依然保留有軍樂的性質，寓意國家軍事武力的威懾，以及儒家懷柔之義，必然對其樂章歌辭產生強大的約束力和創作慣性。

在這種普遍的通行性特徵之外，我們尤其特別應該重視的是另一種現象。即具有明確針對性的凱樂歌辭，它是為某場重大軍事勝利而專門譜寫、特製專用的歌辭，以區別舊辭，專事專屬，隆重記之。這樣的凱歌歌詞，其文學性必然得到極大的發揚。何承天另外兩篇凱歌即屬此類：

雍離篇

雍士多離心，荊民懷怨情。二凶不量德，構難稱其兵。

人賦題之作實屬兩途。何作政治意味濃厚，政治內涵鮮明，部分曲辭突出治國治民之道，諷諫說教意味較濃厚，這一內容也是歷代廟堂雅樂的必備之義。即便是有抒情性的篇章，也滲透著政治因素。所以，這十五篇屬雅化了的鼓吹曲系列，他們雖然運用了賦題法，但不同於齊梁賦鼓吹曲題的純文學之作。」見第76～74頁，河北大學出版社，2007年版。

〔註110〕　《樂府詩集》引《唐書·樂志》云「唐制，凡命將出征，有大功獻俘馘，其凱樂用鐃吹二部，樂器有笛、篳篥、簫、笳、鐃、鼓、歌七種，迭奏《破陣樂》等四曲。」檢《舊唐書》、《新唐書》無此原文，《舊唐書》卷二十八志第八音樂一有文宗大和八年（835）太常院所奏請「迭奏《破陣樂》等四曲」，以規範和增補演奏凱樂的程序和儀式，所新制的四曲曲辭即《樂府詩集》所錄四首，可知此樂辭產生年代已近晚唐。

〔註111〕　學者引此說者頗多，沈冬《唐代樂舞新論》云任二北（半塘）先生在《教坊記箋訂》及《唐聲詩》中較早以此為喻，然恐有更早言此者。參第53頁，北京大學出版社，2004年版。

> 王人銜朝命，正辭糾不庭。上宰宣九伐，萬里舉長旌。
> 樓船掩江濆，駟介飛重英。歸德戒後夫，賈勇尚先鳴。
> 逆徒既不濟，愚智亦相傾。霜鋒未及染，鄢郢忽已清。
> 西川無潛鱗，北渚有奔鯨。凌威致天府，一戰夷三城。
> 江漢被美化，宇宙歌太平。惟我東郡民，曾是深推誠。

這一篇主要歌頌劉裕討平司馬休之、魯宗之之亂（事在義熙十一年，公元 414 年）。時司馬休之為荊州刺史，魯宗之為雍州刺史〔註112〕。全篇當是勝利之後不久而作，用詞頗有官方色彩。而《巫山高篇》則以「巫山高」比興，歌頌晉安帝義熙九年（公元 413 年）劉裕部將朱齡石水陸並進攻破成都，滅西蜀譙縱政權的軍事勝利〔註113〕。並在詩中追溯了東晉永和三年（公元 347 年）桓溫滅成漢的勝利〔註114〕，鞭撻譙縱之輩不知歷史大勢，重蹈偽政權之覆轍，最終身敗名裂。

巫山高篇

> 巫山高，三峽峻。青壁千尋，深谷萬仞。崇岩冠靈，林冥冥。山禽夜響，晨猿相和鳴。洪波迅渡，載逝載停。淒淒商旅之客，懷苦情。在昔陽九，皇綱微。李氏竊命，宣武耀靈威。蠢爾逆縱，復踐亂機。王旅薄伐，傳首來至京師。古之為國，惟德是貴。力戰而虐民，鮮不顛墜。翅乃叛戾，伊胡能遂。諮爾巴子，無放肆！

這些作品，有明確的軍事戰爭背景，均體現出對國家具體軍事勝利的歌頌，以及對征伐對象進行道德上的鞭撻和威懾。這種有具體的戰爭背景的凱樂，緊扣時代和史事，以極其認真的創作態度、雄壯的稱

〔註112〕首句「雍士多離心」，襄陽為東晉僑置「南雍州」，故詩云云。事見《晉書》卷十《安帝紀》，北京：中華書局，1974 年版，第 263 頁。
〔註113〕事見《晉書》卷十《安帝紀》及卷一百《譙縱傳》，北京：中華書局，1974 年版，第 264、2636 頁。
〔註114〕事見《晉書》卷八《穆帝紀》，北京：中華書局，1974 年版，第 193 頁。

頌之情完成，以備朝廷禮樂之用，具有明確的時代屬性和獻功告成意義。這種就具體戰事的勝利而撰寫的頌揚威德之詩，可以說在唐代之前就形成了一種「凱樂體」。「凱樂體」的詩歌因為其國家重大軍事出征和凱旋的需要，必然氣勢磅礴，且誇大勝利、突出功名，必定褒揚聖主、讚頌武將，出征則先聲奪人，極力讚揚軍容威儀，凱旋則以雄壯之氣勢懾服敵醜。這類的戰爭詩、邊塞詩，字裏行間充滿著極其昂揚的鬥志，以及強烈的功名願望和浩蕩聲威，成為一種為特定軍事行動服務的帶有應制性的禮樂儀式功用的詩篇。

隋煬帝的《飲馬長城窟行》，風格豪邁，其實亦受到凱樂的影響。《飲馬長城窟行》後半段寫皇家衛隊巡邊的場面以及對北方邊境清平的期許和告成宗廟的期待：「北河秉武節，千里卷戎旌。山川互出沒，原野窮超忽。撞金止行陣，鳴鼓興士卒。千乘萬騎動，飲馬長城窟。秋昏塞外雲，霧失關山月。緣巖驛馬上，乘空烽火發。借問長安侯，單于入朝謁。濁氣靜天山，晨光照高闕。釋兵仍振旅，要荒事方舉。飲至告言旋，功歸清廟前。」〔註115〕任文京《論隋代邊塞詩》全錄此詩，並云：「隋代之前，陳琳、陸機、王褒均寫過《飲馬長城窟行》。陳詩悲壯淒慘，『連連三千里』的長城盡是『死人骸骨相撐柱』，修築長城給人民帶來深重的災難。陸詩僅寫出環境的殘酷和邊防的壓力，體現不出昂揚奮發的精神風貌。王褒未必到過長城，但他生活在北方，仍可憑生活經歷表現關塞苦寒之狀。比較而言，楊廣的《飲馬長城窟行》寫得豪邁勁健，意氣風發。有學者稱此詩為征遼東時所作，但細品全詩，仍以繫年大業初北巡長城為妥。因為楊廣有《紀遼東二首》、《望海詩》、《季秋觀海詩》等詩，其地理意象和邊塞風物與此詩迥然有別。《隋書・煬帝紀》載大業四年，三月『乙丑，車駕幸五原，因出塞巡長

〔註115〕見《樂府詩集》卷三十八，第 559 頁。按，此詩在梅鼎祚《古樂苑》、馮維訥《古詩紀》等書中俱作《飲馬長城窟行示從征群臣》，《古樂苑》卷二十相和歌辭《飲馬長城窟》系列詩作中錄作「同前集云飲馬長城窟行示從征群臣」。

城』。」〔註116〕任文結合史載與詩文分析，以楊廣《飲馬長城窟行》為北巡長城所作，此說與詩意多合。但這並不能解釋為什麼楊廣的詩「意氣風發」。《隋書·煬帝紀》大業三年秋七月「發丁男百餘萬築長城，西距榆林，東至紫河，一旬而罷，死者十五六。……八月壬午，車駕發榆林。」〔註117〕當是準確寫作此詩之時，可見修築長城給人民帶來深重的災難是一致的。正是因為皇帝巡邊的儀式意義的直接影響，使得「飲馬長城窟」這個樂府舊式意象被皇帝巡邊這種具有凱樂儀式意義的豪邁詩思重新塑造了，這種「巡邊」的禮樂應用甚至高於軍隊出征之儀式和禮儀心理。所以才體現出了昂揚奮發的精神風貌。

隋煬帝《紀遼東》則直接是出征高麗的凱樂：

> 遼東海北翦長鯨，風雲萬里清。
> 方當銷鋒散馬牛，旋師宴鎬京。
> 前歌後舞振軍威，飲至解戎衣。
> 判不徒行萬里去，空道五原歸。
>
> 秉旄仗節定遼東，俘馘變夷風。
> 清**歌凱**捷九都水，歸宴洛陽宮。
> 策功行賞不淹留，全軍藉智謀。
> 詎似南宮複道上，先封雍齒侯。〔註118〕

王胄《紀遼東》：

> 遼東洿水事龔行，俯拾信神兵。
> 欲知振旅旋歸樂，為聽**凱歌**聲。
> 十乘元戎才渡遼，扶濊已冰消。
> 詎似百萬臨江水，按轡空回鑣。

〔註116〕見《文學遺產》，2007 年第 6 期，第 40～41 頁。

〔註117〕《隋書》卷三，第 70 頁。此次煬帝告高麗使「歸語爾王，當早來朝見，不然者，吾與啟民（可汗）巡彼土矣」，已有發兵高麗之意。

〔註118〕見《先秦漢魏晉南北朝詩》（下冊），隋詩卷三，北京：中華書局，1983 年版，第 2665 頁。

天威電邁舉朝鮮，信次即言旋。

還笑魏家司馬懿，迢迢用一年。

鳴鑾詔蹕發淆潼，合爵及疇庸。

何必豐沛多相識，比屋降堯封。〔註119〕

眾所周知，煬帝三征高麗，前後征夫死亡不可勝計，最終非但未能得志，反而導致國力衰竭，民生凋敝，義軍四起，眾叛親離，隋朝因此滅亡。但作為「凱樂體」的詩歌，必然要寫出昂揚的鬥志和對王師勝利凱旋的期許。因此這種「凱樂體」詩歌不可能反映當時戰爭的實情，只是以宏闊壯麗之筆寫出「旋師宴鎬京」、「歸宴雒陽宮」、「俯拾信神兵」、「為聽凱歌聲」的禮樂頌詩歌辭罷了。

唐太宗的《飲馬長城窟行》〔註120〕，與隋煬帝的《飲馬長城窟行》同屬於「凱樂體」的作品，故而使得擬作中具有了不同南朝詩人的豪邁之語。唐代「凱樂體」戰爭詩、邊塞詩，字裏行間充滿著極其昂揚的鬥志，以及強烈的功名願望和浩蕩聲威，尤其盛唐反映隴右、西域戰爭勝利的凱樂詩篇，被後代讀者稱之為最為雄壯有力的「盛唐氣象」的代表。

儲光羲《貽鼓吹李丞時信安王北伐李公王之所器者也》詩，是直接送給信安王李褘所器重的一位李姓鼓吹樂官的，可見鼓吹樂曲作為出征的凱樂具有重要的地位。這首詩具有凱樂的文體特徵；在歌頌的同時還隱含著詩人請求汲引入幕的願望：

北伐昧天造，王師示有徵。轅門統元律，帝室命宗英。

靈威方首事，仗鉞按邊城。膏雨被春草，黃雲浮太清。

文儒託後乘，武旅趨前旌。出車發西洛，營軍臨北平。

〔註119〕《先秦漢魏晉南北朝詩》（下冊），隋詩卷五，第2698頁。

〔註120〕詩云：「塞外悲風切，交河冰已結。瀚海百重波，陰山千里雪。迴戍危烽火，層巒引高節。悠悠卷斾旌，飲馬出長城。寒沙連騎跡，朔吹斷邊聲。胡塵清玉塞，羌笛韻金鉦。絕漠干戈戢，車徒振原隰。都尉反龍堆，將軍旋馬邑。揚麾氛霧靜，紀石功名立。荒裔一戎衣，靈臺凱歌入。」見《全唐詩》卷一，第3頁。

曰予深固陋，志氣頗縱橫。嘗思驃騎幕，願逐嫖姚兵。

惟賢美無度，海內依揚聲。河間舊相許，車騎日逢迎。

折節下謀士，深心論客卿。忠言雖未列，庶以知君誠。

〔註121〕

譚優學先生據《舊唐書・玄宗紀》「開元二十年春正月乙卯，以禮部尚書信安王禕率兵討奚、契丹」的記載定此詩作於開元二十年，並評價這首詩「如此氣勢高昂，檢儲詩中唯此一見」〔註122〕，此詩的高昂氣勢，正是與鼓吹樂曲作為軍中凱樂的功能直接相關。此事《舊唐書・太宗諸子傳》中記載更詳：「（開元）十九年，契丹衙官可突干殺其王邵固，率部落降於突厥。玄宗遣忠王為河北道行軍元帥以討奚及契丹兩蕃，以禕為副。王既不行，禕率戶部侍郎裴耀卿等諸副將分道統兵出於范陽之北，大破兩蕃之眾，擒其酋長，餘黨竄入山谷。軍還，禕以功加開府儀同三司，兼關內支度……」〔註123〕，高適有《信安王幕府詩》（並序），也是作於出征之時，此時高適遊薊北，恰遇出征之軍，故寫詩上信安王幕府群賢，希望有所汲引，故詩中頗頌美幕府諸公。但同時，整首詩典正渾雅，明顯受到了軍事行動之前凱樂文體的巨大影響：

雲紀軒皇代，星高太白年。廟堂諮上策，幕府制中權。

磐石藩維固，升壇禮樂先。國章榮印綬，公服貴貂蟬。

樂善旌深德，輸忠格上玄。剪桐光寵錫，題劍美貞堅。

聖祚雄圖廣，師貞武德虔。雷霆七校發，旌旆五營連。

華省徵群乂，霜臺舉二賢。豈伊公望遠，曾是茂才遷。

並秉韜鈐術，兼該翰墨筵。帝思麟閣像，臣獻柏梁篇。

振玉登遼甸，摐金歷薊壖。度河飛羽檄，橫海泛樓船。

北伐聲逾邁，東征務以專。講戎喧涿野，料敵靜居延。

〔註121〕《全唐詩》卷一三八，第1401頁。

〔註122〕譚優學，《唐詩人行年考》，四川人民出版社，1981年版，第169頁。

〔註123〕《舊唐書》卷七十六，列傳第二十六，太宗諸子傳。吳王恪之孫，信安郡王禕，開元十五年任朔方節度副大使，並於開元十七年率軍拔吐蕃石堡城。見第2652頁。

軍勢持三略，兵戎自九天。朝瞻授鉞去，時聽偃戈旋。

大漠風沙裏，長城雨雪邊。雲端臨碣石，波際隱朝鮮。

夜壁沖高斗，寒空駐彩旗。倚弓玄兔月，飲馬白狼川。

庶物隨交泰，蒼生解倒懸。四郊增氣象，萬里絕風煙。

關塞鴻勳著，京華甲第全。**落梅橫吹後，春色凱歌前。**

直道常兼濟，微才獨棄捐。曳裾誠已矣，投筆尚淒然。

作賦同元淑，能詩匪仲宣。雲霄不可望，空欲仰神仙。

〔註124〕

開元天寶間，唐軍在隴右、西域連連勝利，當時詩人所作的歌頌所謂「窮兵黷武」戰爭的詩歌，其實大多都屬於凱樂。如哥舒翰本人的《破陣樂》：

西戎最沐恩深，犬羊違背生心。

神將驅兵出塞，橫行海畔生擒。

石堡巖高萬丈，雕窠霞外千尋。

一唱盡屬唐國，將知應和天心。〔註125〕

天寶八載，哥舒翰破石堡城，天寶十三載，破雕窠城。詩歌止足以這兩次唐軍重大的對外勝利為辭，並以《破陣樂》為調，其獻報朝廷的性質非常明顯。天寶十二載，哥舒翰收河西九曲，高適以哥舒翰幕府掌書記的身份創作的《同李員外賀哥舒大夫破九曲之作》〔註126〕：

〔註124〕《全唐詩》卷二一四，第2235頁；《高適詩集編年校注》，第39頁。此詩前有序文，原文曰：「開元二十年，國家有事林胡，詔禮部尚書信安王總戎大舉，時考功郎中王公、司勳郎中劉公、主客郎中魏公、侍御史李公、監察御史崔公咸在幕府，詩以頌美數公，見於詞，凡三十韻。」

〔註125〕黃進德，《說哥舒翰〈破陣樂〉》，《唐代文學研究》第七輯，廣西師範大學出版社，1998年版，第215頁。黃文以介紹性為主，該詩見於敦煌寫卷伯3619，收入《全唐詩補編·續拾》卷一三，第850頁。黃文言：「蓋當時只在西部邊地傳誦，流傳未廣，鮮為人知」，不確。《破陣樂》非一般凱歌，所作必獻之朝廷。然朝廷演奏用與不用則未必，今觀其詩雖係頌功，然文學性較差，朝廷或以其詞俚，故不錄。

〔註126〕劉開揚，《高適詩集編年箋注》，北京：中華書局，1981年版，第265頁。

遙傳副丞相，昨日破西蕃。作氣群山動，揚軍大旆翻。

奇兵邀轉戰，連孥絕歸奔。泉噴諸戎血，風驅死虜魂。

頭飛攢萬戟，面縛聚轅門。鬼哭黃埃暮，天愁白日昏。

石城與岩險，鐵騎皆云屯。長策一言決，高蹤百代存。

威棱慴沙漠，忠義感乾坤。老將黯無色，儒生安敢論。

解圍憑廟算，止殺報君恩。唯有關河渺，蒼茫空樹墩。

這是一首五排。我們都知道排律在唐開元以後成為最正式的獻賀應制之作。高適以五排作凱歌，也是為獻功告成的莊重典雅而特意用之。我們如果不能意識到凱歌這種文體以及背後的禮樂演奏功能，我們就容易誤認為這是一個戰爭狂人寫的歌頌非正義戰爭的非正義作品。其《塞下曲》等邊塞詩，也屬於凱樂：

結束浮雲駿，翩翩出從戎。且憑天子怒，復倚將軍雄。

萬鼓雷殷地，千旗火生風。日輪駐霜戈，月魄懸雕弓。

青海陣雲匝，黑山兵氣沖。戰酣太白高，戰罷旄頭空。

萬里不惜死，一朝得成功。畫圖麒麟閣，入朝明光宮。

大笑向文士，一經何足窮。古人昧此道，往往成老翁。

〔註127〕

「萬里不惜死，一朝得成功。畫圖麒麟閣，入朝明光宮」自然是獻功告成的凱樂才有的詞語。且全篇氣勢磅礴，莊嚴威武。朝廷以哥舒翰收河曲之功賜翰西平郡王，高適作《九曲詞》三首〔註128〕：

許國從來徹廟堂，連年不為在疆場。

將軍天上封侯印，御史臺上異姓王。

萬騎爭歌楊柳春，千場對舞繡騏驎。

到處盡逢歡洽事，相看總是太平人。

鐵騎橫行鐵嶺頭，西看邏逤取封侯。

〔註127〕劉開揚，《高適詩集編年箋注》，北京：中華書局，1981 年版，第 269
　　　頁。

〔註128〕劉開揚，《高適詩集編年箋注》，第 271 頁。

青海只今將飲馬，黃河不用更防秋。

　　可以看出明顯是依軍樂翻作的凱歌。楊柳春即洛下新聲的《折楊柳》，軍中之樂，馬上奏之，「相看總是太平人」與《破陣樂》歌辭「共賞太平人」頗相似，「黃河不用更防秋」，均是告成之辭。而儲光羲也有歌頌哥舒翰軍功的《哥舒大夫頌德》〔註 129〕，詩中亦有「畫閫入受脤，鑿門出扞城。戎人昧正朔，我有軒轅兵。隴路起豐鎬，關雲隨旄旌。」、「戢戈旄頭落，牧馬崑崙平。賓從儼冠蓋，封山紀天聲。來朝芙蓉闕，鳴玉飄華縷。直道濟時憲，天邦遂輕刑」等語，亦是以凱樂的方式抒發對朝廷和國家的頌揚。

　　再如岑參，《樂府詩集》錄其凱歌六首：〔註 130〕

漢將承恩西破戎，捷書先奏未央宮。

天子預開麟閣待，只今誰數貳師功。

官軍西出過樓蘭，營幕傍臨月窟寒。

蒲海曉霜凝劍尾，蔥山夜雪撲旌竿。

鳴笳擂鼓擁回軍，破國平蕃昔未聞。

〔註 129〕《全唐詩》卷第一百三十七，第 1389 頁。

〔註 130〕《樂府詩集》第二十卷，第 302 頁。《樂府詩集》並引《送封大夫出師西征序》：「天寶中，匈奴、回紇寇邊，踰花門，略金山，煙塵相連，侵軼海濱。天子於是授鉞常清，出師征之。及破播仙，奏捷獻凱，參乃作凱歌云。按《唐書・封常清傳》曰：『開元末，達奚背叛，自黑山北向，西趣碎葉。其後常清破賊有功。天寶六年，又從高仙芝破小勃律。』不言播仙，疑史之闕文也。」據《岑嘉州詩箋注》卷之二《走馬川行奉送出師西征》之注，郭茂倩此文有不細察者七。第一，凱歌為回軍所奏，此卻出現在出師之序中，必是無端剪裁；第二，直呼封常清之名，岑參詩中未有如此無禮者；第三，所云花門金山，本回紇故地，回紇不可能自己寇自己；第四，天寶中未有回紇寇邊之事，回紇盡有突厥故地後，北境晏然；卷五，回紇不與播仙接壤；第六，《走馬川行》之出征天山北，而《破播仙凱歌》在天山南，不可能相混為一談；第七，《走馬川行》不戰而勝，《破播仙》激戰殘酷，兩者絕無關聯。卷之七《獻封大夫破播仙凱歌六章》之注又云：播仙本漢且末國，天寶間，唐兵兩征播仙，第一次高仙芝征，第二次為封常清征。此時佔據播仙者為吐蕃。見《岑嘉州詩箋注》，第 326、760 頁。

> 大夫鵲印搖邊月，天將龍旗掣海雲。
>
> 月落轅門鼓角鳴，千群面縛出蕃城。
>
> 洗兵魚海雲迎陣，秣馬龍堆月照營。
>
> 蕃軍遙見漢家營，滿谷連山遍哭聲。
>
> 萬箭千刀一夜殺，平明流血浸空城。
>
> 暮雨旌旗濕未乾，胡塵白草日光寒。
>
> 昨夜將軍連曉戰，蕃軍只見馬空鞍。

　　此為歌頌封常清破吐蕃，重新控制播仙鎮的偉大勝利，雖戰鬥異常慘烈，到了「平明流血浸空城」的地步，但整首組詩讀來意氣高昂。此次戰爭唐史不載，按封常清出征當自北庭〔註 131〕，經蒲昌海（今羅布泊）集結，再西至石城鎮（今若羌縣）、播仙鎮（今且末縣），如圖：

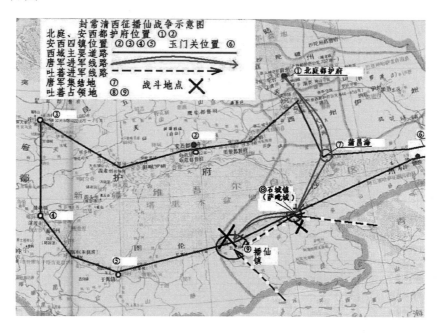

〔註131〕如《走馬川行奉送封大夫出師西征》、《輪臺歌奉送封大夫出師西征》
　　　　等詩均為封常清自北庭出征之例，可證。

　　岑參這首《獻封大夫破播仙凱歌六章》與另外兩首特別著名的邊塞詩《走馬川行奉送出師西征》和《輪臺歌奉送封大夫出師西征》歷來受到邊塞詩研究者的關注。其豪邁之句，如「輪臺九月風夜吼，一川碎石大如斗」、「四邊伐鼓雪海湧，三軍大呼陰山動」、「亞相勤王甘苦辛，誓將報主靜邊塵。古來青史誰不見，今見功名勝古人」等，另有《北庭西郊候封大夫受降回軍獻上》一詩，也是稱頌封常清戰功之赫赫。吳相洲《岑參四首戰事詩解讀》一文將這四首詩稱作「捷報式的詩」，並就這四首詩威武雄壯風格形成的原因深入剖析，茲略述其概要：

　　　　《北庭西郊候封大夫受降回軍獻上》詩中「胡地苜蓿美」一段為凱旋的場面描寫；《獻封大夫破播仙凱歌六章》記述了整個戰爭的全過程；四首詩記述出征、行軍、戰鬥、凱旋，類似於軍情文書、戰地捷報。並將主帥封常清比作貳師將軍、霍嫖姚，都與朝廷的功勳直接相關。岑參的職務是判官，據《通典》，節度使下有判官二人，地位非常重要，可參與軍事謀劃。正因為如此，岑參的詩寫出了戰爭的全景。相比之下，岑參在高仙芝幕府中任掌書記時，就沒有寫出這樣全景式的豪壯詩篇，而是頗多對戰爭的想像之辭。岑參之所以能寫出這幾首具有戰報特點的詩，與其判官之職「草擬捷報」的工作是分不開的。這四首詩中，《獻封大夫破播仙凱歌六章》是直接獻給朝廷的捷書，其餘三首具有備獻凱歌的性質。高適在哥舒翰幕府也有《九曲詞》等類似作品，但由於高適是掌書記，官階低下，不能參與軍事籌劃，所以寫得不如岑參真切。〔註132〕

　　吳相洲先生對岑參諸詩「捷報式」的特點以及其產生的原因、創作背景已經分析得非常準確，本文則試圖進一步以鼓吹樂曲或其他軍樂的

〔註132〕詳見吳相洲著，《唐詩十三論》，學苑出版社，2002年版，第304～311頁。

凱樂化傳統，揭示其詩歌本身所具有的「凱樂體」特徵。這樣就更容易理解岑參邊塞詩中的豪邁之情與功名意識，因為這與「凱樂體」邊塞詩創作的客觀文體需求直接相關。再如其《武威送劉單判官赴安西行營便呈高開府》一詩，也是如此。據《唐五代文學編年史》，此詩的創作背景是天寶十載（751年）高仙芝率領唐軍與大食軍隊的戰爭〔註133〕之前。此年五月，岑參在武威，得知軍隊將要出征的消息，便因劉單而呈給高仙芝，從詩中對出征的威儀渲染和對將士的激勵之辭來看，這首詩非常符合「凱樂體」的特徵。如「功業須及時，立身有行藏。男兒感忠義，萬里忘越鄉」、「都護新出師，五月發軍裝。甲兵二百萬，錯落黃金光。揚旗拂崑崙，伐鼓震蒲昌。太白引官軍，天威臨大荒。西望雲似蛇，戎夷知喪亡。渾驅大宛馬，係取樓蘭王」，既是宣揚軍威，更是鼓舞士氣，放眼勝利，一派豪邁之氣。正是凱歌的寫作手法。雖然，據《資治通鑒》記載，這場戰爭的起因是高仙芝虜石國國王，引起西域他國怨怒並勾結大食國欲共攻四鎮，高仙芝聞訊後主動出擊，深入七百餘里，與大食軍遭遇，兩軍相持五日，高仙芝所率蕃兵葛邏祿部叛，與大食夾攻唐軍，高仙芝大敗，士卒死亡殆盡，所剩僅數千人。但是，作為出征的凱歌，定然要將我方發動戰爭的正義性和必勝信念宣傳落實到文字中，以激勵六師。所以，我們只有明白了凱樂體的文體規格，我們才能對這類作品的思想性和藝術特徵做到準確的把握。

盛唐時期對外戰爭頻繁，對於這些戰爭，有很多詩人表達了對統治者窮兵黷武的不滿和對士卒暴骨異域的同情。但是，的確於此同時，唐詩中尚有一定數量的歌頌戰爭、鼓吹戰爭的作品，其侵略者的立場在建國後引起了學界廣泛的非議。然而，我們從唐代禮樂制度中凱樂的使用及其應用文體的角度考察，便不覺得此類詩歌有違反人道主義精神的突兀之處。因為這是凱樂這一文體所規定的必然寫法。我

〔註133〕此即著名的「怛羅斯之戰」（Battle of Talas）。事見《資治通鑒》卷二百一十六，唐紀三十二，北京：中華書局，1956年版，第6907頁。

們舉倍受研究者批評的「李宓征雲南」事件中被稱之為鼓吹侵略的作品〔註134〕加以考量，將其納入本節所討論的出征命誓之「凱樂體」，則我們對其的批評大致可以減少很多。高適《李雲南征蠻詩》：

> 聖人赫斯怒，詔伐西南戎。肅穆廟堂上，深沉節制雄。
> 遂令感激士，得建非常功。料死不料敵，顧恩寧顧終。
> 鼓行天海外，轉戰蠻夷中。梯巘近高鳥，穿林經毒蟲。
> 鬼門無歸客，北戶多南風。蜂蠆隔萬里，雲雷隨九攻。
> 長驅大浪破，急擊群山空。餉道忽已遠，懸軍垂欲窮。
> 精誠動白日，憤薄連蒼穹。野食掘田鼠，晡餐兼焚僮。
> 收兵列亭堠，拓地彌西東。臨事恥苟免，履危能飭躬。
> 將星獨照耀，邊色何溟濛。瀘水夜可涉，交州今始通。
> 歸來長安道，召見甘泉宮。廉藺若未死，孫吳知暗同。
> 相逢論意氣，慷慨謝深衷。

據高適此詩前《序》云「天寶十一載，有詔伐西南夷。右相楊公兼節制之寄，乃奏前雲南太守李宓涉海自交趾擊之。道路險艱，往復數萬里，蓋百王所未通也。十二載四月，至於長安，君子是以知廟堂使能，李公效節。適忝斯人之舊，因賦是詩」〔註135〕，楊國忠奏請皇帝，命李宓從交趾跨海伐南詔。皇帝之命，故詩首先云「聖人赫斯怒，詔伐西南戎」。全篇是命將出征的凱歌，擔負著揚威宣德以及對勝利期望等文體功能，高適居然在詩中隱約地道出了唐軍前一場戰爭失敗〔註136〕

〔註134〕如夏承燾《月輪山詞論集》之《杜甫與高適》論此：「李宓大概是從雲南逃歸而又掩敗為勝的，當時楊國忠當權，別人不敢說破；高適這首詩很可能是為他圓謊而作。若真如此，更可見高適的人品了！」見中華書局，1979 年版，第 193 頁。再如譚優學《唐詩人行年考》：「高、儲等人對於此役之窮兵黷武，曲在唐朝，認識不清，盲目讚美，固不如白居易後來之《新樂府·新豐折臂翁》持否定態度之為得也。」見第 178 頁。

〔註135〕與詩並見《高適詩集編年箋注》，北京：中華書局，1981 年版，第 261 頁。

〔註136〕李宓出征之前，天寶十載夏四月，鮮于仲通征南詔失敗，「死於瀘水

的隱情：「野食掘田鼠，晡餐兼爨僮」，分明是說因軍隊乏食而戰況不
利，可謂是頌詩中難得的直筆。由此論之，高適這首詩雖然有稱頌過度
之嫌，實際上很大程度上是由於出征命誓之凱歌文體寫作需要的必
然，不能作為其反人民立場、侵略者代言人、鼓吹殺戮的罪狀。相反可
以看出，高適通過朝廷出兵儀式凱歌的創作，鼓舞戰士的士氣，表達對
戰爭勝利的良好願望。與此詩同時而作的儲光羲的《同諸公送李雲南
伐蠻》〔註137〕詩也是如此：

> 昆明濱滇池，蠢爾敢逆常。天星耀鈇鑕，弔彼西南方。
> 冢宰統元戎，太守齒軍行。囊括千萬里，矢謨在廟堂。
> 耀耀金虎符，一息到炎荒。蒐兵自交趾，芟舍出瀘陽。
> 群山高巀岩，凌越如鳥翔。封豕驟跧伏，巨象遙披攘。
> 回溪深天淵，揭厲逾舟梁。玄武掃狐蜮，蛟龍除方良。
> 雷霆隨神兵，硼磕動穹蒼。斬伐若草木，繫縲同犬羊。
> 餘醜隱弮河，啁啾亂行藏。君子惡薄險，王師恥重傷。
> 廣車設置梁，太白收光芒。邊吏靜縣道，新書行紀綱。
> 劍關掉鞅歸，武弁朝建章。龍樓加命服，獬豸擁秋霜。
> 邦人頌靈旗，側聽何洋洋。京觀在七德，休哉我神皇。

「君子惡薄險，王師恥重傷」，對唐軍之前的戰敗也是有所交代，
只是激勵出師的詩不可能對失敗多加指責，只能是一筆帶過。詩末句

者不可勝數」。諸家多認為李宓之前已作為主帥經吃過一次全軍覆沒
的敗仗，隻身逃回，楊國忠掩其敗，又重新徵發民兵再次命李宓伐南
詔。《舊唐書·玄宗本紀》：「（天寶十三載六月）劍南留後李宓率兵擊
雲南蠻於西洱河，糧盡軍旋，馬足陷橋，為閣羅鳳所擒，舉軍皆沒。」
見卷九，第228頁。《新唐書·玄宗紀》亦云「李宓與雲南蠻戰於西
洱河死之」，《通鑒》亦同。許雲和《高適〈李雲南征蠻詩〉事蹟考》
認為，李宓參加了天寶十載對南詔的戰爭，而此次主帥是鮮于仲通。
高適《李雲南征蠻詩》序中稱「天寶十一載」，當是天寶十載之誤。
天寶十二載，李宓以主帥身份征討南詔，天寶十三載六月唐軍大敗，
被俘身死，高適之詩即作於李宓出征之前，天寶十二載夏四月。見《思
想戰線》，1991年第2期。
〔註137〕《全唐詩》卷一百三十八，第1398頁。

還引《左傳》「七德」之休兵止戈意。全詩分明是廟堂命將出征之音，與《詩經》之威武鞭撻、樂府之《命將出征歌》、《巫山高篇》文氣頗似，並非出於鼓吹侵略之戰爭野心，實是文體風格之必然〔註138〕。

儲光羲另有《次天元十載華陰發兵，作時有郎官點發》詩，也具有極強的凱樂性質：

> 鬼方生獫狁，時寇盧龍營。帝念霍嫖姚，詔發咸林兵。
> 天星下文閣，簡師臨我城。三陌觀勇夫，五餌謀長纓。
> 雷野大車發，震雲靈鼓鳴。太華色莽蒼，清渭風交橫。
> 胡馬悲雨雪，詩人歌旆旌。闕氏為女奴，單于作邊氓。
> 神皇麒麟閣，大將不書名。〔註139〕

譚優學《唐詩人行年考》之《儲光羲行年考》定此詩作於天寶十載儲光羲在華州下邽縣尉上，因縣尉有送兵之職，此詩寫作背景「蓋與杜甫《前出塞》所說為一事，鬼方獫狁當指吐番，霍嫖姚當指哥舒翰。」〔註140〕譚先生判斷這次送兵是往隴右送兵，恐誤。儲光羲詩中云「鬼方」、「獫狁」、「盧龍」，當指范陽一帶的契丹、奚，而並非指吐番。譚先生蓋因儲光羲另一首《送丘健至州敕放作時任下邽縣一作尉》〔註141〕是送兵往隴右而產生同一聯想而致誤。《唐才子傳校箋》據儲光羲《效古二首》考知儲光羲曾使至范陽，陳鐵民因之認為，儲光羲應

〔註138〕唐詩中指責鞭撻唐軍在南詔兩次慘敗的詩頗多，當時人如李白《古風》其三十四、《書懷贈南陵常贊府》，杜甫《兵車行》、劉灣《雲南曲》；稍後則白居易《蠻子朝》、《新豐折臂翁》等等。

〔註139〕《全唐詩》卷一百三十七，第1393頁。

〔註140〕《唐詩人行年考》，第174頁。

〔註141〕丘字為兵字之誤，見《唐詩人行年考》引岑仲勉《讀全唐詩箚記》，見第174頁。此為第二次抓壯丁赴隴右，據詩意，「元戎啟神皇，廟堂發嘉謀。息兵業稼穡，歸馬復休牛。和風開陰雪，大耀中天流。歡聲殷河嶽，涵蕩非煙浮。邦牧新下車，德禮彼吁謳。乾坤日交泰，吾亦遂優游」，這一次送兵到華州，就遇敕放還，新兵歡呼雷動，實際並未送兵之隴右。譚先生接下來考證儲光羲的隴右之行，有《隴頭水送別》詩，誤。這首詩當是未聞息兵令之前的想像之辭，《隴頭水》為樂府舊題，不必真至隴頭。

以監察御史身份出使范陽，時間在天寶九載，儲光羲任監察御史在此之前〔註142〕。而《唐詩人行年考》認為儲光羲任監察御史在天寶十三載，天寶十載之前曾三為縣尉〔註143〕。以官階來看，監察御史（正八品上）在縣尉（上縣從九品上）之上，天寶之時國家太平，正常情況不可能已官監察御史而後官縣尉，《唐才子傳校箋》亦誤。儲光羲並非以監察御史出使范陽，而是以下邽縣尉的身份送本縣征夫至范陽交接。《次天元十載華陰發兵，作時有郎官點發》詩正是天寶十載儲光羲送兵范陽之時，將出發之前因凱樂儀式需要而作的激勵士氣之辭。

員半千《隴頭水》云：「霧卷白山出，風吹黃葉翻。將軍獻凱入，萬里絕河源。」〔註144〕劉希夷《將軍行》云：「乘我廟堂運，坐使干戈戢。獻凱歸京師，軍容何翕習。」〔註145〕作為擬樂府邊塞詩，這些詩作的確對南朝的寫作傳統是有所突破的，體現了唐代國力強盛的氣象。但同時，我們認為，這一類詩產生的最直接原因與「凱樂體」的禮樂應用密不可分。詩中一改征怨之悲，盡寫豪邁之志，正是奏凱獻功的禮樂制度的切實客觀需要。

杜甫《洗兵馬》，前代諸家論之頗多，然並未有從凱歌之體論之者。此詩之作，背景在乾元元年（758）年底，官軍連捷，郭子儀、李光弼率九節度使軍隊二十餘萬圍安慶緒於鄴城，朝廷上下軍中軍

〔註142〕見《唐才子傳校箋》第一冊，第211～217頁。

〔註143〕依次為開元十四年進士及第後授氾水縣尉、天寶四載安宜縣尉、天寶十載下邽縣尉，分別見第172、168、174頁。

〔註144〕全詩為：「路出金河道，山連玉塞門。旌旗雲裏度，楊柳曲中喧。喋血多壯膽，裹革無怯魂。嚴霜斂曙色，大明辭朝暾。塵銷營卒壘，沙靜都尉垣。霧卷白山出，風吹黃葉翻。將軍獻凱入，萬里絕河源。」見《全唐詩》卷九十四，第1014頁。

〔註145〕全詩為：「將軍闢轅門，耿介當風立。諸將欲言事，逡巡不敢入。劍氣射雲天，鼓聲振原隰。黃塵塞路起，走馬追兵急。彎弓從此去，飛箭如雨集。截圍一百里，斬首五千級。代馬流血死，胡人抱鞍泣。古來養甲兵，有事常討襲。乘我廟堂運，坐使干戈戢。獻凱歸京師，軍容何翕習。」按，這首詩具有歌頌邊將和「凱樂體」寫作的雙重應制特徵。見《全唐詩》卷八十二，第880頁。

外均認為不日即克平，天下自此無事。杜甫以當仁不讓的大手筆，運用凱歌之體，創作了此篇「有典有則，雄渾闊大，足稱唐雅」〔註146〕的非官方凱歌，其意也在告捷慰勞，並寄希望此後收兵藏甲，天下太平：

> 中興諸將收山東，捷書夜報清晝同。
> 河廣傳聞一葦過，胡危命在破竹中。
> 只殘鄴城不日得，獨任朔方無限功。
> 京師皆騎汗血馬，回紇餧肉蒲萄宮。
> 已喜皇威清海岱，常思仙仗過崆峒。
> 三年笛裏關山月，萬國兵前草木風。
> 成王功大心轉小，郭相謀深古來少。
> 司徒清鑒懸明鏡，尚書氣與秋天杳。
> 二三豪俊為時出，整頓乾坤濟時了。
> 東走無復憶鱸魚，南飛覺有安巢鳥。
> 青春復隨冠冕入，紫禁正耐煙花繞。
> 鶴駕通宵鳳輦備，雞鳴問寢龍樓曉。
> 攀龍附鳳勢莫當，天下盡化為侯王。
> 汝等豈知蒙帝力，時來不得誇身強。
> 關中既留蕭丞相，幕下復用張子房。
> 張公一生江海客，身長九尺鬚眉蒼；
> 徵起適遇風雲會，扶顛始知籌策良。
> 青袍白馬更何有？後漢今周喜再昌。
> 寸地尺天皆入貢，奇祥異瑞爭來送。
> 不知何國致白環，復道諸山得銀甕。
> 隱士休歌紫芝曲，詞人解撰河清頌。
> 田家望望惜雨乾，布穀處處催春種。

淇上健兒歸莫懶，城南思婦愁多夢。

安得壯士挽天河，盡洗甲兵長不用！

《樂府詩集》錄《唐享太廟樂章》之《承光舞》：「龍樓正啟，鶴駕斯舉」〔註147〕。這應該是杜甫「鶴駕通宵鳳輦備，雞鳴問寢龍樓曉」的直接來源，諸家注釋惜皆未能注出。此詩見《舊唐書·音樂志》所錄「開元十一年玄宗祀昊天於圓丘樂章十一首」中，其中享「義宗孝敬皇帝室酌獻用《承光》」，全文曰：「金相載穆，玉裕重暉。養德清禁，承光紫微。乾宮候色，震象增威。監國方永，賓天不歸。孝友自衷，溫文性與。龍樓正啟，鶴駕斯舉。丹辰流念，鴻名式序。中興考室，永陳彝俎。」〔註148〕按，義宗孝敬皇帝，李弘，高宗太子，死後追封孝敬皇帝。《舊唐書》所錄為開元十一年郊廟之辭，其在當時儒生中必頗為熟知，況杜甫又天寶九載預獻三大禮賦，必定對郊廟之禮做過一番深入研究，其享廟之辭必然熟知於心。而這首《洗兵馬》又具有凱歌性質，必以獻之宗廟為最高典範要求，故杜甫此句必然受到《承光舞》樂章的影響。亦可見絕對不會在此句暗含譏諷，錢箋等諸家所云「刺肅宗」〔註149〕，鑽求太曲。

此詩作為凱樂，其告捷慶成之語頗合體制，詩中既有律詩格調，又頗有樂府聲韻，可見杜甫對凱歌筆法的運用得心應手。詩歌的後半段歌頌奇祥異瑞，以及對隱士、農家的期望，完全是太平將至的美好

〔註147〕《樂府詩集》，第十卷，第148頁。

〔註148〕《舊唐書》卷三十志第十，音樂三，第1095頁。

〔註149〕錢謙益《錢注杜詩》：「肅宗之事上皇，視漢宣帝之於昌邑，其心內忌。不當過之。幽居西內，辟穀成疾，與主父之探崔嶸何異。移仗之日，玄宗呼力士曰：『微將軍，阿瞞幾為兵死鬼矣！』論至於此，當與商臣、隋廣同服上刑。許世子止豈足道哉！唐史有隱於肅宗，歸其罪於輔國，而後世讀史者無異辭。司馬公《通鑒》乃特書曰：『令萬安、咸宜二公主視服膳。四方所獻珍異，先薦上皇。』嗚呼，斯豈李輔國所謂匹夫之孝乎！何儒者之易愚也。余讀杜詩，感『雞鳴問寢』之語，考信唐史房琯被譖之故，故牽連書之如此。」見上海古籍出版社，2009年版，第67頁。

願望。

　　《全唐詩》中有大量的慶賀軍事勝利詩以及送兵詩、送將出征詩、投贈邊將詩、送人從軍詩，在一定程度上都受到了「凱樂體」寫作手法的或明或隱的影響。雖然這些詩篇有很多已經剝離了鼓吹樂曲演奏的儀式化特性，也並不依傍樂府題材，但是其應用目的和寫作風格上依然具有一致性和關聯性。以下列表簡述（更多的類似之詩作及同題唱和之作不全列，可參見緒論唐代邊塞詩分類表）：

題　材	詩人、詩篇	出　處
慶賀勝利	唐玄宗《平胡》、《旋師喜捷》	《全唐詩》卷 3
慶賀勝利	《戰勝樂》（百戰得功名）	同上卷 27
慶賀勝利	陳子昂《還至張掖古城聞東軍告捷贈韋五虛己》	同上卷 84
慶賀勝利	韋安石《侍宴旋師喜捷應制》	同上卷 104
慶賀勝利	裴漼《奉和御製平胡》、《奉和聖製旋師喜捷》	同上卷 108
慶賀勝利	韓休《奉和御製平胡》	同上卷 111
慶賀勝利	岑參《滅胡曲》	同上卷 201
慶賀勝利	劉長卿《平蕃曲三首》	同上卷 148
慶賀勝利	柳宗元《奉平淮夷雅表》	同上卷 350
慶賀勝利	劉禹錫《平齊行》、《平蔡州》	同上卷 356
慶賀勝利	杜牧《今皇帝陛下一詔徵兵不日功集河湟諸郡次第歸降臣獲睹聖功輒獻歌詠》	同上卷 521
慶賀勝利	劉駕《唐樂府十首》	同上卷 585
慶賀勝利	張隨《河中獻捷》	同上卷 782
慶賀勝利	金真德《太平詩》永徽元年真德大破百濟之眾織錦作五言太平詩遣其弟之子法敏以獻	同上卷 797
回師	鮑溶《寄宋申錫評事時從李少師移軍回歸》	同上卷 487
觀獻捷	無名氏《觀劍南獻捷》	同上卷 787
送將出征	陳子昂《送著作佐郎崔融等從梁王東征》並序	同上卷 84
送將出征	李乂《夏日都門送司馬員外逸客孫員外佺北征》	同上卷 92
送將出征	沈佺期《送盧管記仙客北伐》、《塞北二首》	同上卷 97

出征	李白《永王東巡歌十一首》	同上卷 167
送將出征	耿湋《送王將軍出塞》、《送李將軍》	同上卷 268
送將出征	戎昱《涇州觀元戎出師》	同上卷 270
送將出征	李賀《送秦光祿北征》	同上卷 392
觀兵出征	許渾《登蒜山觀發軍》	同上卷 537
送將	李嶠《奉和幸望春宮送朔方總管張仁亶》	同上卷 61
送將	李适《奉和幸望春宮送朔方軍大總管張仁亶》	同上卷 70
送將	鄭愔《奉和幸望春宮送朔方大總管張仁亶》	同上卷 106
送將	盧象《送趙都護赴安西》	同上卷 122
送將	崔顥《送單于裴都護赴西河》	同上卷 130
送將	李白《送羽林陶將軍》	同上卷 176
送將	高適《送渾將軍出塞》	同上卷 213
送將	錢起《送張將軍征西》	同上卷 236
送將	王建《送振武張尚書》	同上卷 300
送將	劉禹錫《送渾大夫赴豐州》	同上卷 359
送將	陳去疾《送韓將軍之雁門》	同上卷 490
送將	姚合《送狄尚書鎮太原》、《送李侍御過夏州》	同上卷 496
送將	孟匡明《餞王將軍赴雲中》	同上卷 781
送大臣巡邊	李隆基《送張說巡邊》、《餞王晙巡邊》	同上卷 3
送大臣巡邊	崔日用《奉和聖製送張說巡邊》	同上卷 46
送大臣巡邊	宋璟《奉和聖製送張說巡邊》	同上卷 64
送大臣巡邊	張說《奉和聖製送王晙巡邊應制》	同上卷 88
送大臣巡邊	王翰《奉和聖製送張尚書巡邊》	同上卷 156
送大臣巡邊	張九齡《奉和聖製送尚書燕國公赴朔方》	同上卷 48
送大臣鎮邊	張籍《送鄭尚書出鎮南海》	同上卷 384
送大臣鎮邊	杜牧《夏州崔常侍自少常亞列出領麾幢十韻》	同上卷 521
送大臣使蕃	權德輿《送張曹長工部大夫奉使西番》	同上卷 323
送大臣使蕃	趙嘏《送從翁中丞奉使鞏蘷斯六首》	同上卷 550
投贈邊將	儲光羲《哥舒大夫頌德》	同上卷 137
投贈邊將	李白《述德兼陳情上哥舒大夫》	同上卷 168

投贈邊將	杜甫《高都護驄馬行》、《魏將軍歌》	同上卷 216、223
投贈邊將	歐陽詹《送張驃騎邠寧行營》	同上卷349
投贈邊將	張籍《贈趙將軍》	同上卷385
投贈邊將	姚鵠《贈邊將》	同上卷553
投贈邊將	李頻《贈長城庾將軍》	同上卷587

北宋之時，邊地軍中亦有得勝作凱歌之制，沈括《夢溪筆談》以實地的經歷與創作紀錄了「凱樂體」邊塞詩在宋代的流裔：

邊兵每得勝回，則連隊抗聲凱歌，乃古之遺音也。凱歌詞甚多，皆市井鄙俚之語。予在鄜延時，制數十曲，令士卒歌之。今粗記得數篇。其一：「先取山西十二州，別分子將打衙頭。回看秦塞低如馬，漸見黃河直北流。」其二：「天威卷地過黃河，萬里羌人盡漢歌。莫堰橫山倒流水，從教西去作恩波。」其三：「馬尾胡琴隨漢車，曲聲猶自怨單于。彎弓莫射雲中雁，歸雁如今不寄書。」其四：「旗隊渾如錦繡堆，銀裝背嵬打回回。先教淨掃安西路，待向河源飲馬來。」其五：「靈武西涼不用圍，蕃家總待納王師。城中半是關西種，猶有當時軋吃兒。」〔註150〕

凱歌之作，或用之戰前的激勵命誓之文，或用之戰後重大勝利的奏凱之報，從上文的分析，已大略清晰。我們以凱樂作為一種受音樂儀式以及禮樂運用影響的文體，來探究唐詩中邊塞詩的雄壯之辭的產生原因，可以廓清很多不必要的疑惑和曲解，從而試圖將邊塞詩中代表「盛唐氣象」的典雅豪邁之音付諸禮樂淵源方面生成方式的貫通考察。正如吳承學老師在《中國古代文體學研究》之《緒論》中指出的文體學研究方法：

「考之以制度」，是在研究文體和文體學時，一定要注

〔註150〕《夢溪筆談》卷五，樂律一，北京：中華書局，2009年版（橫排本），第78頁。

意到文體與中國古代禮樂與政治制度的關係。因為中國古代大量的文體，其實是實用文體，與禮樂和政治制度關係密切，研究時要考證和梳理其具體使用背景，還原其儀式、程序、文本形式等歷史語境，如先秦的盟誓、漢代以後的喪葬文體，以及歷代官方文書等，都是政治、禮樂制度的直接產物，其應用總是與禮教儀式相始終。不瞭解這些制度、儀式，就不可能真正理解這些文體。〔註151〕

筆者認為，從禮學之「得事體」到文章學之「得文體」是一種理所當然的延伸。必須注意到，中國古代文體學具有禮學的基礎與背景，這也許正是中國文體學固有之特色之一。如果我們承認文體譜系與禮樂制度、政治制度密切相關，那麼，一系列的論題也就相應而生。〔註152〕

第三節　那知橫吹笛，江外作邊聲：鼓吹樂曲的音樂摹寫

關於橫吹曲的源頭，《樂府詩集》卷二十一題解中頗為混雜，但其中「博望侯張騫入西域，傳其法於西京，唯得《摩柯兜勒》一曲。李延年因胡曲更造新聲二十八解」〔註153〕云云，學界引用率頗高，但從鼓吹樂曲的發展過程來看，此說恐為偽託之辭，不足採信〔註154〕。

〔註151〕吳承學著，《中國古代文體學研究》，人民出版社，2011年版，第4~5頁。
〔註152〕吳承學《中國古代文體學研究》，第7頁。
〔註153〕《樂府詩集》卷二十一，橫吹曲辭一，第309頁。
〔註154〕該材料最早見於西晉崔豹《古今注》。1934年，仲鐸先生《張騫得胡曲李延年造新聲辨偽》一文通過八條辨偽理由認為該史料乃偽撰。1988年，陰法魯《中國古代音樂史料雜記三則》肯定了仲鐸先生的觀點，認為今本《古今注》內容竄亂並非西晉原貌。毛貞磊「張騫傳胡樂，李延年造新聲」史料真偽考辨》一文在此基礎上進一步對《古今注》的成書以及「鼓吹」「橫吹」概念和應用的歷史考索，得出這則史料不足憑信的結論。參見羅藝峰主編《漢唐音樂史首屆國際研討會論文集》，中央音樂學院出版社，2011年版，第87~96頁。

　　學者多注意到《樂府詩集》中「橫吹曲辭」與邊塞詩的關係。韓寧《鼓吹橫吹曲辭研究》第三章《橫吹曲辭文學研究》專門講到橫吹曲與邊塞詩的關係：「郭茂倩《樂府詩集》『漢橫吹曲』部分收詩二百多首，其中邊塞詩有近一百六十首，占到了總數的 70%。若按曲調來算，十八個曲調中，《黃鵠》、《黃覃子》、《赤之揚》三曲無作品，《洛陽道》、《長安道》、《梅花落》、《劉生》四曲不關邊塞，其餘十多個題名都有邊塞內容的詩歌。最早賦詠漢橫吹曲題詩歌的是南北朝詩人，在南北朝詩人那裡，賦詠的橫吹樂府多與邊塞有關，到了唐代，依然如此。」〔註155〕

　　以上所列的 70%的邊塞詩產生的曲調，名稱的確是與邊塞相關，分別是《隴頭》、《出關》、《入關》、《出塞》、《入塞》、《關山月》、《紫騮馬》。也就是說，名稱與邊塞相關的樂曲必然會產生邊塞詩的作品，而其他雖然也是具有馬上奏之的軍樂性質，但是因為名稱的無關聯而沒有或較少產生邊塞詩作品。這種原因，是學界公認的「賦題法」的創作思維。本文認為，「賦題法」的背後，歌曲音樂性引發的文學想像是其主要原因。

　　由於鼓吹樂曲的雅正化和儀式化應用之後，與其他非軍樂的音樂融合，其旋律如以陽剛悲壯勝，則多有邊塞想像；如以哀吟婉轉勝，則閨怨、相思的想像也會隨之而來。再加上宴饗環境以及南朝本身「杏花煙雨」的地理文化特性對這些音樂想像帶來的干擾，使得文人的擬作不可能千篇一律地朝向陽剛豪邁的方向創作。當鼓吹樂曲的音樂旋律和曲名都具有邊塞的特徵時，音樂旋律是促使文人創作新歌辭的土壤，而樂府題目（曲名）本身則是這種音樂想像所集中抒寫的意象。比如《出塞》、《入塞》、《關山月》等。而另有一種情況，當鼓吹樂曲的音樂旋律是軍樂特性的蒼涼豪邁之音，而鼓吹曲名（樂府題目）卻與邊塞無關，那麼，樂府題目當然會將主題想像引入其殼中，使得這些題目較

〔註155〕韓寧，《鼓吹橫吹曲辭研究》，第 212 頁。韓寧僅以歌辭文本來判斷「《洛陽道》、《長安道》、《梅花落》、《劉生》四曲不關邊塞」，有所偏頗。詳見下文。

少產生邊塞詩作品，但是我們依然可以讀出其擬作中受到的音樂風格的感染。

我們以鼓吹曲漢鐃歌中的《有所思》（有所思，乃在大海南）為例。《有所思》是重要的漢代民歌，其題目與相思直接相關。南朝文人的新歌辭創作活動中，大多歌辭也是反映相思之苦的。但是，沈約（441～513）的《有所思》是一個例外：

> 西征登隴首，東望不見家。關樹抽紫葉，塞草發青牙。
>
> 昆明當欲滿，蒲萄應作花。垂淚對漢使，因書寄狹邪。

〔註156〕

為什麼這種相思類的樂府題目會產生邊塞詩性質的作品？雖然《樂府詩集》錄南朝時僅此一首，但這一首恰恰給我們了一個信息，就是樂府題目本身雖然與歌辭具有匹配性的要求，《有所思》要寫相思，但是，樂府題目本身的影響還要和音樂本身的感染力相匹配，也就是說，鼓吹樂曲《有所思》的音樂旋律當然可以想像為悲情的相思作品，但是因為其樂曲可以用橫吹樂器來演奏，同時其旋也還保留有一定的軍樂性，使得《有所思》新歌詞的譜寫中，出現了邊塞意象，這種意象的產生當然是受到音樂本身的影響和感染。

再如吳均（496～520）《雉子斑》：

> 可憐雉子斑，群飛集野甸。文章始陸離，意氣已驚狷。
>
> 幽并遊俠子，直心亦如箭。死節報君恩，誰能孤恩眄。

〔註157〕

梁代張正見的《雉子斑》：

> 陳倉雉未飛，斂翮依芳甸。朱冠色尚淺，錦臆毛初變。
>
> 雛麥且專場，排花聊勇戰。唯當渡弱水，不怯如梟箭。

〔註158〕

〔註156〕《樂府詩集》卷十七，第 252 頁。
〔註157〕《樂府詩集》卷十八，第 257 頁。
〔註158〕《樂府詩集》卷十八，第 257 頁。

　　所有《雉子斑》的擬作均會有以雉鳥為中心的描寫，這是因樂府曲名而產生的先入為主的意象。但是音樂本身的旋律卻還是會使人聯想到邊塞或豪俠，於是就有了「直心」、「死節」、「勇戰」、「唯當渡弱水，不怯如皋箭」等英雄氣象、邊塞之語的描寫，與題目毫無關涉。這種超乎「賦題」的想像之辭，其啟發性當然來自於音樂。

　　漢鐃歌的《君馬黃》的音樂的特性，也是能夠給人以與邊塞相關的聯想，這個信息我們可以通過謝燮的《隴頭水》來印證：「隴阪望咸陽，征人慘思腸。咽流喧斷岸，遊沫聚飛梁。梟分斂冰彩，虹飲照旗光。試聽鐃歌曲，唯吟《君馬黃》。」〔註159〕同時期的張正見《君馬黃》其一：「幽并重騎射，征馬正盤桓。風去長嘶遠，冰堅度足寒。出關聊變色，上阪屢停鞍。即今隨御史，非復在樓蘭。」其二：「五色乘馬黃，追風時滅沒。血汗染龍花，胡鞍抱秋月。唯騰渥窪水，不飲長城窟。詎恃燕昭王，千金巾駿骨。」這百詩中「幽并重騎射」來自鮑照的樂府詩《擬古》的首句，而「冰堅度足寒」與蔡君知《君馬黃》「水凍恒傷骨，蹄寒為踐霜」〔註160〕一聯用意頗同，也對唐詩中「沙口石凍馬蹄脫」有一定影響。「長城窟」也是與音樂相關的意象，指的是曲調悲傷苦寒的清商曲辭《飲馬長城窟行》。「不飲長城窟」之句正可以說明《君馬黃》的音樂給人以激昂奮進的想像和啟發〔註161〕。

〔註159〕《樂府詩集》，第 314 頁。謝燮，南朝陳詩人。

〔註160〕《樂府詩集》，第 245 頁。全篇為：「君馬徑西極，臣馬出東方。足策浮雲影，珂連明月光。水凍恒傷骨，蹄寒為踐霜。躊躇嗟伏櫪，空想欲從良。」

〔註161〕李白的《君馬黃》並無邊塞想像。詩云：「君馬黃，我馬白。馬色雖不同，人心本無隔。共作遊冶盤，雙行洛陽陌。長劍既照曜，高冠何艷赫。各有千金裘，俱為五侯客。猛虎落陷阱，壯夫時屈厄。相知在急難，獨好亦何益。」究其原因，南朝時期的鼓吹樂曲是作為一個整體性的想像氛圍存在的，在盛唐時已經不存在這種現象，況且，經過了相和歌套曲對鼓吹曲的改制，《君馬黃》的音樂特徵在唐代或已有所改變，李白更是夾雜了個人的身世之感而作此詩（張才良認為，此詩當時李白在獄中以詩代書求高適相救不果後作的「絕交書」，見《李

一、「關山」與「隴水」

《關山月》是著名的橫吹曲辭，對邊塞詩的形成和發展均產生了深遠的影響。《關山月》是一首典型的橫吹曲。《樂府詩集·橫吹曲辭》題解云：「魏晉以來，二十八解不復具存，而世所用者有《黃鵠》等十曲。其辭後亡。又有《關山月》等八曲，後世所加也。」〔註162〕又《漢橫吹曲》下引《樂府解題》云「漢橫吹曲二十八解，李延年造。魏晉以來，唯傳十曲。一曰《黃鵠》，二曰《隴頭》，三曰《出關》，四曰《入

白詩三百首》，安徽文藝出版社，1994 年版，第 189 頁），故李白整首詩無關邊塞。

〔註162〕 《樂府詩集》卷二十一，第 309 頁。按：此以吳兢《樂府古題要解》卷上說為全面。吳兢《樂府古題要解》卷上列《黃鶴吟一曰黃鵠》、《隴頭吟一曰隴頭水》、《出關》、《入關》、《出塞》、《入塞一本闕上四曲》、《折黃柳》、《黃覃子》、《赤之揚一本闕上二曲》、《望行人魏晉已來惟傳十曲》、《關山月》、《洛陽道》、《長安道》、《梅花落》、《紫騮馬》、《驄馬》、《雨雪》，並按語云：以上樂府橫吹曲。有鼓角。《周禮》「以鼖鼓鼓軍事」，用角。舊說云：蚩尤氏帥魑魅與黃帝戰於涿鹿之野，帝始命吹角，為龍鳴以御之。其後魏武北征烏丸，越涉沙漠，軍士聞之悲而思歸。於是減為中鳴，尤更悲矣。又有胡角者，本以應胡笳之聲，後漸用之有雙角，即胡樂也。漢博望侯張騫入西域傳其法，唯得《摩柯兜勒》一曲。李延年因胡曲更造新聲二十八解。乘輿以為武樂。東漢以給邊將。又有《出關》、《入關》、《出塞》、《入塞》、《黃覃子》、《赤之揚》、《黃鵠吟》、《隴頭吟》、《折楊柳》、《望行人》等十曲，皆無其詞。若《關山月》已下八曲，後代所加也。然《樂府古題要解》卷下樂府雜題又有《關山月》，與《升天行》、《鳳將雛》、《楚妃歎》、《白馬篇》、《空城雀》、《半度溪》、《起夜來》、《獨不見》、《夜夜曲》、《攜手曲》、《陽春曲》、《新城長樂宮行》、《大垂手》、《行路難》、《蜀道難》、《妾薄命篇》、《苦哉行》、《悲哉行》等曲同列，顯然與橫吹曲之《關山月》為兩首不同的曲子。以上吳兢所列雜曲，郭茂倩《樂府詩集》收《升天行》、《白馬篇》、《空城雀》、《半渡溪》、《起夜來》、《獨不見》、《夜夜曲》、《攜手曲》、《大垂手》、《行路難》、《妾薄命篇》、《悲哉行》為雜曲歌辭；《鳳將雛》清商吳歌、《楚妃歎》相和歌辭吟歎曲、《陽春曲》清商曲辭、《蜀道難》相和瑟調、《苦哉行》相和平調。可見《樂府古題要解》卷下所錄《關山月》應該另是一曲，屬相和歌系列或者雜曲曲辭系列，而與同書卷上所列橫吹曲之《關山月》絕不相關。本文認為，吳兢《樂府古題要解》卷下的《關山月》，應為相和曲中的《度關山》之誤，版本之訛，傳抄之誤也。

關》，五曰《出塞》，六曰《入塞》，七曰《折楊柳》，八曰《黃覃子》，九曰《赤之揚》，十曰《望行人》。後又有《關山月》、《洛陽道》、《長安道》、《梅花落》、《紫騮馬》、《驄馬》、《雨雪》、《劉生》八曲，合十八曲。」〔註163〕這裡很明確，《關山月》等八曲的使用晚於魏晉所用的《黃鵠》等十曲。前文以引述孫尚勇《橫吹曲考論》〔註164〕的觀點，認為漢橫吹曲二十八解並未「唯傳十曲」，而只是「為世用者」十曲。十八曲應該都是漢橫吹曲，只是《關山月》等八曲「為世用」的時代比較晚。本文認為，《關山月》是否是漢橫吹舊曲，文獻不足徵。本文並不因「見世用」一點理由而認同孫氏之說。應該承認，《關山月》的形成時間稍晚，其擬作主要在梁陳時代。

吳兢《樂府古題要解》卷下所錄「言離別」的《關山月》，屬於相和樂曲系列或者雜曲曲辭系列，而與同書卷上所列橫吹曲之《關山月》絕不相關。這首「言離別」的《關山月》，實際上是相和歌辭中的《度關山》之誤。

《關山月》現存最早作品為梁元帝蕭繹所擬，郭茂倩云：「《樂府解題》曰：『《關山月》，傷離別也。古《木蘭詩》曰：萬里赴戎機，關山度若飛。朔氣傳金柝，寒光照鐵衣。』按，相和曲有《度關山》，亦類此也。」〔註165〕郭茂倩引《樂府解題》認為《關山月》有「傷離別」

〔註163〕《樂府詩集》卷二十一，第311頁。

〔註164〕《中國音樂學》，2003年第1期。

〔註165〕按，此《樂府解題》，應該指吳兢《樂府古題要解》（參看孫尚勇《吳兢〈樂府古題要解〉的體例和影響》，該文指出：「《樂府詩集》所引《樂府解題》，除卷四五《前溪歌》題解別出郗昂所撰之外，其餘均出於吳兢《要解》。」郗昂所撰，指《樂府古今題解》，原作《古今樂府題解》，又題王昌齡作，三卷，全散佚。《樂府詩集》卷四十五《前溪歌七首》引「郗昂樂府解題曰前溪舞曲也」特別指明作者為郗昂。見《中華文史論叢》，2006年第3期，第127～178頁）。中華書局點校本《樂府詩集》標點有誤，古《木蘭詩》以下內容不見今本《樂府古題要解》（明津逮秘府本），當為郭茂倩自己判斷的結論：「古《木蘭詩》曰：萬里赴戎機，關山度若飛。朔氣傳金柝，寒光照鐵衣。』按，相和曲有《度關山》，亦類此也」，見第334頁。再按，

之意，此言即出自吳兢《樂府古題要解》卷下的雜曲歌辭《關山月》等一組「右皆言傷離別也」〔註166〕。而吳兢《樂府古題要解》卷上橫吹曲中也錄有《關山月》〔註167〕。也就是說，吳兢《樂府古題要解》錄有兩首《關山月》，一首是橫吹曲（錄在卷上），一首是雜曲（錄在卷下）。偏偏郭茂倩誤引了卷下雜曲「傷離別」之《關山月》，而非橫吹曲《關山月》。《樂府詩集》錄梁元帝《關山月》，點校者引明代馮惟訥《古詩記》：「《詩紀》卷七〇注：『一作《傷別離》』」〔註168〕，此應為馮惟訥誤解《樂府古題要解》之意而自注，大繆不然。

那麼，如何解釋這兩首不同性質的「關山月」呢？本文認為，具有「傷離別」歌辭的雜曲《關山月》，應是訛傳，其本名直云《關山》。吳兢《要解》卷下所錄，皆是相和歌及南朝清商樂，那麼「傷離別」的《關山月》自然也不例外。相和大曲演奏的《度關山》，應是其真正的來源。《樂府詩集》所錄曹操的《度關山》〔註169〕，並不是其本辭。而《度關山》音樂的本來風貌，疑與《秋胡行》相同或相近，《度關山》也有可能是由《秋胡行四解》改制而來。曹操的《晨上·秋胡行》

郭茂倩認為《度關山》與《木蘭詩》相關，只是一種用詞雷同的揣測。殊不知《度關山》改制於曹操之手，而《木蘭詩》是北朝民歌，兩者並不相關。

〔註166〕　《樂府古題要解》今見祖本為汲古閣津逮秘府本，丁保福《歷代詩話續編》收入，見中華書局，1983年版，第52頁。

〔註167〕　《樂府古題要解》卷上，丁保福《歷代詩話續編》收入，見第39頁。

〔註168〕　《樂府詩集》，第335頁詩尾注。按，《古詩紀》清文淵閣四庫全書本卷八十梁第七，點校者注為卷七十，不知何據。

〔註169〕　《樂府詩集》，卷二十七，第391頁。辭云：「天地間，人為貴。立君牧民，為之軌則。車轍馬跡，經緯四極。黜陟幽明，黎庶繁息。於鑠賢聖，總統邦域。封建五爵，井田刑獄。有燔丹書，無普赦贖。象陶甫侯，何有失職？嗟哉後世，改制易律。勞民為君，役賦其力。舜漆食器，畔者十國，不及唐堯，采椽不斫。世歎伯夷，欲以厲俗。侈惡之大，儉為共德。許由推讓，豈有訟曲？兼愛尚同，疏者為戚。」《樂府解題》：「魏樂奏武帝辭，言人君當自勤苦，省方黜陟，省刑薄賦也。若梁戴暠云『昔聽隴頭吟，平居已流涕』，但敘征人行役之思焉。」按，表面文辭的變化，背後實際上是音樂性的差異。詳後文。

歌辭第四解重復有「去去不可追」之語，就是離別之意。而首句云「晨上散關山」〔註 170〕，「散關山」可能因字形形近而訛誤為「度關山」。且《度關山》最初是魏晉樂府所奏相和大曲十五曲之四，是固定的宴饗大曲之一。在張永《技錄》的記載中依然如此，沒有與橫吹曲發生關聯。〔註 171〕

　　雖然相和曲中的《度關山》與橫吹曲《關山月》完全不同。但是到了梁代，在詩人的擬作中，這兩個詩題下的文辭卻具有極大的一致性。梁朝文人所擬的《度關山》，是一首鼓角橫吹曲，而非相和歌。魏晉樂府所演奏的相和大曲，沿襲到了南朝宋，但基本同時，相和樂曲也迅速發生了轉型，以王僧虔所錄和張永所錄來看，魏晉大曲派入三調，而以瑟調為眾〔註 172〕。以「六引」、「三調」為主的相和形式後出

〔註 170〕　《樂府詩集》中華書局點校本，第 526 頁全詩云：晨上散關山，此道當何難！晨上散關山，此道當何難！牛頓不起，車墮谷間。坐磐石之上，彈五弦之琴。作為清角韻，意中迷煩。歌以言志，晨上散關山。一解　有何三老公，卒來在我旁？有何三老公，卒來在我旁？負揜被裘，似非恒人。謂卿云何困苦以自怨，徨徨所欲，來到此間？歌以言志，有何三老公。二解　我居崑崙山，所謂者真人。我居崑崙山，所謂者真人。道深有可得。名山歷觀，遨遊八極，枕石漱流飲泉。沉吟不決，遂上昇天。歌以言志，我居崑崙山。三解　去去不可追，長恨相牽攀。去去不可追，長恨相牽攀。夜夜安得寐，惆悵以自憐。正而不譎，辭賦依因。經傳所過，西來所傳。歌以言志，去去不可追。四解　《宋書·樂志》錄清調《晨上·秋胡行》，首句亦作「晨上散關山」（見《宋書》卷二十一，北京：中華書局，1974 年版，第 610 頁）。

〔註 171〕　《樂府詩集》第 382 頁轉引智匠《古今樂錄》所引張永《元嘉正聲技錄》（已佚）曰：「《古今樂錄》曰：「張永《元嘉技錄》：相和有十五曲，一曰《氣出唱》，二曰《精列》，三曰《江南》，四曰《度關山》，五曰《東光》，六曰《十五》，七曰《薤露》，八曰《蒿里》，九曰《觀歌》，十曰《對酒》，十一曰《雞鳴》，十二曰《烏生》，十三曰《平陵東》，十四曰《東門》，十五曰《陌上桑》。十三曲有辭，《氣出唱》、《精列》、《度關山》、《薤露》、《蒿里》、《對酒》並魏武帝辭，《十五》文帝辭，《江南》、《東光》、《雞鳴》、《烏生》、《平陵東》、《陌上桑》並古辭是也。二曲無辭，《觀歌》、《東門》是也。」

〔註 172〕　「大曲」一般是指包羅器樂、聲樂、舞蹈的綜合音樂藝術。最早的大曲為祭祀性質的禮樂大曲，與禮樂大曲相對的是俗樂大曲，包括宴樂大曲。其中魏晉俗樂大曲和唐宋俗樂大曲是兩個重要的階段（詳可參

而興盛。南朝宋後期，魏晉相和大曲之《度關山》已經在這種大趨勢下不被宴樂演奏了，而梁代文人所擬的《度關山》，是一首鼓角橫吹曲，而非相和歌。《玉臺新詠》柳惲《度關山》即收在「鼓吹曲」下，就可以證明本文的判斷〔註173〕。《樂府詩集》僅以其名稱與曹操《度關山》相同就將梁朝人的橫吹曲《度關山》擬作全部列入《相和歌辭》，這是不正確的。《度關山》和《關山月》的關係，只有兩種可能，第一種可能性最大：梁陳時代的《度關山》只是《關山月》曲子的別名，相和歌的《度關山》亡。戴暠《度關山》：「昔聽隴頭吟，平居已流涕。今上一作日關山望，長安樹如薺。……山頭看月近，草上知風急。笛喝曲難成，笳繁響還澀」〔註174〕，張正見《度關山》首句云「關山度曉月，劍客遠從征」〔註175〕，都提到了「月」這個意象，可作證明。戴暠的《度關山》已經是將「關山」和「隴頭」並列了。而「隴頭」系列的曲子如《隴頭》、《隴頭吟》、《隴頭水》皆收在《橫吹曲辭》，笳笛所奏，明顯是橫吹曲。而且「關山」與「隴頭」相提並論並非此一例，庾信《小園賦》：「關山則風月悽愴，隴水則肝腸斷絕」〔註176〕、李嶠《詠

柏互玖《大曲的演化》，中國藝術研究院，2012年博士論文）。魏晉相和大曲在南朝之後進入瑟調，在瑟調受到「豔」、「趨」等荊豔楚舞吳歈越吟的影響，逐漸形成新的大曲形態，對唐代大曲產生重大影響。魏晉樂府所奏十五曲，南朝宋之後已入瑟調。在南朝時期，相和的演奏體系已經更加複雜，除了「豔」和「趨」，之外，尚有「引」、「弄」、「遊弄」、「弦」、「遊弦」、「歌弦」、「吟」、「歈」、「送」等等。《樂府詩集》所引張永《元嘉正聲技錄》列有魏晉相和大曲十五曲，沈約《宋書》也列相和大曲，沈約《宋書》以宋初制度為準，當是以張永《元嘉正聲技錄》為據，故尚列大曲十五曲。王僧虔之後就併入「瑟調」了。也就是說，大曲的原有演奏結構已經改變。《樂府詩集》所錄大曲，僅《滿歌行》一首，吉光片羽而已。（張永《元嘉正聲技錄》、王僧虔《大明三年宴樂技錄》、智匠《古今樂錄》所載內容為《樂府詩集》所引，已由王傳飛《相和歌辭研究》第三章輯出，詳參第99～105頁。）

〔註173〕見《玉臺新詠箋注》卷五，第197頁。
〔註174〕《樂府詩集》卷二十七，第392頁。
〔註175〕《樂府詩集》卷二十七，第393頁。
〔註176〕（清）倪璠《庾子山集注》卷一，注引《秦川記》：「隴西郡隴山，其

笛》：「羌笛寫龍聲，長吟入夜清。關山孤月下，來向隴頭鳴。逐吹梅花落，含春柳色驚。行觀向子賦，坐憶舊鄰情」〔註177〕、李白《宣城送劉副使入秦》：「月明關山苦，水劇隴頭悲。」〔註178〕此「關山」正是《關山月》，可見，《度關山》是《關山月》的別名。第二種可能：相和樂曲中的《度關山》不再使用絲竹相和的方式演奏，而是改用胡笳胡角樂器吹奏，這樣，《度關山》實際上是音樂屬性發生了變化，也成為了橫吹曲。轉變為橫吹曲的《度關山》有可能與橫吹曲的《關山月》風格接近題目接近而致混淆，甚至可能二首橫吹曲相互融合，成為一首曲子的兩段聯章旋律。

　　江淹作於南朝宋末年的《橫吹賦》也已經提到橫吹曲的《關山》〔註179〕。我們大致認定，《關山月》或由相和歌轉化來的「橫吹曲《度

上懸岩吐溜，於中嶺泉淳，因名萬石泉。北人升此而歌，有云：『隴頭流水，鳴聲幽咽。遠望秦川，肝腸斷絕。』」北京：中華書局，1980年版，第30～31頁。按，此注誤以《秦州記》為《秦川記》。又以記憶引述，不確。《後漢書》卷一百十二《郡國五·漢陽郡》「有大阪曰隴坻」注：「《三秦記》：『其阪九迴，不知高幾許。欲上者七日乃越。高處可容百餘家，清水四注下。』郭仲產《秦州記》曰：『隴山東西百八十里，登山嶺東望秦川，四五百里。極目泯然，山東人行役，升此而顧瞻者，莫不悲思。故歌曰：隴頭流水，分離四丁。念我们伇飄然曠野。登高遠望，涕零雙墮。』度汗隴無蠶桑，八月乃麥。五月乃凍解。」見北京：中華書局，1965年版，第12冊，第3518頁。另，（清）吳兆宜《庾開府集箋注》（清文淵閣四庫全書本）注：「《辛氏三秦記》：隴右西關，欲上者七日乃越。上有幾水，四注流下。俗歌曰：隴頭流水，鳴聲幽喧。遠望秦川，心肝斷絕」。庾信另在《蕩子賦》中亦云「隴水恒冰合，關山惟月明」（《庾子山集注》卷一，第91頁）、《哀江南賦》：「莫不聞隴水而掩泣，向關山而長歎」（《庾子山集注》卷二，第162頁）。

〔註177〕《全唐詩》卷五十九，第710頁。一作宋之問詩，《全唐詩》卷五十二重收，見第643頁。

〔註178〕（清）王琦注，《李太白全集》卷十八，北京：中華書局，2011年版（橫排本），第738頁。

〔註179〕俞紹初《江淹年譜》，元徽五年，宋順帝昇明元年，閏十二月，作《從蕭驃騎新亭壘詩》及《橫吹賦》。見《六朝作家年譜輯要》下冊，第117頁；《江文通詩集匯注》引《梁書》：「齊帝輔政，聞淹之才，召為尚書駕部郎，驃騎參軍事。俄而荊州刺史沈攸之作亂，齊高帝謂淹曰：

關山》」的產生年代應在南朝宋晚期。

從音樂想像的角度來將南朝的《關山月》和唐代的《關山月》加以比觀，就會很容易理解，唐代人並沒有什麼明顯的變革和創新。徐陵的《關山月》和李白的《關山月》在藝術追求上是相同的，都是依靠音樂想像所營造出來的橫吹曲音樂意象。如果僅從所謂題材、筆法、詠物、思鄉、懷人這些角度探討唐人《關山月》如何在藝術上對南朝《關山月》做到了精益求精的發展，這種文本的對比與探討，稍稍陷入了形而下的困境。〔註180〕

「隴頭」系列的橫吹曲產生年代較早。《樂府詩集》卷二十五所錄在「梁鼓角橫吹曲」之中的《隴頭流水歌辭》和《隴頭歌辭》〔註181〕，與《三秦記》和《秦州記》所錄的內容大致相同。這應該是相同的一首歌，只是《秦州記》、《三秦記》各記錄了開頭和結尾兩解。原歌的形態大致是這樣的：

> 隴頭流水，分離四下。念吾一身，飄然曠野。
>
> 登高遠望，涕零雙墮。一解
>
> 西上隴阪，羊腸九回。山高谷深，不覺腳酸。
>
> 手攀弱枝，足踰弱泥。二解
>
> 朝發欣城，暮宿隴頭。寒不能語，舌捲入喉。三解

『天下紛紛若是，君謂何如？』」……是時軍書表記，皆使淹具草。」見北京：中華書局，1984年版，第62頁。可見，這篇《橫吹賦》實際上是江淹為蕭道成的鼓吹儀仗隊所寫。

〔註180〕這種單層的文本對比可參看閻福玲《漢唐邊塞詩主題研究》第五章第四節《關山月等鄉戀模式考察》，南京師範大學博士學位論文，2004年。但筆者也認為，該文對《關山月》的詩歌文學性分析有一定的參考價值，本文不作重複論述。

〔註181〕《隴頭流水歌辭》（《古今樂錄》曰：樂府有此歌曲，解多於此）曰：隴頭流水，流離西下。念吾一身，飄然曠野。西上隴阪，羊腸九回。山高谷深，不覺腳酸。手攀弱枝，足逾弱泥。右三曲，曲四解。見第368頁；《隴頭流水歌辭》曰：隴頭流水，流離山下。念吾一身，飄然曠野。朝發欣城，暮宿隴頭。寒不能語，舌捲入喉。隴頭流水，鳴聲幽咽。遙望秦川，心肝斷絕。右三曲，曲四解。見第371頁。

隴頭流水，鳴聲幽咽。遙望秦川，肝腸斷絕。四解

　　學界多數觀點認同這是一首漢代歌辭〔註182〕。隴頭是漢代通往西域的必經之路。漢武帝立河西四郡，移民隴右，如《漢書》卷六「（元狩）四年冬，有司言，關東貧民徙隴西、北地、西河、上郡、會稽，凡七十二萬五千口。」〔註183〕《隴頭》歌中無訴戰爭之苦之意，而多行役懷鄉之辭。至東漢，隴西羌人始大，多徵發守戰，然其歌不似後漢桓帝時童謠「小麥青青大麥枯，誰當獲者婦與姑，丈人何在西擊胡」〔註184〕之類，故本文亦認為當為漢武帝時歌，後橫吹曲對此歌加

〔註182〕 明馮惟訥《古詩紀》（清文淵閣四庫全書本）卷十八漢第八《隴頭歌二首》：「按，漢橫吹曲有《隴頭》而亡其辭，此或其遺也。」《文學遺產》，2003年第3期，第84頁箚記《〈隴頭歌〉為漢人所作說》（作者躍進）：「余冠英《樂府詩集》及曹道衡《樂府詩選》列入北朝民歌。但這兩位先生均認為這些歌辭『風格和北魏不大同，或是漢魏舊辭』。這種推斷是很有道理的。……《三秦記》未見《隋書·經籍志》及兩《唐書》《經籍志》和《藝文志》著錄，但是，成書於漢魏之際的《三輔黃圖》及梁代劉昭《續漢書·郡國志》注、酈道元《水經注》皆有所徵引，而所記又是秦漢都邑地理風俗，因此，著名地理學家史念海先生推斷此書『當出於漢時人士于筆』，這是有說服力的。既然《隴頭歌》已經為《三秦記》所引錄，則出於漢人之手，應當是有根據的。」閻福玲《如何隴頭水，並欲斷人腸——樂府橫吹曲〈隴頭水〉源流及創作範式考論》（《南京師範大學文學院學報》，2004年第2期）：「漢詩中『隴』的意象使用僅有兩處，一是漢郊祀歌中有《朝隴首》一首，其中『隴首』意象即『隴頭』。二是張衡《四愁詩》中有『我所思兮在漢陽，欲往從之隴阪長』之句。……逯欽立《先秦魏晉南北朝詩》宋詩卷四引《荊州記》曰：『陸凱與范曄交善，自江南寄梅花一枝，詣長安與曄，兼贈詩曰：折梅逢驛使，寄與隴頭人。江南無所有，聊寄一枝春。』……而《史記》、《漢書》、《三國志》等史書中皆無隴頭隴坻隴阪之載，若此前無『隴頭』之詩，此典何出？」閻福玲提及漢郊祀歌《朝隴首》，此前似未有人提及。按：漢武帝元狩元年冬十月行幸雍，獲白麟，作此歌。

〔註183〕《漢書》卷六，武帝紀第六，北京：中華書局，1964年版，第178頁。

〔註184〕 桓帝之初，天下童謠曰：小麥青青大麥枯，誰當獲者婦與姑，丈人何在西擊胡。吏買馬，君具車，請為諸君鼓嚨胡。案元嘉中，涼州諸羌一時俱反，南入蜀漢，東抄三輔。延及并、冀，大為民害。命將出眾，每戰常負。中國益發甲卒，參多委棄，但有婦女獲刈之也。吏買馬，君具車者，言調發重及有秩者也。請為諸君鼓嚨胡者，不敢公言，私

以改制演奏，即《古今注》以來所云「魏晉以來，世間所用」的漢橫吹曲十首之《隴頭》。「梁鼓角橫吹曲」實際上是將梁代可以搜集到的橫吹樂曲儘量搜集全面，故漢橫吹曲的《隴頭》被以《隴頭流水》的名稱與北歌胡吹一起收編在內。

　　梁元帝《隴頭水》是現存最早的文人擬作：「銜悲別隴頭，關路漫悠悠。故鄉迷遠近，征人分去留。沙飛曉成幕，海氣旦如樓。欲識秦川處，隴水向東流。」〔註185〕與古辭行役懷鄉的情緒還是頗為一致的。而這種令人「肝腸斷絕」的哀傷之音，在詩人擬作的音樂想像中，也漸漸生出「李廣難封」的悲哀感歎來。例如劉孝威《隴頭水》：「忽令如李廣，功遂不封侯。」〔註186〕這兩種描寫，在後來的擬作中一直都被持續性地繼承。學界對這種繼承，更多關注的是一種「賦題法」以及主題語言的模擬與繼承，本文則認為這種描寫不過是音樂不斷給人以感染和激蕩，並引起詩人與之相關的隴頭想像罷了。忽略音樂屬性的樂府邊塞詩是不能承擔起「維繫漢唐邊塞詩創作傳統的一條主線」、「維繫了樂府詩歌題材主題的傳統」、「維繫了藝術形象的傳承統系」這樣巨大的文化功能的。〔註187〕

　　　　咽語。見《後漢書》志第十三，五行一，第3281頁。
〔註185〕《樂府詩集》卷二十一，第312頁。
〔註186〕《樂府詩集》卷二十一，第312頁。
〔註187〕引文觀點參見閻福玲《如何隴頭水，並欲斷人腸——樂府橫吹曲〈隴頭水〉源流及創作範式考論》（《南京師範大學文學院學報》，2004年第2期）一文。茲概述該文大意：陳梁人《隴頭水》的創作不僅從不同角度化用《隴頭歌》的語彙、意境，更重要的是他們的模仿擴寫已經形成一種大體相近的藝術模式。詩人無論從水流起興，還是由水聲入筆，都著筆於「遙望秦川」之意，登隴而望，進而寫望中所見和所感。……因此《隴頭水》的苦寒鄉思，本質上屬邊塞登望思鄉主題。……如果說唐前《隴頭水》的寫作具體而集中地描寫苦寒之景，落腳在思鄉之情上，那麼唐人則更重視概括《隴頭水》因水生愁的寫作傳統，詩中淡化具體苦寒思鄉的描寫，強化對「隴頭」意象文化內涵的發掘。……通過《隴頭水》系列詩作與範式的解析我們還可以看出：樂府邊塞詩的寫作是維繫漢唐邊塞詩創作傳統的一條主線。歷朝歷代詩人無論與邊塞征戍的關係或密切或疏遠，樂府詩歌的寫作不僅

二、羌笛何須怨「楊柳」：《折楊柳》的淵源流變

　　徐陵（507～583）《折楊柳》「嫋嫋河堤樹，依依魏主營。江陵有
舊曲，洛下作新聲」﹝註188﹞道明了《折楊柳》這首曲子的重要音樂特
徵，即在「江陵舊曲」的西曲﹝註189﹞的基礎上，加入了北方新傳入的
「新聲」胡曲曲調。這種淵源流變，南朝人是非常清楚的。進一步說，
徐陵時代的《折楊柳》歌，既保留了西曲的特徵，又新加入了橫吹曲的
特徵。這兩中不同的音樂被糅合在一個曲子之中，剛柔相濟，南北交
融，是一首非常成功且感人的「混血曲」。

　　我們知道，在漢橫吹曲十曲中有《折楊柳》，在魏晉相和大曲中有
《折楊柳行》，這是兩首時間距離頗近的曲子。筆者頗懷疑漢橫吹演奏
的《折楊柳》，先是轉為徒歌，後來被西晉樂府以絲竹相和的演奏方式
吸納，成為了相和《折楊柳行》。民間徒歌的《折楊柳》，應該就是《宋
書·五行志》所載「太康末，京洛始為『折楊柳』之歌，其曲始有兵革
苦辛之詞，終以禽獲斬截之事。是時三楊貴盛而族滅，太后廢黜而幽
死」﹝註190﹞的情況。所謂「『折楊柳』之歌」，必然是徒歌，歌辭尚有

　　　　沒有因為詩人與邊戰的疏離而中斷，相反因為詩人相互的祖習模擬而
　　　　得到強化。樂府創作一方面維繫了樂府詩歌題材主題的傳統，一個樂
　　　　府舊事或本辭就是後人創作的依據與起點，續作詩人的創新開掘總是
　　　　由此展開或進行的。另一方面也維繫了藝術形象的傳承統系。地名、
　　　　人名、風物、器物以及典故等眾多的語符意象構成一個系列代言的語
　　　　符叢林。
﹝註188﹞《樂府詩集》卷二十二，第329頁。
﹝註189﹞《樂府詩集》卷四十七「西曲歌上」引《古今樂錄》：「西曲歌有《石
　　　　城樂》、《烏夜啼》、《莫愁樂》、《估客樂》、《襄陽樂》、《三洲》、《襄陽
　　　　蹋銅蹄》、《採桑度》、《江陵樂》、《青陽度》、《青驄白馬》、《共戲樂》、
　　　　《安東平》、《女兒子》、《來羅》、《那呵灘》、《孟珠》、《翳樂》、《夜度
　　　　娘》、《長松標》、《雙行纏》、《黃督》、《黃纓》、《平西樂》、《攀楊枝》、
　　　　《尋陽樂》、《白附鳩》、《拔蒲》、《壽陽樂》、《作蠶絲》、《楊叛兒》、
　　　　《西烏夜飛》、《月節折楊柳歌》三十四曲。」江陵之地，屬西曲流行
　　　　範圍，故徐陵所云，應當是指《月節折楊柳歌》。
﹝註190﹞《宋書》卷三十一，第913頁。按，《五行志》以此歌為楊駿之死之
　　　　兆驗，考楊駿史蹟，非與兵革相關。將一首具有「兵革」、「禽獲斬截」

「兵革」特徵，當為漢橫吹曲的遺留。

在晉樂府中歌辭為《默默》、《西山》的《折楊柳行》，到了王僧虔著《大明三年宴樂技錄》之時，朝廷宴饗用樂已經不歌此曲了〔註 191〕。但這首《折楊柳行》依然存在，《樂府詩集》錄《折楊柳行》在相和瑟調，這其實也是根據王僧虔的《大明三年宴樂技錄》〔註 192〕所錄，以及《樂府詩集》中錄謝靈運的擬作。梁簡文帝詩云「參差大戾發。搖曳小垂手。釣竿蜀國彈，新城折楊柳」〔註 193〕，這裡的《釣竿》（原為漢鼓吹鐃歌）、《新城》（即《新城安樂宮》，在瑟調）、《折楊柳》都已變成絲竹相和曲了。「三調」歌不具有聯章演奏的特性，其獨立性和靈活性加強，容易與民間的樂曲發生交流影響。而且，瑟調歌在音樂屬性上接近或具有「荊豔楚舞」的特徵〔註 194〕，這樣，民間俗曲吸收瑟調曲《折

的軍樂與楊駿之死聯繫起來，只是史家受五行讖緯迷信影響下的荒誕記述。

〔註 191〕 《樂府詩集》卷三十七相和歌辭第十二，《折楊柳行四解》引《古今樂錄》引王僧虔《技錄》云：「《折楊柳行》歌文帝《西山》、古《默默》二篇，今不歌。」見第 547 頁。《樂府詩集》卷四十三大曲十五曲引《宋書·樂志》：「大曲十五曲：一曰《東門》，二曰《西山》，三曰《羅敷》，四曰《西門》，五曰《默默》，六曰《園桃》，七曰《白鵠》，八曰《碣石》，九曰《何嘗》，十曰《置酒》，十一曰《為樂》，十二曰《夏門》，十三曰《王者布大化》，十四曰《洛陽令》，十五曰《白頭吟》。」見第 635 頁。按，《宋書·樂志》首列十三曲套曲相和歌，後列十五曲套曲相和歌，《折楊柳行》在其中。筆者猜測，十三曲當為當時所歌，十五曲只是姑錄舊制而已。王僧虔《技錄》中所云宴樂「今不歌」，可以視為《折楊柳行》已經從宴饗套曲之中分離出來。

〔註 192〕 王傳飛，《相和歌辭研究》（北京大學出版社，2009 年版），第三章《〈樂府詩集〉著錄相和歌辭得失》，第一節《〈樂府詩集〉之前的相和歌辭著錄》，第 99～104 頁。

〔註 193〕 《執筆戲書》，見《玉臺新詠箋注》卷七。這首宮體詩對當時宮廷的音樂做了一個掠影式描寫。

〔註 194〕 詳參本文第五節《清商樂曲的邊塞詩流亞》之「作為音樂概念的『豔歌』與《白馬篇》」專文。另，《長江大學學報》，2009 年第 4 期，樊露露《西曲與荊楚踏歌風俗考》云「西曲表演在樂器與舞姿、送聲與和聲、演員與場地等方面都呈現荊楚特色」；《音樂研究》，2007 年第 4 期，陳永《西曲歌尋蹤》從音樂學角度以及若干實例探討西曲和聲、送聲和豔、趨以及今天楚地民歌「穿句子」的結構的一致性，以及調

楊柳行》的一部分腔調（或直接以這些腔調為和聲）〔註195〕，就可能
形成《樂府詩集·清商曲辭》中的《月節折楊柳歌》十三曲了。所以，
本文認為，《折楊柳》的「舊曲」，應該是漢橫吹曲歷經了徒歌、相和大
曲、相和瑟調曲，最終融入清商民歌曲「西曲」的沿革因變。

　　「洛下新聲」的胡吹曲《折楊柳》即梁鼓角橫吹曲所錄的《折楊
柳歌辭》和《折楊柳枝歌》，兩者開篇非常類似：「上馬不捉鞭，反折楊
柳枝。蹀座吹長笛，愁殺行客兒」〔註196〕、「上馬不捉鞭，反拗楊柳
枝。下馬吹長笛，愁殺行客兒」〔註197〕，前者五解，後者四解，頗疑
其音樂風貌大同小異。《舊唐書》樂志引《宋書》：「有胡篪出於胡吹」。
並引梁胡吹歌「快馬不須鞭，反插楊柳枝。下馬吹橫笛，愁殺路傍兒。」
〔註198〕正是此曲。這是一首典型的橫吹曲，羌笛吹奏，有強烈的愁怨
之音，這均以從所引材料中可以看出來。

　　可以說，「舊曲」的《折楊柳》（西曲）與「新聲」的《折楊柳》
（梁鼓角橫吹曲）在梁代宮廷裏匯合了。其最可能的形式組合成為一
首曲調的兩個部分。這個「混血」的「新《折楊柳》」在演奏中既包含
了西曲的相思閨怨之調，又在某些旋律中翻成南朝人固定音樂思維中
的邊塞之調。最終形成了對唐人影響頗大的《折楊柳》。

《樂府詩集》所錄《折楊柳》歌辭編次一覽表			
1. 梁元帝	巫山巫峽長，垂柳復垂楊。 同心且同折，故人懷故鄉。 山似蓮花豔，流如明月光。 寒夜猿聲徹，遊子淚霑裳。	2. 簡文帝	楊柳亂成絲，攀折上春時。 葉密鳥飛礙，風輕花落遲。 城高短簫發，林空畫角悲。 曲中無別意，並是為相思。

式上「引商刻羽，雜以流徵」的屬性。
〔註195〕王運熙《樂府詩述論》率先指出《月節折楊柳歌》中「折楊柳」為和
　　　　聲。見第478頁。按，所謂和聲、送聲，《樂府詩集》卷二十六相和
　　　　歌辭：「豔在曲之前，趨與亂在曲之後，亦猶吳聲西曲前有和，後有
　　　　送也。」見第376頁。
〔註196〕《樂府詩集》卷二十五，第369頁，《折楊柳歌辭》。
〔註197〕《樂府詩集》卷二十五，第370頁，《折楊柳枝歌》。
〔註198〕見《舊唐書》卷二十九，第1075頁。

3. 劉邈	高樓十載別，楊柳濯絲枝。 摘葉驚開駃，攀條恨久離。 年年阻音息，月月減容儀。 春來誰不望，相思君自知。	4. 陳後主	楊柳動春情，倡園妾屢驚。 入樓含粉色，依風雜管聲。 武昌識新種，官渡有殘生。 還將出塞曲，仍共胡笳鳴。
5. 陳後主	長條黃復綠，垂絲密且繁。 花落幽人逕，步隱將軍屯。 谷暗宵鉦響，風高夜笛喧。 聊持暫攀折，空足憶中園。	6. 岑之敬	將軍始見知，細柳繞營垂。 懸絲拂城轉，飛絮上宮吹。 塞門交度葉，谷口暗橫枝。 曲成攀折處，唯言怨別離。
7. 徐陵	嫋嫋河堤樹，依依魏主營。 江陵有舊曲，洛下作新聲。 妾對長楊苑，君登高柳城。 春還應共見，蕩子太無情。	8. 張正見	楊柳半垂空，嫋嫋上春中。 枝疏董澤箭，葉碎楚臣弓。 色映長河水，花飛高樹風。 莫言限宮掖，不閉長楊宮。
9. 王瑳	塞外無春色，上林柳已黃。 枝影侵宮暗，葉彩亂星光。 陌頭藏戲鳥，樓上掩新妝。 攀折思為贈，心期別路長。	10. 江總	萬里音塵絕，千條楊柳結。 不悟倡園花，遙同天嶺雪。 春心自浩蕩，春樹聊攀折。 共此依依情，無奈年年別。
11. 盧照鄰	倡樓啟曙扉，園柳正依依。 鳥鳴知歲隔，條變識春歸。 露葉疑啼臉，風花亂舞衣。 攀折聊將寄，軍中書信稀。	12. 沈佺期	玉窗朝日映，羅帳春風吹。 拭淚攀楊柳，長條宛地垂。 白花飛歷亂，黃鳥思參差。 妾自肝腸斷，傍人那得知。
13. 喬知之	可憐濯濯春楊柳， 攀折將來就纖手。 妾容與此同盛衰， 何必君恩獨能久。	14. 劉憲	沙塞三河道，金閨二月春。 碧煙楊柳色，紅粉綺羅人。 露葉憐啼臉，風花思舞巾。 攀持君不見，為聽曲中新。
15. 崔湜	二月風光半，三邊戍不還。 年華妾自惜，楊柳為君攀。 落絮緣衫袖，垂條拂髻鬟。 那堪音信斷，流涕望陽關。	16. 韋承慶	萬里邊城地，三春楊柳節。 葉似鏡中眉，花如關外雪。 征人遠鄉思，倡婦高樓別。 不忍擲年華，含情寄攀折。
17. 歐陽瑾	垂柳拂妝臺，葳蕤葉半開。 年華枝上見，邊思曲中來。 嫩色宜新雨，輕花伴落梅。 朝朝倦攀折，征戍幾時回？	18. 張祜	紅粉青樓曙，垂楊仲月春。 懷君重攀折，非妾妒腰身。 舞帶縈絲斷，嬌蛾向葉嚬。 橫吹凡幾曲，獨自最愁人。
19. 張九齡	纖纖折楊柳，持此寄情人。 一枝何足貴，憐是故園春。 遲景那能久，流芳不及新。 更愁征戍客，鬢老邊城塵。	20. 余延壽	大道連國門，東西種楊柳。 葳蕤君不見，嫋娜垂來久。 緣枝棲暝禽，雄去雌獨吟。 余花怨春盡，微月起秋陰。 坐望窗中蝶，起攀枝上葉。 好風吹長條，婀娜何如妾。

			妾見柳園新，高樓四五春。 莫吹胡塞曲，愁殺隴頭人。
21. 李白	垂楊拂綠水，搖豔東風年。 花明玉關雪，葉暖金窗煙。 美人結長恨，相對心悽然。 攀條折春色，遠寄龍庭前。	22. 孟郊	楊柳多短枝，短枝多別離。 贈遠累攀折，柔條安得垂。 青春有定節，離別無定時。 但恐人別促，不怨來遲遲。 莫言短枝條，中有長相思。 碟顏與綠楊，並在別離期。
23. 孟郊	樓上春風過，風前楊柳歌。 枝疏緣別苦，曲怨為年多。 花驚燕地雪，葉映楚池波。 誰堪別離此，征戍在交河。	24. 李端	東城攀柳葉，柳葉低著草。 少壯莫輕年，輕年有人老。 柳發遍川崗，登高堪斷腸。 雨煙輕漠漠，何樹近君鄉。 贈君折楊柳，顏色豈能久。 上客莫沾巾，佳人正回首。 新柳送君行，古柳傷君情。 笑兒臨荒渡，婆娑出舊營。 隋家兩岸盡，陶宅五株平。 日暮偏愁望，春山有鳥聲。
25. 翁綬	紫陌金堤映綺羅， 遊人處處動離歌。 陰移古戍迷荒草， 花帶殘陽落遠波。 臺上少年吹白雪， 樓中思婦斂青娥。 殷勤攀折贈行客， 此去關山雨雪多。	26. 鄭愔 〔註199〕	青柳映紅顏，黃雲蔽紫關。 傳聞邊信出，枝葉為君攀。 娜腰愁欲斷，春心望不還。 風花亂成雪，羅綺淚斑斑。

　　《折楊柳》26 首，其中以五言八句為篇章的絕對穩定結構計 21 首，另有五言十二句 1 首、五言十六句 1 首、五言二十句 1 首，也可視為穩定的結構。有七言絕句 1 首，七言律詩 1 首可視為新變（即本文第三章第一節詳論之「賦『古意』」）。通過上表，我們很容易發現，「新《折楊柳》」中既保留了較重的西曲音樂氣氛，又加入了胡笳胡角的音樂氣氛。因此，後繼詩人擬作的《折楊柳》，其相思愁怨的

〔註199〕此首《樂府詩集》無，據《文苑英華》卷二〇八、《全唐詩》卷一〇六補。

音樂想像，已經不可能侷限於江南煙雨和遊子思婦了，必然要向邊塞的意境拓展和延伸。這樣，我們就會明白顧野王《詠柳》「高葉臨胡塞」〔註 200〕的想像是怎麼來的；也會更深層次理解「羌笛何須怨楊柳」〔註 201〕的含義了。同樣是一曲《折楊柳》，在王昌齡那裡成了「忽見陌頭楊柳色，悔教夫婿覓封侯」；在李白那裡則成了「何人不起故園情」了。

其實，《折楊柳》在梁代的新變是北曲南曲交融或包容的一個典型縮影。這種南北曲的結合「新聲」在當時必然是頗為繁榮的。初唐王翰《子夜春歌》還是可以看出這種文化現象：「春氣滿林香，春遊不可忘。落花吹欲盡，垂柳折還長。桑女淮南曲，金鞍塞北裝。行行小垂手，日暮渭川陽」〔註 202〕。「垂柳」即《折楊柳》曲，「落花」即《梅花落》曲，都是橫吹曲。所以云「桑女淮南曲，金鞍塞北裝」，正是音樂旋律性的一種南北結合。音樂性的變化必然對樂府文人的音樂想像帶來新變，北方貞剛之樂和南方柔媚之音的結合，或者說柔媚之音吸收了貞剛之樂的元素，必然促使音樂文學的樂府詩出現文學風格的南北融合，表現在邊塞詩之上，則是「閨怨體」邊塞詩的大量繁榮（詳本文第三章第二節），從而為隋唐之後南北詩風的交融、多樣、共存提供了先驅式和背景性的範本。

三、「今人謂角鳴為邊聲」

「今人謂角鳴為邊聲」，此語出自鄭樵《通志》卷四十九《樂略》錄「鼓角橫吹曲十五曲」〔註 203〕。劉孝標《出塞》詩云：「薊門秋氣

〔註 200〕 全詩云：「馳道藏烏日，鬱鬱正翻風。抽翠爭連影，飛綿亂上空。高葉臨胡塞，長枝拂漢宮。欲驗傷攀折，三春橫笛中。」見馮惟訥《古詩紀》卷一百十六陳第九，清文淵閣四庫全書本。

〔註 201〕 王之渙《出塞》，也題作《涼州詞》，當是以配樂不同而產生的詩題差異。王翰《涼州詞》二首其二亦有：「夜聽胡笳折楊柳，教人氣盡憶長安」之句。

〔註 202〕 《樂府詩集》卷四十五《吳聲曲辭》，第 652 頁。

〔註 203〕 北京：中華書局，1987 年影印版，第 627 頁。原文曰：「按，此有十

清，飛將出長城。絕漠沖風急，交河夜月明。陷敵搠金鼓，摧鋒揚斾旌，去去無終極，日暮動邊聲」〔註204〕。從詩的末句，我們可以看出前面的描寫均為想像之辭，原因是當時南朝流行的胡角橫吹曲被以「邊聲」的性質加以理解。劉刪《賦得馬》「邊聲隕客淚」〔註205〕，以「邊聲」中有《驄馬》曲。以胡笳、胡角、羌笛、觱篥等外來樂器演奏的樂曲，給南朝詩人一種慣性的關塞之思。這種詩思與詩人有沒有入北的經歷無關，也與詩人有沒有驅除韃虜恢復中原的志向無關。音樂性質的「邊聲」自然要在歌辭上匹配「邊詞」，這樣一個繁榮的音樂文化土壤中，催生出樂府邊塞詩，自然是意料之中的文學史現象了。首先我們列舉「角」與「笳」的邊塞意象：

　　孔稚珪：嘶笳振地響，吹角沸天聲。左碎呼韓陣，右破休屠兵〔註206〕。

　　孔稚圭：山虛弓響徹，地迥角聲長。

　　虞羲：胡笳關下思，羌笛隴頭鳴〔註207〕。

　　吳均：胡笳屢淒斷，征蓬未肯還。妾坐江之介，君戍小長安〔註208〕。

五曲，後之角工所傳者，只得《梅花》耳。今太常所試樂工，第三等五十曲抽試十五曲及鳴角人習到大梅花、小梅花、可汗曲，是梅花又有大小之別也。然角之制始於邊，中國所用鼓角，蓋習邊角而為也。黃帝之說，多是謬悠。況鼓角與邊角，聲類既同，故其曲亦相參用。而梅花之辭，本於胡笳，今人謂角鳴為邊聲，初由邊徼所傳也。《關山月》、《洛陽道》、《長安道》、《豪俠行》、《梅花落》、《紫騮馬》、《驄馬》八曲，後代所加也」。

〔註204〕　《文苑英華》卷一九七。按，《樂府詩集》誤作「蘇門秋氣清」。

〔註205〕　馮惟訥《古詩紀》卷一百六陳第九，清文淵閣四庫全書本。全詩云：「獨飲臨寒窟，離群思北風。陳王欲觀舞，御史自隨驄。邊聲隕客淚，果下益桃紅。恒持沛艾影，解向平陵東。」全詩音樂典故與文學典故並重。

〔註206〕　《白馬篇》二首其一，《樂府詩集》卷六十三，第916頁。下一則為《白馬篇》二首其二，同書同卷同頁。

〔註207〕　《詠霍將軍北伐》，《文選》卷二十一，第1014頁。

〔註208〕　《玉臺新詠箋注》卷之六，第260頁。

謝眺：寥戾清笳轉，蕭條邊馬煩〔註209〕。

張正見：旗交無復影。角憤有餘聲〔註210〕。

張正見：風前噴畫角，雲上舞飛梯〔註211〕。

庾信：地中鳴鼓角。天上下將軍〔註212〕。

伏知道：依稀北風裏。胡笳雜馬嘶〔註213〕。

江暉：邊城風雪至，客子自心悲。風哀笳弄斷，雪暗馬
行遲〔註214〕。

庾信：哀笳關塞曲。嘶馬別離聲〔註215〕。

庾信：胡笳遙警夜。塞馬暗嘶群〔註216〕。

陳子良：屬車響《流水》，清笳轉《落梅》〔註217〕。

薛道衡：胡風帶秋月。嘶馬雜笳聲〔註218〕。

杜審言：旌旆朝朔氣，笳吹夜邊聲。〔註219〕

王昌齡：自有金笳引，能霑出塞衣〔註220〕。

儲光羲：不忍開襟悲楚奏，原言吹笛退胡兵〔註221〕。

〔註209〕《從戎曲》，《樂府詩集》卷二十，第295頁。

〔註210〕《戰城南》，《樂府詩集》卷十七，第236頁。

〔註211〕《從軍行》，《樂府詩集》卷三十二，第481頁。

〔註212〕《同盧記室從軍詩》，《庾子山集注》卷三，第208頁。

〔註213〕《行軍五更轉》，《樂府詩集》卷三十三，第491頁。

〔註214〕《雨雪曲》，《樂府詩集》卷二十四，第357～358頁。

〔註215〕《奉報趙王出師在道賜詩》，《庾子山集注》卷三，第205頁。

〔註216〕《和趙王送峽中軍》，《庾子山集注》卷三，第206～207頁。

〔註217〕《上之回》，《樂府詩集》卷十六，第235頁。

〔註218〕《明君辭》，《樂府詩集》卷二十九，第433頁。

〔註219〕《贈崔融》，《全唐詩》第062卷，第735頁。

〔註220〕《胡笳曲》，《全唐詩》第144卷，第1438頁。

〔註221〕《同張侍御宴北樓》，《全唐詩》第138卷，第1408頁，按：此詩亦
有感而安史之亂而發，詩中有「北渚沉沉江漢流」，與譚優學考證儲
光羲「十五載六月，安祿山陷長安，光羲陷賊受偽署，是年九月，自
拔歸國，南走江漢」合，當為此其在襄陽作。《唐才子傳校箋》第五

　　　　儲光羲：胡笳在何處，半夜起邊聲〔註222〕。

　　　　張繼：那知橫吹笛，江外作邊聲〔註223〕。

　　　　李涉：江城吹角水茫茫，曲引邊聲怨思長〔註224〕。

　　　　鄭巢：牛羊下暮靄，鼓角調寒雲。中夕蕭關宿，邊聲不

可聞〔註225〕。

　　　　翁洮：笳吹古堞邊聲遠，岳倚晴空楚色高〔註226〕。

　　沈冬《唐代琴曲〈胡笳〉研究》指出：「胡笳悲吟，牧馬嘶鳴，幾
乎成為文學視角下胡笳的共同意象。這是因為胡笳的音色啼呼哭泣，
再加上曠野蒼涼、征人遠戍，種種鄉愁懷思，更切合魏晉音樂以悲為美
的特色。因此笳聲自然與塞外征人的悲情有密切聯接。觀察魏晉以下
胡笳的記載或文學意象，人體不出兩類，一是儀仗鼓吹，二是征人懷
思。這兩種意象在魏晉時期均已成熟，六朝詩中數見不鮮，直到唐詩仍
然承襲了這兩個主要特徵。」〔註227〕

　　橫吹樂器除了「角」和「笳」之外，尚有後起之秀的「羌笛」，也
佔據了大量的邊塞詩思。「羌笛」產生於東漢末年，不同於「長笛」，馬
融《長笛賦》是以相和歌為音樂腳本，故全文中無邊塞之思〔註228〕。

　　　　　　冊考儲光羲在天寶十五載八月之前已在襄陽。見第38頁。

〔註222〕 《關山月》，《全唐詩》第139卷，第1418頁，又戴叔倫《關山月》
　　　　　其二，此詩同，見《全唐詩》第274卷，第3099頁。

〔註223〕 《春夜皇甫冉宅歡宴》，《全唐詩》第242卷，第2718頁。

〔註224〕 《潤州聽暮角》，《全唐詩》第477卷，第5433頁。

〔註225〕 《送靈溪李侍郎》，《全唐詩》第504卷，第5734頁。

〔註226〕 《贈進士王雄》，《全唐詩》第667卷，第7639頁。

〔註227〕 沈冬《唐代琴曲〈胡笳〉研究》，《唐代文學研究》第十四輯，廣西師
　　　　　範大學出版社，2012年版，第36頁。

〔註228〕 《長笛賦》開篇云「有雒客舍逆旅，吹笛為《氣出》、《精列》相和。
　　　　　融去京師逾年，暫聞，甚悲而樂之。……作《長笛賦》。」見《文選》
　　　　　卷十八，第808頁。「長笛」為是相和歌中的樂器，與「羌笛」不同。
　　　　　《長笛賦》結尾云「近世雙笛從羌起，羌人伐竹未及已。」李善注：
　　　　　「《風俗通》曰：『笛元羌出，又有羌笛。』然羌笛與笛，二器不同，
　　　　　長於古笛，有三孔，大小異，故謂之雙笛。」（第822頁）

自南朝開始，「羌笛」較為廣泛地應用於鼓角橫吹曲中，使笛聲與邊塞之思產生了密切的聯繫：

賀徹：胡關氛霧侵，羌笛吐清音。韻切山陽曲，聲悲隴上吟。柳折城邊樹，梅舒嶺外林。方知出塞虜，不憚武溪深〔註229〕。

張正見：羌笛含流咽。胡笳雜水悲〔註230〕。

戴暠：陰山日不暮，長城風自淒。弓寒折錦鞭，馬凍滑斜蹄。燕旗竿上晚，羌笛管中嘶〔註231〕。

庾信：榆關斷音信。漢使絕經過。胡笳落淚曲。羌笛斷腸歌〔註232〕。

陳暄：笳寒《芳樹》歌，笛怨《柳枝》空〔註233〕。

陳後主：笳吟度隴咽，笛轉《出關》鳴〔註234〕。

薛道衡：寒夜哀笛曲。霜天斷雁聲。連旗下鹿塞。疊鼓向龍庭。妖雲墜虜陣。暈月繞胡營〔註235〕。

李世民：胡塵清玉塞，羌笛韻金鉦〔註236〕。

劉孝孫：調高時慷慨，曲變或淒清。征客懷離緒，鄰人

〔註229〕《賦得長笛吐清氣》，《文苑英華》卷二一二。按，「長笛吐清氣」一句，出自曹丕《善哉行》（見《宋書》卷二十一，第613頁）、《樂府詩集》（卷三十六，第537頁）引做「長笛吹清氣」。可見長笛在當時是演奏相和歌的，但是在南朝則多胡虜邊塞之思，當與長笛演奏橫吹樂曲有關。賀徹，南朝陳詩人，與徐伯陽、張正見同時，見《南史·徐伯陽傳》。

〔註230〕《隴頭水》，《樂府詩集》卷二十一，第314頁。

〔註231〕《從軍行》，《樂府詩集》卷三十二，第479頁。

〔註232〕《擬詠懷二十七首》第七，《庾子山集注》卷三，第233頁。

〔註233〕《紫騮馬》，《樂府詩集》卷二十四，第354頁。

〔註234〕《昭君怨》，《樂府詩集》卷五十九，第854頁。

〔註235〕薛道衡《出塞二首和楊素》其二，馮惟訥《古詩紀》卷一百三十三隋第四，清文淵閣四庫全書本。

〔註236〕《飲馬長城窟行》，《全唐詩》卷二十，第240頁。

思舊情。〔註237〕

　　杜審言：邊聲亂羌笛〔註238〕。

　　李嶠：關山孤月下，來向隴頭鳴〔註239〕。

　　孟浩然：異方之樂令人悲，羌笛胡笳不用吹〔註240〕。

　　岑參：琵琶橫笛和未匝，花門山頭黃雲合。忽作出塞入塞聲，白草胡沙寒颯颯〔註241〕。

　　劉長卿：北風吹羌笛，此夜關山愁〔註242〕。

　　李白：羌笛《梅花》引，吳溪《隴水》情。寒山秋浦月，腸斷玉關聲〔註243〕。

　　杜甫：風飄律呂相和切，月傍關山幾處明。胡騎中宵堪北走，武陵一曲想南征〔註244〕。

　　劉方平：漢家宮裏風雲曉，羌笛聲中雨雪深。惆悵未傳三歲字，相思空作《隴頭》吟〔註245〕。

　　劉禹錫：塞北《梅花》羌笛吹〔註246〕。

　　張祜：「虜塵深漢地，羌思切邊風」。〔註247〕

〔註237〕《詠笛》，《全唐詩》卷三十三，第 454 頁。

〔註238〕《贈蘇味道》，《全唐詩》卷六十二，第 735 頁。

〔註239〕《笛》，《全唐詩》卷五十九，第 710 頁。

〔註240〕《涼州詞》，《全唐詩》卷一六〇，第 1668 頁。

〔註241〕《田使君美人舞如蓮花北鋌歌》，《全唐詩》卷一九九，第 2057 頁。

〔註242〕《從軍六首》第三，《全唐詩》卷一四八，第 1523 頁。

〔註243〕《清溪半夜聞笛》，《全唐詩》卷一八二，第 1856 頁。

〔註244〕《吹笛》，《杜詩鏡銓》卷十四，上海古籍出版社，1998 年版，第 669 頁。

〔註245〕《寄嚴八判官》，《全唐詩》卷二五一，第 2838 頁。

〔註246〕《楊柳枝詞九首》其一，《全唐詩》卷三六五，第 4113 頁。按，此是首句，中唐有新翻《楊柳枝》，與漢橫吹曲及梁鼓角橫吹曲不同，故劉禹錫云：「寒北梅花羌笛吹，淮南桂樹小山詞。請君莫奏前朝曲，聽唱新翻楊柳枝。」

〔註247〕《笛》，《全唐詩》卷五一〇，第 5813 頁。

劉威：古塞一聲笛，長沙千里風。〔註248〕

張喬：剪雨裁煙一節秋，《落梅》《楊柳》曲中愁。尊前暫借殷勤看，明日曾聞向隴頭。〔註249〕

李咸用：離離天際雲，皎皎關山月。羌笛一聲來，白盡征人發〔註250〕。

韋莊：牧童何處吹羌笛，一曲《梅花》出塞聲〔註251〕。

如果我們僅以「賦題法」、「詠馬詩」、「從軍或入北經歷」等層面來解釋，就無法深入瞭解從南朝到唐代的整個音樂文化對邊塞詩思的直接影響。是音樂打破了時空和其他阻隔，培養了引發邊塞詩情的土壤。到了唐代，這種音樂文化的影響在一些有過出塞經歷的詩人的真實所見相結合，其文學性和情感穿透力就更加強烈，即使是沒有從軍出塞經驗，或者詩人根本不在邊塞，也絲毫不影響詩人的音樂神思。「無端更唱關山曲，不是征人亦淚流」〔註252〕、「鄰舟一聽多感傷，塞曲三更欸悲壯」〔註253〕，這便是音樂影響文學創作的巨大的母題意義。

「賦題法」的侷限在於，沒有把樂府詩題目背後的音樂母體揭示出來。「對齊梁文人來講，他們的擬樂府本來就是按題取義，無關於舊辭原作，而且無古辭更有利於他們擺脫限制，自由發揮，所以賦漢橫吹曲在齊梁時代特別盛行，成為當時擬樂府詩中的一個重要品類。按照齊梁人的趣味來看，橫吹諸曲的曲名是一些很美麗的文字，並且內容上提示性很強。如《隴頭》、《出關》、《入關》、《出塞》、《入塞》、《折

〔註248〕 《塞上作》，《全唐詩》卷五六二，第 6523 頁。
〔註249〕 《笛》，《全唐詩》卷六三九，第 7328 頁。
〔註250〕 《關山月》，《全唐詩》卷六四四，第 7385 頁。
〔註251〕 《汧陽間》，《全唐詩》卷六九九，第 8042 頁。
〔註252〕 王表，《成德樂》，《全唐詩》第 281 卷，第 3199 頁。
〔註253〕 杜甫，《夜聞觱篥》，《杜詩鏡銓》卷十九，第 950 頁。按，觱篥，是胡笳的一種。《太平御覽》卷五百八十四：「觱篥者，笳管也。」見中華書局影印本，第 2631 頁。

楊柳》、《關山月》等曲，一望便知是有關邊塞征行、關山贈別等主題的樂曲，按照擬賦古題法，這些作品自然就成了描述征夫思婦之事的邊塞詩。」〔註254〕但事實上，擬樂府並不是自由發揮，而是想像在音樂的牽引下具有趨同性和類型性。例如《梅花落》不同於《玉樹後庭花》，即使再自由發揮，兩者的擬作也不可能趨同。「莫將遼海雪，來比後庭中」〔註255〕，不同音樂內涵的樂府詩題，是不可能產生相同文學內容的詩歌的。漢橫吹曲在齊梁時代特寫盛行的原因也不是這些橫吹曲除了題目之外就無所依傍了，即使是《上之回》這樣的可能無所依傍的漢鐃歌，南朝詩人也根據他們本時代的《隴頭流水》和《梅花落》等現實音樂來想像前代〔註256〕。邊塞樂府詩並不是靠專賦曲名就能夠形成的，「賦題法」只是音樂影響文學的一個並不準確也並不全面的「表徵」。

　　「詠馬詩催生了邊塞詩」〔註257〕，實際上這兩者只是題材上的「沾邊」關係，沒有因果的指向性。從所引材料我們很容易發現，「胡笳」和「馬嘶」常常一起出現。也就是說，南朝人很容易從音樂的特徵上分析「馬鳴」具有與胡笳之音類似的屬性。聽到胡笳之音，會聯想到邊馬之鳴。所以頗疑心《紫騮馬》、《驄馬》等曲的命名是根據南朝人根據胡笳樂的音樂想像完成的〔註258〕。因此所謂詠馬和邊塞的

〔註254〕詳見錢志熙《齊梁擬樂府詩賦題法初探》，北京大學學報，1995年第4期，第60〜65頁。

〔註255〕劉方平，《梅花落》，《全唐詩》卷二五一，第2837頁。

〔註256〕例證見本小節前文所引材料陳子良《上之回》，下不一一再注。

〔註257〕臺灣學者王文進《南朝邊塞詩新論》第四章《南朝邊塞詩的類型》第三節《詠馬及其他對邊塞主題的推衍》其《詠馬及其他對邊塞主題的推衍》專節文略曰：詠馬題材的詩最容易和邊塞產生血緣關係。樂府詩中的《紫騮馬》、《驄馬驅》、《君馬黃》詩篇均與邊塞有關。詳參《南朝邊塞詩新論》，第140〜144頁。

〔註258〕閻采平《梁陳邊塞樂府論》（《文學遺產》，1988年第6期，第51頁）懷疑陳後主的《紫騮馬》「嫖姚紫塞歸。蹀躞紅塵飛。玉珂鳴廣路。金絡耀晨輝。蓋轉時移影。香動屢驚衣。禁門猶未閉。連騎怨相追」受到了北朝樂府民歌《阿那瓌》「聞有匈奴主，雜騎起塵埃。列觀長

關係，實際上是「馬鳴」有關「胡笳」，「胡笳」有關邊塞的音樂類比和
想像關係。

　　「從軍或入北經歷」是學界最為重視的南朝詩人詩風為之一變的
重要因素。庾信、王褒入北，是文學史上的重要事件。尤其對於庾信入
北的文學史意義，在眾多的文學史著作中得到肯定。南人入北對文學
風格的融合是必然的，但是，我們不能據此推斷其描寫北方邊塞的擬
樂府邊塞詩都是入北之後的作品，即使是入北後的作品，其詩歌中的
音樂典故還是與南方詩人一脈相承。「由於思想內容的變化和北方文化
的薰染，庾信後期詩歌的藝術風格也發生了根本性的變化，有前期的
綺豔貧弱變為蒼涼悲壯、剛健深沉。如『陣雲平不動，秋蓬轉欲飛』、
『輕雲飄馬足，明月凍弓弦』、『胡笳遙警夜，塞馬暗嘶群』等詩句，都
是南朝詩中罕見的」〔註259〕，這種簡單化的判斷背後實際上還是對南
朝邊塞詩發展的全貌缺乏認識，實際上寫「胡笳」、「塞馬」之類的詩句
在南朝並不罕見。聶石樵《魏晉南北朝文學史》中就認為王褒《出關》
詩「飛蓬似征客，千里自長驅。塞禽唯有雁，關樹但生榆。背山看故
壘，繫馬識餘蒲。還因麾下騎，來送月支圖」是入北後寫的，並云「王
褒之作均有切身之生活體會在其中，不為文造情」〔註260〕。聶石樵
《魏晉南北朝文學史》並認為庾信《出自薊北門行》詩「薊門還北望，
役役自傷情。關山連漢月，隴水向秦城。笳寒蘆葉脆，弓凍紵弦鳴。梅

平阪，驅馬渭橋來」的影響。北朝樂府對南朝橫吹曲的影響是事實性
的存在，但具體曲目的影響，「驅馬」與「驄馬」，是用詞之同。本文
「馬嘶」與「胡笳」，是樂聲之同，當各備一說。

〔註259〕馬積高、黃均，《中國古代文學史》（上），第四章《南北朝詩人》，人
民文學出版社，2009年版，第381頁。

〔註260〕聶石樵，《魏晉南北朝文學史》，第五章《樂府》，第五節《北朝時
期》，北京：中華書局，2007年版，第344～345頁。按，其在《出
塞》之後又舉《關山月》「關山夜月明，秋色照孤城。影虧同漢陣，
輪滿逐胡兵。天寒光轉白，風多暈欲生。寄言亭上吏，遊客解雞鳴」，
雖未明言是入北後的作品，但是行文中仍能看出以入北作品對待的
態度。

林能止渴，複姓可防兵。將軍朝挑戰，都尉夜巡營。燕山猶有石，須勒幾人名？」是入北後的作品。徐寶余《庾信研究》亦云：「這是一首樂府詩，實為詠史悼古之作。關山月、隴頭水、寒笳、弓凍這些北方景致的描寫，襯托出一種古調的悲涼。而結句『燕山猶有石，須勒幾人銘？』對於功業的夭枉，以及戰爭的殘酷，表現出了應有的反思。這是在南朝的庾信不可能做到的」〔註 261〕。我們必須強調，以風格判斷詩歌作年的方法和結論都是有危險性的。所謂「在南朝的庾信不可能做到」的是什麼？「關山月」？南朝有《關山月》；「隴頭水」？南朝有《隴頭水》；「笳寒蘆葉脆」，說的是胡笳和蘆管（蘆管類似於胡笳、觱篥〔註 262〕），都是樂器，南朝都有；「弓凍紓弦鳴」，說的是樂器的弓弦的弓，不是武器的弓箭的弓，南朝也有；「梅林」是望梅止渴的典故，「複姓」也應是典故（只是這個典故不明，庾信可能用了時典〔註 263〕）。後兩聯想像之辭，身在南朝也完全可以做到。本文認為，庾信和王褒的擬樂府邊塞詩是否是入北之後的作品，尚不能確定。我們可以明確地將其存疑，而不是因為他們有入北經歷就列入後期作品中，這些詩是沒有入北的南朝詩人都可以憑藉音樂想像寫出來的。更何況，在梁元帝時期，「褒曾作《燕歌行》，妙盡關塞寒苦之狀，元帝及

〔註 261〕徐寶余，《庾信研究》，上海：學林出版社，2003 年版，第 154 頁。

〔註 262〕陳暘《樂書》（清文淵閣四庫全書本）卷一百三十「蘆笳」：「胡人卷蘆葉為笳」；同卷「蘆管」：「蘆管之制，胡人截蘆為之，大概與觱篥相類。」

〔註 263〕倪璠云「按代北之人，隨後魏遷河南者，獻帝為之定姓，為複姓，或二字或三字或四字，其音多似西域羌書三合四合，皆指一字之義。又按，《隋書·經籍志》兵法有《皇帝複姓符》二卷。時後周賜姓如普屯、紇干、爾綿、賀蘭、步六孤、普六茹之屬，蓋當時武將皆用複姓為之也。」（《庾子山集注》卷五「樂府」，第 391 頁）據倪璠文意，北魏、北周改姓複姓，「蓋當時武將皆用複姓為之也」，只是揣測語氣，邏輯上也沒有必然關聯。只有《隋書·經籍志》兵法類《皇帝複姓符》一則最為肯定，「複姓」為兵符，自然與「防兵」相關。今人矗石樵「北周複姓宇文」（《魏晉南北朝文學史》，第 356 頁）的解釋，當也來自倪璠。本文傾向於「兵符說」，但也有庾信用當時之事為典以及文字傳抄之訛的可能，故存疑。

諸文士並和之，而競為淒切之詞」〔註264〕，我們以梁代音樂文化環境觀之，當時文士擬樂府作品必十分繁榮，其擬樂府邊塞詩也必不止《燕歌行》一曲一首這麼寒磣。

唐代以後，南朝的這個音樂想像模式下的邊塞詩創作傳統依然得到延續。王昌齡《江上聞笛》詩：「橫笛怨江月，扁舟何處尋。聲長楚山外，曲繞胡關深。相去萬餘里，遙傳此夜心。寥寥浦溆寒，響盡惟幽林。不知誰家子，覆奏邯鄲音。水客皆擁棹，空霜遂盈襟。羸馬望北走，遷人悲越吟。何當邊草白，旌節隴城陰」〔註265〕，李白《觀胡人吹玉笛》詩「十月吳山曉，梅花落敬亭。愁聞出塞曲，淚滿逐臣纓」〔註266〕，岑參在長安作《裴將軍宅蘆管歌》：「可憐新管悲且清，一曲風飄海頭滿。海樹蕭索天雨霜，管聲寥亮月蒼蒼。白狼河北堪愁恨，玄兔城南皆斷腸。」〔註267〕劉長卿在吳中作《聽笛歌留別鄭協律》：「橫笛能令孤客愁，淥波淡淡如不流。商聲寥亮羽聲苦，江天寂歷江楓秋。靜聽《關山》聞一叫，三湘月色悲猿嘯。又吹《楊柳》激繁音，千里春色傷人心。」〔註268〕可見橫吹樂曲的繼續流行以及此種音樂想像的文化心理並沒有太大變化。不論詩人有無從軍出塞的經歷，均可以依傍樂府來創作擬樂府邊塞詩。這是一個從南朝入唐的源流清晰的傳統。當然，我們肯定，文人入幕出塞，以個人切身的生命體驗，創作了數量可觀的寫實主義的盛唐邊塞詩篇，開創了唐代邊塞詩的寫實傳統，這些邊塞詩篇是具有強烈的時代屬性、地域特色和功名抱負的，也已經

〔註264〕《周書》卷四十一《王褒傳》，中華書局點校本，1971 年版，第 731
　　　　頁。按，此材料類似於「詩讖」，云西魏攻滅梁元帝於江陵，是因為
　　　　梁元帝及王褒等人競相作「關塞寒苦」之詩。其實是周史官不知樂府
　　　　傳統故也。時庾信亦在江陵，《南北朝文學編年史》：梁元帝承聖元年
　　　　（552）「蕭繹及王褒、庾信之《燕歌行》，當作於此時期中。」見《南
　　　　北朝文學編年史》，人民文學出版社，2000 年版，第 536 頁。
〔註265〕《全唐詩》卷一四一，第 1433 頁。
〔註266〕《全唐詩》卷一八四，第 1876 頁。按，「逐臣」是李白自比。
〔註267〕《全唐詩》卷一九九，第 2058 頁。
〔註268〕見《劉長卿詩編年箋注》，第 187 頁；《全唐詩》卷一五一，第 1575 頁。

為學界廣泛研究和深入探討了。但我們不能為了強調這一傳統而忽略南朝的擬樂府音樂傳統在唐代的延續。而且，我們應該看到，盛唐邊塞詩這種恢弘的反映社會現實的篇章，到了中晚唐國勢日蹙之後，就很快暗淡下來，邊塞詩的創作還是回到了南朝所形成的樂府母題的傳統上來了。

　　筆者還要強調，鼓吹樂曲是以演奏方式命名的樂曲，如果相和歌、清商樂中有音樂屬性類似、可以用胡笳胡角吹奏的樂曲，自然也可以產生邊塞詩思。如果這些相和歌、清商樂本身也與行軍、任俠有關，則邊塞之詩思會得到更大的加強。

第四節　詠北狄之遐征，奏胡馬之長思：清商樂曲中的邊塞詩流亞

　　現代學者很多注意漢魏時代重要的「以悲為美」的音樂美學觀念。並認為「以悲為美」的形成有深刻的社會文化原因（對昔日漢王朝的奠念和對亂世的朝不保夕的恐懼以及末世的哀歎等等）。「以悲為美」成為一種普遍的社會審美心理，並且對哲學（玄學）、文學（詩歌）均產生了重要的影響，而論述「以悲為美」皆會首先引《韓非子‧十過》的材料：

> 奚謂好音？昔者，衛靈公將之晉，至濮水之上，稅車而放馬，設舍以宿。夜分，而聞鼓新聲者而悅之。使人問左右，盡報弗聞。乃召師涓而告之曰：「有鼓新聲者，使人問左右，盡報弗聞，其狀似鬼神，子為我聽而寫之。」師涓曰：「諾。」因靜坐撫琴而寫之。師涓明日報曰：「臣得之矣，而未習也。請復一宿習之。」靈公曰：「諾。」因復留宿。明日而習之，遂去之晉。晉平公觴之於施夷之臺。酒酣，靈公起曰：「有新聲，願請以示。」平公曰：「善。」乃召師涓，令坐師曠之旁，援琴鼓之。未終，師曠撫止之，曰：「此亡國之聲，不可遂也。」平公曰：「此道奚出？」師曠曰：「此師延之所作，

與紂為靡靡之樂也。及武王伐封，師延東走，至於濮水而自投。故聞此聲者，必於濮水之上。先聞此聲者，其國必削，不可遂。」平公曰：「寡人所好者，音也，子其使遂之。」師涓鼓究之。平公問師曠曰：「此所謂何聲也？」師曠曰：「此所謂清商也。」公曰：「清商固最悲乎？」師曠曰：「不如清徵。」公曰：「清徵可得而聞乎？」師曠曰：「不可。古之聽清徵者，皆有德義之君也。今吾君德薄，不足以聽。」平公曰：「寡人之所好者，音也。願試聽之。」師曠不得已，援琴而鼓，一奏之，有玄鶴二八，道南方來，集於郎門之垝。再奏之，而列。三奏之，延頸而鳴，舒翼而舞，音中宮商之聲，聲聞于天。平公大悅，坐者皆喜。平公提觴而起，為師曠壽，反坐而問曰：「音莫悲於清徵乎？」師曠曰：「不如清角。」平公曰：「清角可得而聞乎？」師曠曰：「不可。昔者黃帝合鬼神於西泰山之上，駕象車而六蛟龍，畢方並轄，蚩尤居前，風伯進掃，雨師灑道，虎狼在前，鬼神在後，騰蛇伏地，鳳凰覆上，大合鬼神，作為清角，今主君德薄，不足聽之，聽之將恐有敗。」平公曰：「寡人老矣，所好者音也，願遂聽之。」師曠不得已而鼓之，一奏，而有玄雲從西北方起；再奏之，大風至，大雨隨之，裂帷幕，破俎豆，隳廊瓦，坐者散走。平公恐懼，伏於廊室之間。晉國大旱，赤地三年，平公之身遂癃病。故曰：不務聽治，而好五音不已，則窮身之事也。〔註269〕

　　文字故事性很強。然「清商」、「清徵」、「清角」的理解頗為紛綸，而且對材料中「平公大悅，坐者皆喜」與「固最悲乎」的反覆疑問聯繫起來，認為是春秋時期（或韓非子時代）已經形成了以悲為美的審美心理的反映。本文認為，此材料中的「清商」、「清徵」、「清角」是調式概

〔註269〕王先慎，《韓非子集解》，北京：中華書局，1998年版，第63～65頁。

念〔註270〕，是指分別以「清商」、「清徵」、「清角」三種主音音高來標示三種不同的音程關係（西方音樂有 C 調 D 調 F 調與之類比，我國音律學上也有黃鐘大呂太簇「十二律」表示調式，但是也常常用「五音」來表示調式）。因此，本材料中的三種從低到高的音樂實際上是調式從低到高的音樂〔註271〕。文中言「清徵」調演奏時，有玄鶴「延頸而鳴，

〔註270〕楊蔭瀏《中國古代音樂史》：「調式的運用」條云：「《周禮・大司樂》篇中，有『圜鍾（即夾鍾）為宮，黃鐘為角，太簇為徵，姑洗為羽』，『函鍾（即林鍾）為宮，太簇為角，姑洗為徵，南呂為羽』，『黃鐘為宮，大呂為角，太簇為徵，應鍾為羽』等說法。所謂『為宮』『為角』……，是指宮調式、角調式而言。戰國時代，調式的運用，已很普遍。」見第 88 頁。調式，樂理術語，體現的是音與音之間的關係。與樂理術語中的「音階」概念大同小異。音階是 12345671 的一組音程關係，調式一般表示特殊的音階關係，比如商調式、羽調式等等。

〔註271〕曾智安《「清商」概念的三層內涵及相關的幾個問題》指出，歷史上不同時期的「清商」概念及其混亂。這點在《樂府詩集》「清商曲辭」總解題裏對「清商樂」的理論概括得到充分體現。學界對「清商」概念的這種混亂情況已經有所注意，但並沒有予以較好的解決。不同時期的「清商」概念分別側重與三種不同的內涵。這三個內涵分別是：一、樂聲本身，包括音，調式和調式音樂。二，樂聲風格；三，官署制度。而歷代所指的清商音樂，往往因對這三個內涵的不同側重，而形成了實際上三種不同的所指：一，清商調類的音樂；二、清商風格（主要意味著美妙或高雅）的音樂；三，清商署的音樂。清商音樂這三層不同內涵的形成過程中，器樂與聲樂相結合趨勢的出現、律制知識的普遍缺乏與清商署的設立分別起了重要作用。曾文同時認為，宋玉《對楚王問》中所云比《陽春》、《白雪》更高的「引商刻羽雜以流徵」就是與調式相關的清商樂；古詩十九首以及三曹時的「清商樂」以及吳歌西曲均屬樂聲風格的清商樂。「清商三調」演奏於清商署，屬廣義概念的相和歌。參見中國北京《中國中古文學研究——中國中古（漢－唐）文學國際學術研討會論文集》。又王敬安《清商調式簡論》在以四川宜賓僰人的樂曲為田野資料分析，指出「清商在川南山區民歌中是一個常常出現的音。它與我們通常說的「變化音」不同，它不是隨歌詞的語音、語調、語氣、情緒的變化形成的，不具備裝飾性，也不具備高上的游移性。相反，清商是調式的一個基本音級，通常情形下清商在調式中直接取代的是商音，在音高上相當準確，具有相當的固定性，這是調式最基本的特徵。清商的旋法也有其自身的規律，它不像西洋和聲小調中主音上方的增四度音，強烈地傾向於調式屬音，卻常常下行到宮音。在一些民歌中，當角音不出現或出現較

舒翼而舞，音中宮商之聲」，的「宮商之聲」才是唱名概念的五音，文意是說「清徵」調式的 do 和 re 與鶴鳴之聲舒長高遠的意境相似。「清角」調為最高調式，故文中言「黃帝合鬼神於西泰山之上」，亦是言調式之極高〔註272〕。而且我們通過細讀文本發現，晉平公所云的「悲」，並非指聽眾的心情，而是指音樂本身的一種有比較級的屬性，而這種屬性與不同調式的主音高度有直接關係。簡單地說，這裡的「悲」實際上是與音樂的調性高度，最初與聽眾的心情並無直接關係。

但是，到了魏晉時代，音高意義的「悲」和使人悲哀的「悲」的確產生了一種關聯。漢魏人說一首「悲歌」，是兼有了「高音」的樂理屬性和聽眾的情感共鳴。而且「音高」概念排在首位。如《古詩十九首》云「上有絃歌聲，音響一何悲」、「當戶理清曲，音響一何悲」〔註273〕、偽蘇武詩云「請為遊子吟，泠泠一何悲。絲竹厲清聲，慷慨有餘哀」〔註274〕、曹丕詩云「悲弦激新聲，長笛吹清氣。絃歌感人腸，四坐皆歡悅」〔註275〕、王粲詩云「管絃發徽音。曲度清且悲」〔註276〕、阮籍云「鳴雁飛南征，鶗鴂發哀音。素質遊商聲，悽愴傷我心」〔註277〕。

少的時候，清商也可以取代角音」，則以實際音樂實證說明了作為音樂調式和主音為清商音的民歌音樂所具有的特徵。參見《音樂探索》，2003 年第 1 期。

〔註272〕曾智安《「清商」概念的三層內涵及相關的幾個問題》一文認為，韓非子誤，三個調式由低到高排列應該為「清商」、「清角」、「清徵」。參見中國北京《中國中古文學研究——中國中古（漢－唐）文學國際學術研討會論文集》，第 568～585 頁。本文認為，韓非子混淆了另一個概念，即三分損益法中五音相生次序的最後一項為角，「生黃鐘小素之首成宮，……為徵……為商……生羽……為角」，（《管子·地員》）「始於宮，而窮於角」（《史記·律書》），而低音高音則「大不逾宮，細不過羽」（《國語·周語》）非角為最高音。可參王光祈《中國音樂史》第二節《由五律進化成七律》，第 10～19 頁。

〔註273〕分別見《西北有高樓》、《東城高且長》，《文選》卷二十九，第 1345、1348 頁。

〔註274〕蘇子卿，《詩四首》其二，《文選》卷二十九，第 1354 頁。

〔註275〕《善哉行》，《樂府詩集》卷三十六，相和歌辭，第 537 頁。

〔註276〕王粲，《公讌詩》，《文選》卷二十，第 944 頁。

〔註277〕阮籍，《擬詠懷》其十，《文選》卷二十三，第 1072 頁。

漢魏時代「以悲為美」的審美心理的實際上是對高音調音樂的一種共同的審美感知。漢魏晉時期流行的一種調性較高的音樂，漢魏人對這種高音調的新興音樂的著迷，直接促成了「以悲為美」審美心理的形成。也就是說，「以悲為美」的音樂審美心理實際上來源於「以高音為美」的音樂審美風尚。這種調式較高的音樂的最主要代表，就是漢魏語境中的清商樂。

　　漢魏興起於民間的清商樂與傳統的宮廷雅樂相比，具有最大的不同便是用商音為主音，樂曲的整體高度提高。與傳統宮廷雅樂黃鐘宮調的低沉雍容的美感不同，漢魏之際興起於民間的清商樂是以淒厲標凌的「高音美」取勝。這種對高音美的喜愛，成為漢魏晉時期非常典型的風尚。例如在當時的名士皆能嘯歌，長嘯成為十分風靡的喜好，而嘯歌的流行，實際上正是整個社會對於新興起的「高音美」的迷戀。成公綏《嘯賦》：「發妙聲於丹青，激哀音於皓齒。響抑揚而潛轉，氣衝鬱而燎起。協黃宮於清角，雜商羽於流徵。飄遊雲於泰清，集長風乎萬里」〔註278〕，其中的「哀音」、「清角」、「流徵」都是對高音的讚美〔註279〕。可以肯定，長嘯具有高亢淒厲的獨特美感，可以激發起人們內心的悲哀或慷慨的情緒。其中的「協黃宮於清角，雜商羽於流徵」與宋玉《對楚王問》中的「引商刻羽，雜以流徵」〔註280〕、嵇康《琴賦》中的「揚《白雪》，發清角」〔註281〕、傅毅《舞賦》中「揚激徵、騁清角」〔註282〕等表述基本一致，均是指高音。雖學界對清角、流徵（激徵）是絕對音高（音名）還是相對音高（唱名），議論聚訟不

〔註278〕　《文選》卷第十八，上海古籍出版社點校本，第866頁。
〔註279〕　關於「嘯」的音樂考察，詳參范子燁，《「互文性」解構與音樂學透視——成公綏的〈嘯賦〉及嘯史的相關問題》一文，載於《文學評論》，2013年第6期。范文引述莫爾吉胡等學者的觀點指出：嘯即蒙古草原至今流行的「浩林·潮爾」（Holin-Chor），俗稱「呼麥」。長嘯之音分為高音部和低音部，高音與低音同時從口腔發出。
〔註280〕　《文選》卷四十五，第1999頁。
〔註281〕　《文選》卷十八，第841頁。
〔註282〕　《文選》卷十七，第798頁。按，傅毅此賦擬宋玉與楚王的問答體。

已〔註283〕。但是，可以肯定，這種音樂形態曲調具有高亢淒厲的獨特
美感，可以激發起人們內心的悲哀或慷慨的情緒。

除了嘯歌，漢魏文人對這種高亢淒厲之美的喜好到了一種怪癖的
程度：

> 王仲宣好驢鳴，既葬，文帝臨其喪，顧語同遊曰：「王
> 好驢鳴，可各作一聲以送之。」赴客皆一作驢鳴。〔註284〕

驢鳴淒厲而高揚，正與清商音相類。不獨驢鳴，漢魏時期喜歡動
物淒厲哀長的鳴叫成為一種風尚。《西京雜記》：「齊人劉道強，善彈
琴，能作單鵠寡鳧之弄，聽著悲不能自攝」〔註285〕；陶弘景《真誥》：
「太上真人忽作凡人，徑往問之：『子嘗彈琴耶？』答曰：『在家時則
彈之。』真人曰：『弦緩何如？』答曰：『不鳴不悲。』又問：『弦急
何如？』答曰：『聲絕而傷悲。』又問：『緩急得中何如？』答曰：『眾
音和合，八音妙奏矣。』」〔註286〕琴弦發聲原理是弦松則音低，弦緊
則音高，這是弦樂的基本常識。而這則材料中，不言音高，而言音

〔註283〕 席臻貫《「引商刻羽，雜以流徵」考釋》認為，商、羽均為調式，由
商調轉為更高的羽調，是通過發清徵音來實現的。參見《中國音樂》，
1983 年第 3 期。周彥武《宋玉對楚王問新釋》認為：商、羽是主音的
轉化，形成一種混合調式。見《星海音樂學院學報》，1993 年第 3 期。
以上的共同點是調式中心。李來璋《引商刻羽雜以流徵析》認為，引
商就是清商，刻羽就是清羽，流徵就是清徵。以音階為中心。見《中
國音樂》，1991 年第 3 期。陳明《重拾「引商刻羽」的命題》認為：
引商刻羽既是音階，也是調式。見《黃鐘》，2011 年第 4 期。本文認
為，音階、調式是西方音樂中涇渭分明的觀念，但是在中國古代的音
樂文獻中，往往含混不清，無法明晰。當以陳明《重拾「引商刻羽」
的命題》所論既是音階，也是調式者為可從。

〔註284〕 《世說新語》傷逝第十七，「王仲宣好驢鳴」，劉孝標注：「戴叔鸞母
好驢鳴，叔鸞每為驢鳴以悅其母。」同卷又有「王武子（濟）好驢
鳴」。見《世說新語彙校集注》，上海古籍出版社，2002 年版，第 543
頁。按，戴叔鸞，戴良，事見《後漢書》卷八十三《逸民列傳》，第
2773 頁。

〔註285〕 葛洪，《西京雜記》卷五，《四部叢刊》影明嘉靖本。

〔註286〕 （梁）陶弘景撰，趙益點校，《真誥》卷六《甄命授第二》，北京：中
華書局，2011 年版，第 101～102 頁。

「悲」，且也說到了「鳴」、「絕」這種非常形象的詞語來指明高音特性，以及高音帶來的「傷悲」的審美心理。如《管子》所云「凡聽商，如離群羊」〔註287〕、明《燕林藏稿》：「未得與君驢鳴酒市，興盡商歌」〔註288〕，不管是羊咩還是驢鳴，均是高音，也正是商音。錢鍾書《管錐編》引《汪梅村先生集》：「調之淫哀，雖莊雅無益也。《樂記》之……鄭、衛、宋、齊之音，《論語》之『鄭聲』，皆調也，如今里俗之崑山、高平、弋陽諸調之類。崑山嘽緩曼衍，故淫；高平高亢簡質，故悲；弋陽游蕩浮薄，故怨；聆其聲，不聞其詞，其感人如此，非其詞之過也。」〔註289〕亦說明作為審美的悲感直接來源於音樂本身的「高亢簡質」，錢鍾書指出「淫」、「悲」、「怨」其實是音樂調性的聽覺感知，並非文辭風格之過，這種判斷與本文開篇所引的《韓非子·十過》中衛靈公在濮水上聽到的音樂、師曠所奏的音樂，道理上完全吻合。以上材料我們均可看出，高音調式的音樂與悲哀的審美心理有直接的對應和關聯。

漢魏以來，清商樂的一個最為直觀的印象，就是曲調高亢淒厲。這是清商樂最為本質的屬性〔註290〕。高音美被社會上層加以追捧，這才形成了諸如《太平御覽》卷五五二引《風俗通義》中的「靈帝時，京師賓婚嘉會，……續以輓歌」、《後漢書·周舉傳》中「（梁）尚與親昵酣飲極歡，及酒闌倡罷，繼以《薤露》之歌」等記載。我們通過論述審

〔註287〕《管子·地員》：「凡聽徵，如負豬豕覺而駭；凡聽羽，如鳴馬在野；凡聽宮，如牛鳴窌中；凡聽商，如離群羊；凡聽角，如雉登木以鳴，音疾以清。」見《管子校注》卷十九，地員第五十八，中華書局新編諸子集成本，2004年版，第1080頁。

〔註288〕余紹蘭，《燕林藏稿》卷七《李仲章》，明崇禎刻本，據《中國基本古籍庫》電子檢索。

〔註289〕《管錐編》第一冊，三聯出版社，2001年版，第121頁。

〔註290〕丁承運《漢唐清商樂調研究》：「清調的出現反映了對聲音更高的要求，從民間樂師喜歡用移調的方法演奏的傳統來看，這個後世稱之為商調的清調應該就是清調產生的原始方式，清調之名也應是由此而來，因為它比傳統的一弦定黃鐘的調法高了兩律，聲音清，所以稱之為清調。」載於《漢唐音樂史首屆國際研討會論文集》，第134頁。

美文化心理的「以悲為美」，正是想說明漢魏以來，受到這種審美文化心理的追捧，曲調高亢淒厲的清商樂在上層社會得到了非常廣泛的喜愛。建安時代，這種風尚尤其在曹操父子以及建安七子身上表現得尤為典型。

木齋《古詩十九首與建安詩歌研究》認為，十九首、蘇李詩和曹丕曹植的詩，但凡提到樂曲，都是清商曲，都是慷慨悲越的。如十九首的「清商隨風發，中曲正徘徊」、「被服羅裳衣，當戶理清曲」，蘇李詩「欲展清商曲，念子不得歸」、曹植「悲歌厲響，咀嚼清商」，以及一些沒有明言是清商樂，但是可以確認為清商曲的如「彈箏奮逸響，新聲妙入神」、「慷慨有餘音，要妙悲且清」等都應指清商曲。並且認為，這些都是曹氏父子提倡清商樂之後的產物。〔註291〕

建安時代，主要由三曹父子創製了大量清商樂樂府詩，這是清商樂受到文人重視的開始。這些樂府詩之所以在建安時代產生，其必然

〔註291〕 木齋《古詩十九首與建安詩歌研究》第四章《曹操在五言詩形成中的開創地位》之第三節《清商樂的興起：五言詩成立的音樂條件》，人民出版社，2009年版，第77頁。筆者認同清商樂是曹操父子提倡而成為鄴下文人創作的新風，從而對五言詩的形成起到了決定性的影響。但是，筆者並不認同《古詩十九首》是曹植所作，應該是曹植的創作有模擬《古詩十九首》的特點，因為《古詩十九首》實際上屬樂府，是以清商樂為曲調的十九首曲辭，其產生年代當比建安十六年稍微早一些，應以東漢之末建安之初較為穩妥，其創作者可能是自東漢後期一批功名無望的中下層文人或太學生。另按，「古詩十九首」到底是不入樂的文人詩還是入樂的樂府詩，學界依然分歧意見很大。主張「古詩十九首」為五言詩源頭的學者基本認為「古詩十九首」不是樂府詩，這一意見目前依然佔據主流。但是，正如宇文所安在《中國早期古典詩歌的生成》所指出的現象「如果我們看一看這些作品在其他早期來源中是如何被引用的，就會發現，樂府的段落經常被當作『古詩』引用，而『古詩』中的段落也常常被當作樂府引用。」（三聯書店，2012年版，第34頁），一個最為明確的證據就是「古詩十九首」中的《生年不滿百》與《樂府詩集》所錄的《西門行》古辭內容高度相似，可以認為是古詩生成於樂府的證據。具體爭議可參看吳大順《漢魏詩歌交叉傳播與「古詩十九首」性質及年代的爭論》，載於《中國韻文學刊》，2016年第4期。

與當時文人對清商樂的接受有直接關係〔註292〕。建安時代五言騰踊，正是受音樂的影響。學者往往因為誤解《文心雕龍‧樂府》中「子建士衡，甌有佳篇，並無招伶人，故事謝絲管，俗稱乖調，蓋未思也」〔註293〕，認為曹植的創作是脫離了音樂〔註294〕。實際上，劉勰正是糾正謬說，指出曹植、陸機的詩篇具有適合音樂演奏的特徵。三曹的因聲填辭是清商樂雅化的第一步。二曹父子直接接受了民間的清商徒歌（包括但歌〔註295〕）。所以曹植很多因徒歌填新詞，屬於新造樂府，陸機繼承了這種傳統，而這些曲子到了晉宋齊大多進入樂府配樂演奏了〔註296〕。我們認為，曹植等鄴下文人共同完成了中國文學史上第一次規模盛大的新造樂府運動，五言詩隨之興盛。

〔註292〕《樂府詩集》清商曲辭題解：「清商樂，一曰清樂，清樂者，九代之遺聲。其始即相和三調是也。並漢魏以來舊曲，其辭皆古調及魏三祖所作。」見卷四十四，第638頁。

〔註293〕《中華古文論釋林》魏晉南北朝卷收入《文心雕龍‧樂府》，解釋此句云：「曹植和陸機的一些佳篇，沒有樂工製譜配樂，所以不能用樂器來伴奏，世俗之人不經思考，就稱他們不配樂。」北京大學出版社，第202頁。黃侃《文心雕龍箚記》：「有因歌而造聲者，若清商吳聲諸曲，始皆徒歌，既而被之絃管，是也。……案彥和作《樂府》篇，意主於被管絃之作。」

〔註294〕例如吳懷東《三曹與魏晉文學研究》中認為「漢末建安時期已經出現了歌、詩分途的趨勢」、「漢末建安前，文人們終於找到了詩這種書面誦讀的形式……東漢中後期，詩、歌開始分途；漢末建安時期則以詩代歌」，此觀點又見其《建安詩歌形態論》，發表於《安徽大學學報》，1996年第2期。誤。見安徽文藝出版社，2011年版，第137、152頁。李成林《曹植樂府之「乖調」探微》（《樂府學》第六輯，第215頁）、崔建榮《曹植樂府乖調研究》（漳州師範學院碩士論文，2011年）等，也是說曹植樂府脫離了音樂的束縛云云。

〔註295〕按，但歌中也具有清商樂的特性。《宋書‧樂志》云：「《但歌》四曲，出自漢世。無弦節，作伎，最先一人倡，三人和。魏武帝尤好之。時有宋容華者，清徹好聲，善唱此曲，當時特妙。自晉以來，不復傳，遂絕。」此但歌，應該是「但弦無聲」的但曲重新加入了清商歌唱後的名稱。王僧孺《在王晉安酒席數韻》（《玉臺新詠箋注》卷六，第241頁）詩云：「但歌有清曲」，可見在東晉時但歌尤存。

〔註296〕向回《曹植樂府不入樂說質疑》引文獻印證了曹植樂府詩在晉宋齊的入樂情況。見《暨南學報》，2008年第1期。

　　清商樂進入上流社會階層之後，其受到當時已經發展到繁榮階段的相和樂的影響是必然的。從建安時代到西晉中期，清商樂逐漸完成了與相和歌的融合。清商樂融入了相和樂曲之後，對相和樂曲的改變非常明顯，相和樂曲首次按照調式高低加以區別，並且一些長期弦樂化的曲調重新匹配上曹氏父子的新歌辭。這個過程實際上就是「三調曲」的形成過程。荀勗「又採舊辭施用於世，謂之清商三調歌詩」〔註297〕，泰始十年（274），他領導的一批樂師（朱生、宋識、列和、郝生等），最終完成了相和歌和清商樂的匹配與融合〔註298〕。

　　我們注意到，五言詩興盛之初，詩人描繪的多是一種帶有「集體意識」情結的意境，歎四時、思故鄉，情多泛泛。且「棄置勿復陳」、「常恐秋節至」、「置酒高堂上」、「西北有××」這樣的程式化套語也經常出現。這些均是樂府音樂影響文學的表現。用西方「帕里－洛德理論」分析，這是民間說唱文學常用的集體創作方式以及因之而有的「程式化套語」〔註299〕。曹植等人作品中所具有的與《古詩十九首》相似的語言，正是對這種套語的模仿，不能認為《古詩十九首》就是曹

〔註297〕　《樂府詩集》卷二十六，相和歌辭題解，第376頁。

〔註298〕　王運熙先生《清樂考略》中「西晉清商樂的雅化」已經指出這個意見。詳見《樂府詩述論》，收入《王運熙文集》第一冊，上海古籍出版社，2014年版，第190頁。

〔註299〕　可參看《口頭詩學：帕里－洛德理論》，（美）約翰·邁爾斯·弗里著，朝戈金譯，北京：社會科學文獻出版社，2000年版。筆者按，關於「口頭詩學」理論與早期五言詩的關係，據宇文所安《中國早期古典詩歌的生成》之《序言》所引，自傅漢思（Hans Frankel）先生以來，海外漢學學者頗為關注，例如 Gray Shelton Wiliams 在1973年的論文《漢樂府的口頭性質研究》、Charles Egan 的文章《樂府曾經是民歌嗎？重新考慮口頭理論和民謠模擬的適用性》等等。宇文所安也指出，在早期的五言詩生成過程中，「按主題創作」是一種很通行的方式，程序句（template language）經常出現，同義詞或概念相同的詞大量存在（如「披衣」、「攬衣」、「躡履」、「曳帶」等），一些程序句在一首詩的安排順序中佔有功能性的位置，如「××有××」（或者××多××）。參見宇文所安著，《中國早期古典詩歌的生成》，胡秋蕾、王宇根、田曉菲譯，三聯書店，2012年版，第12～20頁。

植所作。這種判斷實際上是對清商樂的興起過程沒有一個漸進的視角〔註300〕。我們將古詩與曹植、曹丕、王粲等人的作品對比，可以明顯看到後者對前者的模擬。可以說，《古詩十九首》就是當時的清商樂古辭。如《傷歌行》古辭〔註301〕云：「昭昭素明月，輝光燭我床。優人不能寐，耿耿夜何長」，曹丕《雜詩》〔註302〕云：「漫漫秋夜長，烈烈北風涼。輾轉不能寐，披衣起彷徨」；《古詩十九首·西北有高樓》云「西北有高樓，上與浮雲齊。交疏結綺窗，阿閣三重階。上有絃歌聲，音響一何悲」，曹植《七哀詩》〔註303〕云「明月照高樓，流光正徘徊。上有愁思婦，悲歎有餘哀」。詩歌傷感悲涼的基本感情是一致的。就意象而言，「夜長」、「明月」、「高樓」是都有的。詩歌之間的關係必然是圍繞著音樂感染力有巨大相似性的清商樂而展開的。當時音樂影響文學創作，可見一斑。繁欽《與魏文帝牋》：「時都尉薛訪車子，年始十四，能

〔註300〕 木齋《古詩十九首與建安詩歌研究》中，對《古詩十九首》的作者精細地考辨到曹植和甄妃的戀情上，同時認定《古詩十九首》產生年代不可能早於建安十六年，因為建安十六年之前清商樂並沒有在鄴下文人集團中興起。本文認為，清商樂最初興起於民間，最終在上層社會中流行。「古詩十九首」實際上是清商樂興起於民間之後，社會中下層文人率先受到這種音樂文學的影響而創作出的歌辭文本。最終清商樂進入上層文人之中，才開始對鄴下文人的創作產生影響。木齋教授疏漏了這一層問題。

〔註301〕 《樂府詩集》卷六十二，雜曲歌辭，第897頁。詩結尾的飛鳥哀鳴的音樂想像，是清商樂詩歌中經常被提及的：「春鳥翩南飛，翩翩獨翔翔。悲聲命儔侶，哀鳴傷我場。感物懷所思，泣涕忽沾裳。佇立吐高吟，舒憤訴穹蒼」。結尾的「高吟」也體現了清商樂的高音特性。

〔註302〕 《文選》卷二十九，雜詩上，第1360頁。

〔註303〕 《文選》卷二十三，第1086頁。按，此詩《玉臺新詠》卷二作《雜詩》，見中華書局，1985年版《玉臺新詠箋注》，第59頁、《樂府詩集》卷四十一相和歌辭十六楚調《怨歌行》錄為本辭，見第611頁。又曹植《雜詩》「西北有織婦，綺縞何繽紛！明晨秉機杼，日昃不成文。太息終長夜，悲嘯入青雲。妾身守空閨，良人行從軍。自期三年歸，今已歷九春。飛鳥繞樹翔，噭噭鳴索群。願為南流景，馳光見我君。」也應該是模仿這首而作。《文選》卷二十九，曹子建《雜詩》六首其三，第1363～1364頁；《玉臺新詠》卷二，《雜詩》五首其二，第60頁。

喉囀引聲，與笳同音。白上呈見，果如其言。即日故共觀試，乃知天壤
之所生，誠有自然之妙物也。潛氣內轉，哀音外激，大不抗越，細不幽
散，聲悲舊笳，曲美常均。及與黃門鼓吹溫胡，迭唱迭和，喉所發音，
無不響應，曲折沉浮，尋變入節。自初呈試，中間二旬，胡欲傲其所不
知，尚之以一曲，巧竭意匱，既已不能。而此孺子遺聲抑揚，不可勝
窮，優游轉化，餘弄未盡；暨其清激悲吟，雜以怨慕，詠北狄之遐征，
奏胡馬之長思，淒入肝脾，哀感頑豔。是時日在西隅，涼風拂衽，背山
臨溪，流泉東逝。同坐仰歎，觀者俯聽，莫不泫泣殞涕，悲懷慷慨。」
〔註304〕所謂「迭唱迭和」，便是相和歌法，但從文中我們可以看出所
唱和的樂曲是具有高音特徵的清商樂，伴奏的樂器是胡笳，並且歌唱
的效果是「聲悲舊笳」，能唱出比傳統胡笳更高的音。從而引起「詠北
狄之遐征，奏胡馬之長思」的邊塞聯想了。清商樂中淒厲、噍殺的音樂
如果加以北方胡笳胡角樂曲的伴奏，自然會產生相關的帶有戰爭和邊
塞意境的詩歌。於是在建安時代，五言詩中已經出現了對戰爭和邊塞
意的想像描寫。

　　曾智安在闡述「清商樂」的歷史演變中，將清商樂分為三個階段，
是頗有見地的〔註305〕。但其對作為「樂聲風格」的清商樂的特徵考察

〔註304〕《文選》卷四十，上海古籍出版社點校本，1986 年版，第四冊，第
　　　　1821～1822 頁。
〔註305〕詳參曾智安《「清商」概念的三層內涵及相關的幾個問題》（《中國中
　　　　古文學論文集》，第 568 頁）指出：「清商概念從總體上分別側重於三
　　　　個不同的內涵。這三個內涵分別是：一，樂聲本身，包括音、調式和
　　　　調式音樂；二、樂聲風格；三、官署制度」。曾智安《清商曲辭研究》
　　　　（北京大學出版社，2009 年版）第一章《清商內涵的歷史演變》，第
　　　　一節《「清商」內涵從樂聲學範疇向樂種學範疇的轉變》、第二節《曹
　　　　魏清商署的設置與「清商」內涵的衍變》，其內容與《「清商」概念的
　　　　三層內涵及相關的幾個問題》一致。本文認為，其以《「清商」所指
　　　　音階新論》（第 10 頁）小節以清商為音階，按，音階、調式是一個概
　　　　念的兩種稱呼。但是，作為「清商音階」、燕樂音階以及現存民間的
　　　　「苦聲音階」，一般認為屬後起概念（參看呂光《論燕樂音階》，《中
　　　　國音樂學》，1986 年第 2 期、杜亞雄《對「燕樂音階」再思考的再思
　　　　考》，音樂研究，2010 年第 3 期），故本文不稱音階而稱調式。

尚有武斷之處〔註306〕。且其認為自曹魏時期清商署的設置，就已經使得清商樂概念混雜了，這不符合事實。清商樂概念改變的過程實際上是清商樂融入相和樂曲的過程。清商樂第一次變化是西晉荀勗「又採舊辭施用於世，謂之清商三調歌詩」〔註307〕在此之前，清商樂是一個獨立於相和樂曲之外的不配樂的清歌，而荀勗的做法將清商樂引入樂府以被管絃，是清商樂融入了相和樂曲之中，可以說，這種變化使得清商舊辭的本來面貌逐漸消亡〔註308〕。

　　清商舊辭消亡之後，吳歌、西曲由徒歌形式被加以管絃配樂，以相和的方式演奏，成為所謂的清商新聲，這就是《樂府詩集》所錄的《清商曲辭》，因此《樂府詩集》所錄的清商曲辭不過是南朝吳歌、西曲的代名詞罷了〔註309〕。這是清商樂概念擴大（或者說被偷換）的重要時期，這一時期事實上是吳歌、西曲以清商樂之名成為樂府機構絲竹相和、歌聲枏枏和打擊樂相和演奏的主要內容。但同時，我們依然認為，一部分吳歌西曲在調式上與清商舊聲具有普遍的一致性，即調值較高的特點。如「歌兒流唱聲欲清，舞女趁節體自輕」〔註310〕、「且養凌雲翅，俯仰弄清音。所望浮丘子，旦夕來見尋」〔註311〕、「長袂必留

〔註306〕其認為漢魏時期古詩十九首等清商樂只是悲傷的音樂，無關乎調高調低，這種說法武斷。

〔註307〕《樂府詩集》卷二十六，相和歌辭題解，第376頁。

〔註308〕王運熙《樂府詩述論》中《清樂考略》指出：清樂及其歌辭，依照時代前後，可分為兩個階段。前一階段是漢魏階段，是清商舊樂階段；後一階段是六朝階段，是清商新聲階段。見第195頁。王先生在論述清商舊樂時，其概念與相和歌多有相混，認為西漢樂府中各地的俗樂均是清商樂的來源，相和歌也大多是清商舊樂，誤。但王先生引史證清商舊曲消亡的論述是頗為準確的：參見第212～214頁。

〔註309〕以江南新聲（吳歌西曲之屬）為清商樂，北魏孝文帝、北魏宣武帝、隋文帝時均是如此。隋文帝甚至認為吳歌西曲是「華夏正聲」。見《樂府詩集》卷四十四，第638頁，「清商曲辭」總題解。

〔註310〕（梁）張率，《白紵歌辭》，《樂府詩集》卷五十五，第802頁；《玉臺新詠》卷九，第423頁。

〔註311〕沈約，《夕行聞夜鶴》，《玉臺新詠》卷九，第443頁。

客，清哇咸繞梁」〔註312〕，除了與漢魏清商樂普遍的一致性外，部分清商新曲還有一個特點，便是節奏加快而繁複。如「採菱調易急，江南歌不緩。……不怨秋夕長，常苦夏日短。……殷勤訴危柱，慷慨命促管」〔註313〕、「彈箏北窗下，夜響清音愁。張高弦易斷，心傷曲不遒」〔註314〕、「高張生絕弦，聲急由調起」〔註315〕。這種高音調性在唐代燕樂二十八調的清商調中依然可以反映出來，尤其可以通過日本宮廷雅樂（唐代燕樂）中直觀地聽出來。

　　本文認為，清商樂是中國音樂史上一個以樂理屬性命名的重要樂種，比起「鼓吹樂」、「相和樂」以演奏方式命名的樂種，清商樂的概念和包羅對象必然與之有所重複。「清商」最初是用以指以商、角、徵、羽等音為主音的高於宮音的調式音樂，在調值上比傳統的雅樂約高一到三個全音的高度，楚聲、荊軻《易水歌》、東漢末年的民間樂歌、後世之琴曲、隋唐燕樂、詞、戲曲、今日的民歌中都存在這種高音調式〔註316〕。也就是說，清商樂的音高調高和「相和三調」的音高調高有一致性，所以荀勖才將清商樂引入相和樂曲並歸入「三調」之中。我們不能簡單判定相和三調來源於清商樂，或者清商樂來源於相和三調，這兩者是因為擁有音高調高的一致性最終合流的關係，兩者各有本

〔註312〕梁武帝，《戲作》，《玉臺新詠》卷七，第 273 頁。
〔註313〕謝靈運，《道路憶山中》，《文選》卷二十六，第 1247 頁。
〔註314〕梁武帝，《彈箏》，《玉臺新詠》卷十，第 511 頁。
〔註315〕顏延之，《秋胡詩》，《文選》卷二十一，第 1006 頁。
〔註316〕荊軻《易水歌》「風蕭蕭兮易水寒，壯士一去兮不復還」，《史記》云：「軻使高漸離擊筑，荊軻和而歌，為變徵之聲。又前而為此歌，復為羽聲忼慨。」見《樂府詩集》卷五十八，第 849 頁。《夢溪筆談》卷七「聲音高下」條云「今教坊燕樂比律高二均弱」（《夢溪筆談全譯》，貴州人民出版社，1998 年版，第 210 頁），可見，由唐到宋也是樂準被逐漸抬高。另外，今天流傳在陝北的信天遊也就有高音調式的屬性，朱青《由〈藍花花〉看陝北信天遊調式調性的特點》一文指出，在陝北民歌中，結尾在商音上的比較多，用商音為主音，同時加入偏音 4（筆者注：清角）來譜寫歌曲，這是陝北民歌的一大特色。見《陝西教育》，2010 年第 6 期。

源。漢魏之際的清商樂是民間徒歌，並不付諸絲竹配樂而行；「相和三
調」是樂器音調，西漢宮廷歌就有〔註317〕。三調只是與清商樂具有一
致的音高屬性而已。吳歌西曲也最早是徒歌，其具體調式調性文獻不
足徵。但快配樂化之後依然總歸於清商樂，則必然有調性上的一致之
處。由於高音調式及靈活的轉調，清商樂在聽覺上要妙入神，這便是
樂聲風格的清商樂的普遍特徵了。當這些高音調式的音樂與傳統的低
音調式的音樂組合成一組套曲的時候，這種套曲便也被稱之為相和大
曲〔註318〕，如梁武帝時三朝大會是首先演奏的《相和五引》〔註319〕，

〔註317〕　《舊唐書・音樂志》：「平調、清調、瑟調，皆周房中曲之遺聲，漢世
謂之三調。」

〔註318〕　相和歌並不是由但歌發展而來，相和歌具有「通奏歌曲」的特徵，容
易形成大曲。而清商樂則是「分節歌曲」，通常以小曲出現。參見漆
明鏡《平、清、瑟三調之於相和、清商》，《文化藝術研究》，2011 年
第 1 期。另可參楊蔭瀏《中國古代音樂史稿》：「據記載來看，在魏晉
時代，在《相和歌》中可能已有轉調的應用，也可能把若干個歌曲連
接起來唱奏，而構成了一種組曲的形式。」參見第 143～144 頁。

〔註319〕　《樂府詩集》卷二十六沈約所擬歌辭《宮引》云：「八音貴始君五
聲，與比和樂感百精。優游律呂被咸英。」《商引》云：「司秋紀兌奏
西音，激揚鍾石和瑟琴，風流福被樂愔愔。」《角引》云：「萌生觸發
歲在春，《咸池》始奏德尚仁，怗滯以息和且均。」《徵引》云：「執
衡司事宅離方，滔滔夏日火德昌，八音備舉樂無疆。」《羽引》云：
「玄英紀運冬冰圻，物為音本和且悅，窮高測深長無絕。」（見第 380
～381 頁）宮音之外，其餘皆係四時。其《宮引》下題解云：「《晉書・
樂志》曰：五聲，宮為君，宮之為言中也。中和之道，無往而不理焉。
商為臣，商之為言強也，謂金性之堅強也。角為民，角之為言觸也，
謂象諸陽氣，觸物而生也。徵為事，徵之為言止也，言物盛則止也。
羽為物，羽之為言舒也，言陽氣將復，萬物孳育而舒生也。是以聞宮
聲使人溫良而寬大，聞商聲使人方廉而好義，聞角聲使人惻隱而仁
愛，聞徵聲使人樂養育而好施，聞羽聲使人恭儉而好禮。」《隋書・樂
志》曰：「梁有相和五引，三朝第一奏之，陳氏因焉。隋文帝開皇中，
改五引為五音。唯迎氣於五郊，降神奏之。《月令》所謂『孟春其音
角』也。」按古有清角、清徵之流，此則當聲為曲，即五音是也。《唐
書・樂志》曰：「五郊迎氣，各以月律而奏其音。」蓋因隋舊制云。
其云「宮為君」，蓋以宮音為主音，商、角、徵、羽皆以宮音為參照
而逐漸增高音調。

即是以清商三調配合其他調式的音樂斷章組成的音樂大曲。

　　清商樂在配樂進入樂府之後，成為文人擬作的樂體淵源。因此，清商樂曲被支離為「相和三調」（或稱為「清商三調」）將納入相和體系中，並且混入楚調，雖然是對清商樂整體的破壞，實質上是有利於清商樂地位的上升。相和樂曲中的清商樂多以套曲「多引」或「多解」〔註320〕的形式出現，是清商樂適應相和演奏形式而發生的轉變〔註321〕。我們

〔註320〕「引」是引曲或前奏曲，在相和大曲前奏中常見。中古音樂環境中高音特徵的「引」被稱為「豔」；舒緩特徵的「引」被稱為「緩聲」。唐代音樂環境中，「引」逐漸也稱「序」「散板」。「解」當是「剖解」之意，是音樂演奏的一個小單元，莊永平《中國古代聲樂腔詞關係史論稿》（三聯書店，2017年版）第三章《漢魏「樂府體」中的聲腔關係》指出：「截取下來的詩章配上音樂，在音樂結構上沒有對應的名稱可稱呼，因而用『解』稱之。……至於和梵文的對應方面，如『契、偈、解、絕、節』以及『急』等，它們的語音也是相近的。」見第78頁。

〔註321〕逯欽立《「相和歌」曲調考》（詳參《文史》第十四輯）也注意到這種變化，但是其認為：「清商三調是相和歌的變體」，「相和歌本身不分『解』，自因其本身是一種清唱」，逯欽立先生將「相和歌」看作是清唱的徒歌，而以清商三調是這種清唱的變體（見第225～226頁）。這種觀點與本文的觀點恰恰相左。本文認為「相和歌」在概念上等同於「相和樂曲」，「相和」是樂府機構一種演奏體系，包括歌聲和歌聲、絲竹管絃和歌聲和打擊樂和歌聲三類，相和歌便是使用這種演奏方式演奏的樂曲。這種演奏方式自西漢樂府機構就有明切的使用記載，比徒歌形式的清商樂和但歌在建安後期鄴下銅雀三祖風流之際進入樂府要早得多。至於逯欽立先生所云相和歌本身不分「解」，是其將清商樂徒歌看作是相和歌了。逯欽立先生後文又認為「『大曲』是『瑟調曲』的變體」，這一說法需要稍作修正。逯欽立先生認為「王僧虔仍然把『大曲』和『大曲』的正體『瑟調曲』放在一塊，混而不分。直到沈約才把『大曲』從『瑟調曲』中分出來。沈約所以能做這種分門別類的工作，原因在於那時候的『大曲』，已經由附庸『蔚為大國』，不是『瑟調』所能統治的了的」（230～231頁）。本文作以下修正：首先，「大曲」按時間先後，有魏晉大曲和南朝新式（豔趨）大曲兩個不同概念。沈約所著的是《宋書》，是以南朝宋初的樂府演奏制度的實際加以著錄，而王僧虔是在《大明三年宴樂技錄》中將「魏晉大曲」併入「瑟調」，已經是劉裕立國之後三十年了。不能因沈約生在王僧虔後，就認為是「魏晉大曲」是從「瑟調」而來。魏晉大曲十五曲，皆是歌三曹等歌辭，且次序完整，張永《元嘉技錄》已錄。沈約著《宋

舉曹操《苦寒行》為例〔註322〕：

曹操本辭（清商樂）	晉樂府所奏（相和歌・清調曲）
北上太行山。艱哉何巍巍。羊腸阪詰屈。車輪為之摧。樹木何蕭瑟。北風聲正悲。熊羆對我蹲。虎豹夾路蹄。溪谷少人民。雪落何霏霏。延頸長歎息。遠行多所懷。我心何怫鬱。思欲一東歸。水深橋樑絕。中路正徘徊。迷惑失故路。薄暮無宿棲。行行日已遠。人馬同時饑。擔囊行取薪。斧冰持作糜。悲彼東山詩。悠悠使我哀。	北上太行山。艱哉何巍巍！太行山，艱哉何巍巍！羊腸阪詰屈。車輪為之摧。（一解） 樹木何蕭瑟。北風聲正悲。何蕭瑟，北風聲正悲。熊羆對我蹲。虎豹夾道啼。（二解） 溪谷少人民。雪落何霏霏。少人民，雪落何霏霏。延頸長歎息。遠行多所懷。（三解） 我心何怫鬱。思欲一東歸。何怫鬱，思欲一東歸。水深橋樑絕。中道正徘徊。（四解） 迷惑失徑路。暝無所宿棲。失徑路，暝無所宿棲。行行日以遠。人馬同時饑。（五解） 擔囊行取薪。斧冰持作糜。擔囊行取薪。斧冰持作糜。悲彼東山詩。悠悠使我哀。（六解）

　　這種情況應該是清商樂在配樂演奏後發生改變的普遍現象。在《樂府詩集》相和歌辭所錄平調、清調、瑟調及楚調中皆有反映，只是往往因本辭散佚或樂府不載而不得篇篇俱到。這種清商樂融入相和樂曲的情況從晉到南朝，實際上使得清商樂曲步入絲竹雅樂系統中。從而成為詩人廣泛擬作的對象。因此，我們討論清商樂對邊塞詩的影響，主要從相和樂曲中的平調、清調、瑟調及楚調進行考察。

　　平調、清調、瑟調被稱為「清商三調」。其調性特徵學界曾熱烈討論，爭議也頗大，其原因與《魏書》、《通典》、《冊府元龜》、《玉海》的文獻記載混亂矛盾有直接關係。但基本學界都認為，清商三調中包含了清商樂的調式。對於楚調則關注較少。本文認為，楚調之中有與清商

書》，當時以《元嘉技錄》所錄為一代之制，而不取王僧虔《技錄》，故產生了這種王僧虔不著「魏晉大曲」而沈約著錄「魏晉大曲」的現象。「瑟調曲」在南朝與吳歌西曲進一步結合，形成了新的大曲形式，逯欽立先生所云「『大曲』是『瑟調曲』的變體」，不應包括「魏晉大曲」，而是對唐代大曲產生重要影響的南朝新式大曲。故稍作修正說明。逯欽立先生該文對瑟調音律的論述，有很大的參考價值，詳見後文引述。

〔註322〕《樂府詩集》卷三十三相和歌辭八，第 496 頁。

樂音高較為一致的普遍屬性，因此，清商樂也被強行與房中樂等漢代
楚聲扯上淵源關係〔註323〕。《樂府詩集》相和歌辭中所錄楚調，也包含
了清商樂的支脈，如楚調《怨歌行》〔註324〕：

曹植本辭（清商樂）	晉樂府所奏（相和歌・楚調曲）
明月照高樓，流光正徘徊。 上有愁思婦，悲歎有餘哀。 借問歎者誰？言是客子妻。 君行逾十年，孤妾常獨棲。 君若清路塵，妾若濁水泥。 浮沉各異勢，會合何時諧？ 願為西南風，長逝入君懷。 君懷時不開，妾心當何依？	明月照高樓，流光正徘徊。 上有愁思婦，悲歎有餘哀。（一解） 借問歎者誰？自云客子妻。 夫行逾十載，賤妾常獨棲。（二解） 念君過於渴，思君劇於饑。 君為高山柏，妾為濁水泥。（三解） 北風行蕭蕭，烈烈入吾耳。 心中念故人，墮淚不能止。（四解） 沉浮各異路，回合當何諧？ 願作東北風，吹我入君懷。（五解） 君懷良不開，賤妾當何依？ 恩情中道絕，流止任東西。（六解） 我欲竟此曲，此曲悲且長。 今日樂相樂，別後莫相忘。（七解）

因此，相和三調與楚調，在音樂上都與清商樂有淵源。相和三調
也稱「清商三調」，其清商樂特性最為鮮明且各有變化。那麼，具體的
平、清、瑟三調的調性如何呢？

清商樂被納入相和樂體系後，與相和樂大致按照調式高低一致或
接近的原則劃分，平緩柔和的樂曲被集中劃分為「平調曲」，最能反映
清商樂調式特徵的樂曲命名為「清調曲」，比清商樂調式更高或轉調更
多樣的被劃為「瑟調曲」，後來「瑟調曲」中又分出「楚調曲」、「側調

〔註323〕《舊唐書・音樂志》：「平調、清調、瑟調，皆周房中曲之遺聲也。漢
世謂之三調。」（見第717頁）；《樂府詩集》卷二十六引此內容，後
又云「又有楚調、側調。楚調者，漢房中樂也。高帝樂楚聲，故房中
樂皆楚聲也。側調生於楚調，與前之三調，總謂之相和調。」（見第
376頁，按，中華書局標點本《樂府詩集》將這段文字全視為《舊唐
書・音樂志》之引文，誤。）

〔註324〕《樂府詩集》卷四十一相和歌辭十六，第610～611頁。

曲」。具體的平、清、瑟三調的音樂特徵，楊蔭瀏《中國古代音樂史稿》引《魏書・樂志》宋版原文「平調以宮為主，清調以商為主，瑟調以角為主」〔註325〕而製成下表，並解釋云：「用現在的說法來說，平調相

〔註325〕 按，此即音樂學界爭論紛紜的「陳仲儒論樂」問題。三句話除了《魏書》之外，《通典》《冊府元龜》《玉海》均有記載，然而頗不相同。《通典》曰「瑟調以宮為主，清調以商為主，平調以角為主」、《冊府元龜》曰「瑟調以宮為主，清調以商為主，平調以徵為主」、《玉海》曰「瑟調以宮為主，清調以商為主，平調以羽為主」。中華書局點校本《魏書》據《通典》改為「瑟調以宮為主，清調以商為主，平調以角為主」，見第 2835 頁及校勘記第〔二四〕條。音樂學界對這三句話的文獻問題以及樂理問題爭論頗多。例如丁承運《清商三調音階調式考索》（《音樂研究》，1989 年第 2 期）認為，文獻之誤的原因是各朝黃鐘宮的音高不同而以當代臆測前代導致的混亂。徐榮坤《釋相和三調及相和五調》（《天津音樂學院學報（天籟）》，2005 年第 1 期）認為原文當為應該是「平調以徵為主」，因為以傳統民樂作為實物考察，應用最多的是徵調式，應用最少的是角調式，相和歌沒有任何理由這樣奇怪。丁承運《漢唐清商樂調研究》（《漢唐音樂史國際研討會》，2009 年 10 月西安）認為三調是一種簡易便捷的古琴調弦定弦方法。再按，「調弦方法」說實本明人朱載堉《樂律全書》卷十八（四庫全書本）：「按《魏書・樂志》曰：『平調以角為主，清調以商為主，瑟調以宮為主。』已上三句，互見杜氏《通典》、《文獻通考》，而人不曉其義。蓋琴家謂琴一為宮，二為商，三為角，又謂黃鐘為諸均主。……以角為主者，先上第三弦，吹黃鐘律管令與散聲協，是為平調也。以商為主者，先上第二弦，吹黃鐘律管令與散聲協，是為清調也；以宮為主者，先上第一弦，吹黃鐘律管令與散聲協，是為瑟調也。由是推之，古調當先上第四絃，吹黃鐘以協之。而魏志不言者，蓋古調乃琴之正調，而平清瑟皆變調也。」丘瓊蓀《燕樂探微》先承認「平調即下徵調，清調即正聲調，瑟調即清角調」（凌廷堪語），後又反對此觀點，認為「平調以角為主，清調以商為主，瑟調以宮為主」。本文認為，丘先生此論，應是將「調式論」和「定弦法」相混（參見上海古籍出版社，1989 年版，第 38～39 頁）。以上這些說法爭議實際來自於文獻的不同記載，但最終要得到的結論是一致的，三調的音高關係是平調最低，清調高於平調，瑟調最高。再按，李健正先生《清平調與〈清平調〉》（載於《樂府學》第五輯，學苑出版社，2009 年版，第 154～180 頁）一文認為：「人們往往聯想到『角、宮、商』在這裡是『首倡而鳴』的主音。其實不然，古代既然已經有了『五聲宮商角徵羽，倡和相應而調和』，那麼調式的名稱就已經非常的明確，那就是『宮商角徵羽』五種調式，而直到現在我們也還繼續

當於 fa 調式，清調相當於 sol 調式，角調相當於 la 調式。」〔註326〕

楊蔭瀏「相和三調」(清商三調) 音程關係表

十二律 / 相和三調	黃鐘	大呂	太簇	夾鐘	姑洗	仲呂	蕤賓	林鐘	夷則	南呂	無射	應鐘	清黃鐘	清大呂	清太簇	清夾鐘	清姑洗
平調	宮		商		角		變徵	徵		羽		變宮	宮				
清調					角		變徵	徵		羽		變宮	宮		商		
瑟調			商		角		變徵	徵		羽		變宮	宮		商		角

　　我們也應該注意清商樂不可能完全與以上三調相匹配，況且真實情況下，一首完整的清商樂旋律靈活多變，其樂器演奏也可能出現旋宮轉調的情況，不可能一宮一調演奏到底。本文認為，三調的區分在於起始的音高，也就是說，調頭分別為平、清、瑟三調。《樂府詩集》中將很多清商樂歌辭分別收在清平瑟三調之下，我們不能機械地分析看待。

　　清商樂中的高腔調式具有高亢、淒厲、悲壯等審美感染力，給詩人以戰爭和邊塞的想像。

使用著這些調式。所以漢代也沒有必要給他們加上『平調』、『清調』、『瑟調』這樣的別名。」李健正先生考證中國古代五聲音階之後的「二變四清」音階，高卓發覆。然而，本文認為，在清商民間音樂以人聲徒歌的演唱形式匹配並重新組建「三調」的環境中，實際上存在用一種具有代表性的主音來對清商民歌加以高低的區別分類，「平調曲」並不等同於「平調」、「清調曲」並不等同於「清調」、「瑟調曲」也並不等同於「瑟調」。這種區別分類與當時音樂實際演奏中音階、音程意義的「清平調」以及隋唐時期的「清平調」概念內涵和使用對象並不相同。

〔註326〕引自楊蔭瀏，《中國古代音樂史稿》，人民音樂出版社，1981 年版，第133 頁。

一、音樂性改變與《燕歌行》的邊塞化

　　平調中有晉樂府所奏二首《燕歌行》（曹丕作辭），其配樂演奏中被割裂為六解或七解。我們注意到，其第五解都出現了「清商」或與之相關的音樂提示，這種音樂提示告訴我們，在第五解，其音樂具有純正的清商樂特徵：

秋風蕭瑟天氣涼，草木搖落露為霜。 一解	別日何易會日難，山川悠遠路漫漫。 一解
群雁辭歸鵠難翔，念吾客遊多思腸。 二解	鬱陶思君不敢言，寄書浮雲往不還。 二解
慊慊思歸戀故鄉，君何淹留寄他方。 三解	涕零雨面毀形顏，誰能懷憂獨不歎。 三解
賤妾煢煢守空房，憂來思君不敢忘。 四解	耿耿伏枕不能眠，披衣出戶步東西。 四解
不覺淚下沾衣裳，援瑟鳴弦發清商。 五解	展詩清歌聊自寬，樂往哀來摧心肝。 悲風清屬秋氣寒，羅幃徐動經秦軒。 五解
短歌微吟不能長，明月皎皎照我床。 六解	
星漢西流夜未央，牽牛織女遙相望， 爾獨何辜限河梁。七解	仰戴星月觀雲間，飛鳥鳴晨聲可憐。 留連顧懷不自存。六解

　　我們注意到《燕歌行》的前五解有音樂主題的一致性，即詩人音樂想像的一致性特點：詠秋涼、雁歸、遊子思婦。如果我們套用後世詩文評中常用的「古意」概念來描繪作為樂府歌辭的《燕歌行》的文學風格，則是哀怨、蕭瑟而纏綿淒惻的意境，這種意境具有集體性，詩人想像的意象受到音樂意境的引導或制約。魏明帝的五句《燕歌行》、陸機《燕歌行》均與這種悲怨的「古意」相一致〔註327〕。

〔註327〕魏明帝《燕歌行》云：「白日晼晼忽西傾，霜露慘淒塗階庭。秋草卷葉摧枝莖，翩翩飛蓬常獨徵，有似遊子不安寧。」陸機《燕歌行》云：「四時代序逝不追，春風習習落葉飛，蟋蟀在堂露盈墀，念君遠遊常苦悲。君何緬然久不歸，賤妾悠悠心無違。白日既沒明燈輝，寒禽赴林匹鳥棲。雙鴻關關宿河湄，憂來感物睩不睞。非君之念思為誰？別日何早會何遲！」並見《樂府詩集》卷三十二，第470頁。

　　從晉樂府演奏的《燕歌行》的第五解、第六解可以看出，相和三調概念的「平調」不是固定不變的。第五解出現「清商」、「清歌」，應該是相對於「平調」商音的一次轉調或高八度；而七解的《燕歌行》更在第六兩解出現了「短歌」的變化，「短歌」實際上是節奏加快而急促。也就是說，《燕歌行》的前四解是穩定的，而從第五解開始，出現了高音調、快節奏的旋律唱段，並且這種唱段是不穩定的，或者說是靈活的，可唱五解、六解、七解。這種音樂性的靈活變化實際上是清商樂融入相和樂曲後普遍有的現象。所謂的相和中的「清商三調」其實只是調頭或前數解較為穩定，後面均可有轉調和增飾之處。

　　謝靈運《燕歌行》云：「孟冬初寒節氣成，悲風入閨霜依庭。秋蟬噪柳燕棲楹，念君行役怨邊城。君何崎嶇久祖征，豈無膏沐感鶴鳴。對酒不樂淚沾纓，闢窗開幌弄秦箏。調弦促柱多哀聲，遙夜明月鑒帷屏。誰知河漢淺且清，展轉思服悲明星。」〔註328〕我們以兩句一解的晉樂府模式劃分，到了第五解，也出現了「調弦促柱」的音樂變化。更為重要的是，歌辭中首先出現了「念君行役怨邊城」的邊塞意象。可以說，《燕歌行》出現了遊子思婦之外的另一種閨怨情結，即征夫思婦的情結。這種音樂哀想，在南朝逐漸和遊子思婦主題共同構成樂府詩的兩大哀怨主題。

　　《燕歌行》從單純的思婦懷念遠方丈夫到思婦曠怨征役遠戍，這種變化可以看作是音樂與文學上共同蹈事增華的結果。首先，音調高揚淒厲的清商樂對漢民族「以悲為美」的音樂審美心理完成了普遍性的塑造，在這種「音響一何悲」、「慷慨有餘哀」的音樂氛圍中，產生了對於悲哀心理的刻意演唱，從而產生了苦寒、寡居、相思、喪挽、孤兒、棄婦、征人、悲秋、歡逝等等題材的樂府曲，或者說，表達這一類

〔註328〕《樂府詩集》，第 470 頁。「誰知河漢淺且清」，疑源於《古詩十九首》中「迢迢牽牛星」一首，與燕歌行同屬漢魏清商樂，旋律也應相近，故詩人的音樂想像波及此。

情感的徒歌俗曲被樂府加以大量吸收演奏，我們不能簡單地認為漢魏時代宴饗筵席上演奏的《薤露》、《蒿里》等喪歌是戰亂黑暗時代人們生命短促朝不保夕的深邃憂慮觀念造成的，其實當時人們注重的只是悲淒的音樂美，曲名的本意本事早就被泛化了。泛化之後，文人的擬作自然是「賦題法」加「音樂想像」，從而產生新的歌辭。新的歌辭在表達共同的屬性——哀傷的同時，引入新的哀傷素材，比如曹操寫董卓之亂的實事以發哀情；曹植引宕子思婦來敷衍哀情，在這種有主觀音樂情感主導和推動的歌辭創作中，征夫思婦的哀傷必然會被詩人引入，而越是有普遍性的哀傷，越容易保持持續的影響力。因此，遊子思婦和征人思婦，成為兩大並行的普遍主題，至唐代亦流衍不廢。其次，正如鍾嶸《詩品序》所云「若乃春風春鳥，秋月秋蟬，夏雲暑雨，冬月祁寒，斯是候之感諸詩者也。嘉會寄詩以親，離群託詩以怨。至於楚臣去境，漢妾辭官，或骨橫朔野，魂逐飛蓬；或負戈外戍，殺氣雄邊，塞客衣單，孀閨淚盡；或士有解佩出朝，　去忘反；女有揚蛾入室，再盼傾國。凡斯種種，感蕩心靈，非陳詩何以展其義？非長歌何以騁其情？」〔註329〕文學的創作也是緣情綺靡，深欲窮寫衷腸，當哀怨的主調成為描寫中心時，必然會對這種情感的來源作種種想像和設置，因此，如鍾嶸所概括的幾大共同性、普遍性詩歌「古意」，便無數次、長期性得到詩人的青睞。正是這樣，征夫思婦必然在魏晉時代的大環境中產生，是音樂和文學共同塑造的結果。

　　《燕歌行》的音樂應該在梁元帝時代或稍前發生了重大的變化。可以說，漢魏舊曲的調性整體性地發生了改變，從而引發了歌辭的變化。《樂府詩集》錄梁元帝、蕭子顯、王褒三首《燕歌行》〔註330〕：

〔註329〕《中華古文論釋林·魏晉南北朝卷》，北京大學出版社，2011 年版，
　　　　第 368 頁。
〔註330〕並見《樂府詩集》卷三十二，第 472 頁。

王褒《燕歌行》	梁元帝《燕歌行》	蕭子顯《燕歌行》
初春麗日鶯欲嬌， 桃花流水沒河橋。 薔薇花開百重葉， 楊柳拂地散千條。 隴西將軍號都護， 樓蘭校尉稱嫖姚。 自從昔別春燕分， 經年一去不相聞。 無復漢地長安月， 唯有漠北薊城雲。 淮南桂中明月影， 流黃機上織成文。 充國行軍屢築營， 陽史討虜陷平城。 城下風多能卻陣， 沙中雪淺詎停兵。 屬國少婦猶年少， 羽林輕騎數征行。 遙聞陌頭採桑曲， 猶勝邊地胡笳聲。 胡笳向暮使人泣， 還使閨中空佇立。 桃花落，杏花舒， 桐生井底寒葉疏。 試為來看上林雁， 必有遙寄隴頭書。	燕趙佳人本自多， 遼東少婦學春歌。 黃龍戍北花如錦， 玄菟城前月似蛾。 如何此時別夫婿， 金羈翠眊往交河。 不聞入漢去燕營， 怨妾愁心百恨生。 漫漫悠悠天未曉， 遙遙夜夜聽寒更。 自從異縣同心別， 偏恨同時成異節。 橫波滿臉萬行啼， 翠眉暫斂千里結。 並海連天合不開， 那堪春日上春臺。 乍見遠舟如落葉， 復看遙舸似行杯。 沙汀夜鶴嘯羈雌， 妾心無趣坐傷離。 翻嗟漢使音塵斷， 空傷賤妾燕南垂。	風光遲舞出青蘋， 蘭條翠鳥鳴發春。 洛陽梨花落如雪， 河邊細草細如茵。 桐生井底葉交枝， 今看無端雙燕離。 五重飛樓入河漢， 九華閣道暗清池。 遙看白馬津上吏， 傳道黃龍征戍兒。 明月金光徒照妾， 浮雲玉葉君不知。 思君昔去柳依依， 至今八月避暑歸。 明珠蠶繭勉登機， 鬱金香特薦香衣。 洛陽城頭雞欲曙， 丞相府中烏未飛， 夜夢征人縫狐貉， 私憐織婦裁錦緋。 吳刀鄭綿絡， 寒閨夜被薄。 芳年海上水中鳧， 日暮寒夜空城雀。

　　這便是被《周書‧王褒傳》稱為「競為淒切之詞」的《燕歌行》〔註331〕，我們來分析這三首詩發現其實「淒切」的印象並不明顯，梁元帝和蕭子顯詩中最多也是「相思之苦詞」，且多集中在後半部分。我們一般都認為受儒家討論音樂與政治關聯性的功利主義文藝觀影響的史官論調是不盡科學的〔註332〕，可以不必較真。這一組《燕歌行》的

〔註331〕此材料上文已引。《周書‧王褒傳》：「褒曾作《燕歌行》，妙盡關塞寒苦之狀，元帝及諸文士並和之，而競為淒切之詞」（卷四十一，第731頁）。

〔註332〕如上文引「太康末，京洛為《折楊柳》之歌，……是時三楊貴盛而被

後半部分基本上都是轉入閨閣之思，但是開篇的描寫與之前的《燕歌行》大不相同。在此之前的開篇都是「秋風」、「孟冬」的蕭颯衰敗意境，而梁元帝、蕭子顯、王褒的《燕歌行》，開篇卻變成面目迥異的「春日」意境描寫：「風光遲舞出青蘋，蘭條翠鳥鳴發春。洛陽梨花落如雪，河邊細草細如茵」、「初春麗日鶯欲嬌，桃花流水沒河橋。薔薇花開百重葉，楊柳拂地散千條」，這種集中的意象轉型變化，定然背後的因素是音樂性態的改變。也就是說，梁元帝時代所演奏的《燕歌行》，並非中原舊曲的原貌，音樂性的新變導致了其歌辭擬作發生了明顯的轉變。

　　《燕歌行》的音樂形態在南梁發生了什麼樣的變化呢？

　　我們不能簡單斷定曹丕創製的《燕歌行》在南梁亡佚失傳，而更大的可能應是音樂自身求新求變的發展結果。我們以詩人音樂想像由秋景到春景的轉變來入手，這種變化背後，實際上是音樂調式的變化。成公綏《嘯賦》云：「發徵則隆冬熙蒸，騁羽則嚴霜夏凋。動商則秋霖春降，奏角則谷風鳴條。」李善注引張湛曰：「商，金音，屬秋，南呂，八月律；角，木音，屬春，夾鍾，二月律；羽，水音，屬冬，黃鐘，十一月律；徵，火音，屬夏，蕤賓，五月律。」〔註333〕相和樂曲的五聲引除《宮引》外，均是每一種固定調式的音樂與春夏秋冬四季之一聯繫

　　　　誅滅」，也是如此。僅為我們保留了《折楊柳》流行於西晉初年的證據。再如白居易《法曲歌》：「法曲法曲合夷歌，夷聲邪亂華聲和。以亂干和天寶末，明年胡塵犯宮闕」，將安史之亂的原因都歸咎於胡樂。按，這種思想出自《禮記·樂記》：「治世之音安以樂，其政和。亂世之音怨以怒，其政乖。亡國之音哀以思，其民困。聲音之道與政通矣！宮為君，商為臣，角為民，徵為事，羽為物。五者不亂，則無怗懘之音矣。宮亂則荒，其君驕；商亂則陂，其官壞；角亂則憂，其民怨；徵亂則哀，其事勤；羽亂則危，其財匱。五者皆亂，迭相陵，謂之慢。如此則國之滅亡無日矣！鄭衛之音，亂世之音也，比於慢矣！桑間濮上之音，亡國之音也，其政散，其民流，誣上行私而不可止也」，反映了儒家極端功利主義的文藝觀。參見《十三經注疏》（北京大學點校本）卷第三十七，第 1077～1078 頁。

〔註333〕　《文選》卷十八，第 869 頁。

起來。《商引》則秋；《角引》則春；《徵引》則夏；《羽引》則冬〔註334〕。
也就是說，清商調式給人的印象往往與秋氣蕭條相關，故曹丕《燕歌
行》首句便云「秋風蕭瑟天氣涼」。如果調式繼續升高，到清角之調，
則當時這種音樂文化傳統和審美認知，必然是春日載陽之類的歌辭了。
也就是說，《燕歌行》在梁元帝時代音調更高，節奏更急，因此出現了
音樂想像從秋景向春景的轉化。如果以沈約《昭君辭》中「試作陽春
曲，終成苦寒歌」〔註335〕來作類比，則《燕歌行》恰恰相反，原為苦
寒歌，終成陽春曲了。

　　這種調式升高的直接原因應該是受了江陵西曲中高音調式的影
響，甚至有可能《燕歌行》的開頭加入了西曲的「豔」，成了「豔歌《燕
歌行》」〔註336〕。而且，「豔」作為曲前的點綴，其音樂靈活性較高，
故而對音樂想像的影響更大。如庾信的《燕歌行》：

　　　　代北雲氣晝昏昏，千里飛蓬無復根。

　　　　寒雁丁丁一作噰噰渡遼水，桑葉紛紛落薊門。

　　　　晉陽山頭無箭竹，疏勒城中乏水源。

　　　　屬國征戍久離居，陽關音信絕能疏。

　　　　原得魯連飛一箭，持寄思歸燕將書。

　　　　渡遼本自有將軍，寒風蕭蕭生水紋。

　　　　妾驚甘泉足烽火，君訝漁陽少陣雲。

　　　　自從將軍出細柳，蕩子空床難獨守。

　　　　盤龍明鏡餉秦嘉，辟惡生香寄韓壽。

　　　　春分燕來能幾日，二月蠶眠不復久。

　　　　洛陽游絲百丈連，黃河春冰千片穿。

　　　　桃花顏色好如馬，榆莢新開巧似錢。

〔註334〕參見《樂府詩集》卷二十六，相和歌辭，沈約、蕭子雲所作《商引》、
　　　　《角引》、《徵引》、《羽引》，見第381～382頁。
〔註335〕《玉臺新詠箋注》卷五，第183頁。
〔註336〕關於「豔」的音樂特徵，詳見下文「作為音樂概念的『豔歌』與《白
　　　　馬篇》」。

蒲桃一杯千日醉，無事九轉學神仙。

定取金丹作幾服，能令華表得千年。

　　庾信是一個充分運用音樂想像進行文學創作的高手。從布局上講，燕地風貌成為開篇，緊扣詩題，由於「豔」的繁複渲染，邊塞、春景、征夫、思婦大開大闔，收放自如。其收尾轉為遊仙風格，原因是「趨」的樂曲採用了遊仙風格的舒緩音樂，如笙類樂器或笙簫曲之類，因此末尾的遊仙之辭，依然是音樂影響文學的產物〔註337〕。

　　梁陳時代的「新《燕歌行》」，在唐代依然有流傳。陶翰《燕歌行》云「請君留楚調，聽我吟燕歌。」〔註338〕可見其「豔」的音樂特徵的保留（樂府中常用「荊豔楚舞」形容楚調特色，可見《燕歌行》與梁元帝時的曲子接近）。正因為這樣一首高亢起頭又轉悲涼的《燕歌行》曲子，才會出現高適頗負盛名的邊塞詩《燕歌行》。

　　平調曲在演奏中逐漸發生調式升高以及變調的現象，並不只有《燕歌行》一例。比如《猛虎行》，王僧虔《大明三年宴樂技錄》與《燕歌行》同列在七首平調曲之中〔註339〕。但是白陸機開始就云「急弦無懦響，亮節難為音」〔註340〕，可見節奏明顯的加快了，故而使謝靈運產生了「伐鼓功未著，振旅何時從」〔註341〕的音樂感染，亦使儲光羲產生了「綵章耀朝日，牙爪雄武臣」〔註342〕的音樂想像。

　　瑟調中的《隴西行》，也是在梁陳時代成為一首邊塞樂府詩。《隴西行》的古辭「天上何所有，歷歷種白榆。桂樹夾道生，青龍對道隅。鳳凰鳴啾啾，一母將九雛。顧視世間人，為樂甚獨殊。」是與《步出夏

〔註337〕按，從遊仙詩的材料來看，相和樂曲之中笙簫之類的樂器作為相和大曲或相和單曲固定的「引曲」和「送聲」的演奏使用對遊仙詩的音樂想像有巨大影響。詳參本書之附錄五：《遊仙詩與音樂關係探析——以樂府遊仙詩的生成為考察中心》一文。

〔註338〕《樂府詩集》卷三十二，第475頁。

〔註339〕《樂府詩集》卷三十解題引，見第441頁。

〔註340〕陸機《猛虎行》，《樂府詩集》卷三十一，第463頁。

〔註341〕謝靈運《猛虎行》，《樂府詩集》卷三十一，第463頁。

〔註342〕儲光羲《猛虎行》，《樂府詩集》卷三十一，第464頁。

門行》相同的，故《隴西行》下云「一曰《步出夏門行》」〔註343〕。產
生這樣接近於遊仙的古辭，與音樂旋律和笙簫樂器的使用有關。到了
梁陳時代，從表面上看，《隴西行》發生了「賦題」的自由變化，實際
上應該也是音樂進入鼓角橫吹曲的原因。如簡文帝《隴西行》云「《出
塞》豈成歌，經川未遑汲」〔註344〕。

二、《從軍行》的音樂與文辭

　　胡大雷《中古「從軍」詩作的敘寫模式》（《柳州師專學報》，2008
年第 4 期）從文學性角度分析了《從軍行》不同時代的大致風貌。指
出了《從軍行》古題的兩個敘寫模式，第一是「概括化虛擬化的『苦
哉遠征人』敘寫」，在其引左延年的《從軍行》（苦哉遠行人）之後，又
引《樂府解題》「《從軍行》，皆軍旅苦辛之辭」。並指出從陸機到顏延
之、江淹、沈約的擬樂府《從軍行》均非常一致地保持了這種概括化虛
擬化的苦辛敘寫。但胡大雷認為，這種苦辛敘寫，是陸機開始發揚光
大的，這就忽略了清商樂淒苦的音樂性對歌辭文學的影響。第二是梁
陳時代的《從軍行》，在前輩「苦哉遠行人」的基礎上加入了「英雄主
義樂觀化」的點睛之筆。其引梁簡文帝、梁元帝、戴暠、吳均、蕭子
顯、張正見、劉孝儀的《從軍行》，認為這些詩含蓄敘寫戰爭造成的離
別相思，寫戰士在沙場上對家鄉的思念，並有宮體的時代特色。這兩個
敘寫模式的探討是非常有意義的，我們可以從中看到《從軍行》的兩種
不同文辭風貌。之後，胡大雷將王褒的《從軍行》完全歸入北朝，認為
是真正繼承了《秦風·無衣》一派的傳統，並舉庾信、盧思道、明餘慶
的作品，指出其氣勢恢宏的特點。這就忽略了南北文學的一致之處，王
褒的《從軍行》沒有直接材料證明是入北之後的作品，也不可能繼承
《秦風·無衣》。

　　劉珠麗《〈從軍行〉創作探源》一文論述則較泛，其考察王粲的

〔註343〕見《樂府詩集》，卷三十七，第 542 頁。
〔註344〕見《樂府詩集》，卷三十七，第 543 頁。

《從軍行五首》「從軍有苦樂」和左延年的《從軍行》「苦哉遠征人」，認為王粲的作品早於左延年，是其重點，本文認為這種考察並不準確〔註345〕，且其考察和對《從軍行》樂府創作的影響意義也不大。因為在樂府音樂演奏環境下，決定一首《從軍行》對後代擬樂府作品的影響，不在於其是否創作最早，而是其是否被樂府演奏。我們據王僧虔《人明三年宴樂技錄》「左延年『苦哉』《從軍行》」〔註346〕，也就是說，魏晉樂府的演奏曲《從軍行》一直保留到南朝宋，都是歌左延年的《從軍行》，那麼，這一首《從軍行》必然對當時的文人擬作產生最直接的影響。

左延年	陸　機	顏延之
苦哉邊地人， 一歲三從軍。 二子到敦煌， 二子詣隴西。 五子遠鬥去， 五婦皆懷身。	苦哉遠征人，飄飄窮四遐。 南陟五嶺巔，北戍長城阿。 溪谷深無底，崇山鬱嵯峨。 奮臂攀喬木，振跡涉流沙。 降暑固已慘，涼風嚴且苛。 夏條焦鮮藻，寒冰結衝波。 胡馬如雲屯，越旗亦星羅。 飛鋒無絕影，鳴鏑自相和。 朝餐不免冑，夕息常負戈。 苦哉遠征人，拊心悲如何！	苦哉遠征人，畢力干時艱。 奉初略揚越，漢世爭陰山。 地廣旁無界，昂阿上薄天。 嶰霧下高鳥，冰沙固流川。 秋颷冬未至，春液夏不涓。 閩烽指荊吳，胡埃屬幽燕。 橫海咸飛驒，絪縕皆控弦。 馳檄發章表，軍書交塞邊。 接鏑赴陣首，卷甲起行前。 羽驛馳無絕，旌旗晝夜懸。 臥伺金柝響，起候亭燧煙。 邈矣遠征人，惜哉私自憐！

民族音樂界有「苦音音階」〔註347〕一詞，正是從樂理上探討清

〔註345〕劉珠麗文認為王粲生活年代（177～217）略早於左延年（約黃初年間220～226）而認定左延年的《從軍行》後出。這種判斷並不準確，左延年是黃初年間才入樂府，在其未入樂府之前，其應該已經對清商樂非常熟諳，故能得到文帝的賞識。左延年的《從軍行》為樂府演奏的時間並不是其產生的時間。見《齊齊哈爾大學學報》，2011年第3期。

〔註346〕見《樂府詩集》卷三十相和歌辭平調曲一總解題引，見第441頁。

〔註347〕徐榮坤《苦音音階的由來及其特徵》（《音樂研究》，1993年第2期）、《再談苦音音階和它的兩個特性音Fa與bSi》（《音樂研究》，1995年第1期）兩篇論文通過各地的大量實證證明「苦音音階是古代清商音

商、清角等調式音樂表達苦寒悲涼之情的適應性特性。五言詩中涉及到清商樂的，大多有悲哀悲涼的描寫，這種審美感知與音樂樂理上的屬性也是一致的。清商調容易形成悲苦之音，因此，在《樂府詩集》清調的曲辭中，如《苦寒行》、《豫章行苦相篇》、《苦辛行》等均屬於此類。正因為音樂的淒涼屬性，導致了詩人擬樂府的想像具有悲涼的指向。這種指向是不約而同的，並不是由某個人輕而易舉可以開啟一種寫作模式的。從上三首《從軍行》，「苦哉」的主題是一致的，也與清商樂的淒寒之音對《從軍行》的歌辭文學影響相關，其他什麼控訴戰爭對人民的傷害之類的考察結論都不可能是主要原因。

正是因為左延年的「苦音」《從軍行》長期佔據樂府，這種音樂與文辭的影響一直持續到南朝宋，故而產生了如胡大雷所論的「概括化虛擬化的『苦哉遠征人』敘寫模式」，陸機、顏延之、江淹、沈約的《從軍行》均保持了這種模式。

我們再回過頭來看王粲的《從軍詩》，就會發現這五首詩不是「概括化虛擬化的『苦哉遠征人』敘寫」，而是直接有針對性的應制之作。第一首是王粲讚美曹操征張魯的詩，作於建安二十年或稍後〔註 348〕；第二首至第四首題材都與南征有關，建安十七年冬十月曹操南征孫權過譙郡，王粲代荀彧作與孫權檄〔註 349〕。與第五首「寒蟬在樹鳴」、「朝入譙郡界」相合。建安二十一年曹操又征吳，其餘幾首《從軍行》

階、燕樂音階在民間的傳存」這種說法是完全正確的，Fa 與 bSi 均屬高腔音階。

〔註 348〕首先作者應是王粲，左延年入魏時間在王粲卒後。詳見劉珠麗《從軍行創作探源》，《齊齊哈爾大學學報》，2011 年第 3 期。王粲《從軍行》「從軍有苦樂，但問所從誰」一首，此據《文選》卷二十七所引《三國志·魏志》，是王粲讚美曹操征張魯的詩，見第 1269 頁。《秦漢文學編年史》同，列在建安二十年（215）十二月，見第 657 頁。《王粲年譜》建安二十一年（216）二月，「作《從軍行》其一」，見俞紹初《王粲集》附錄二，北京：中華書局，1980 年版，第 108 頁。

〔註 349〕《王粲年譜》，《王粲集》附錄二，北京：中華書局，1980 年版，第105 頁。

也可能作於此時〔註350〕。應制歌功頌德的需要以及受到「凱樂」的禮
樂制度的潛在影響，使得這五首《從軍詩》不能完全符合清商樂歌辭
的悲苦本色，甚至，王粲主動排斥了清商樂悲苦之調對其歌功頌德的
不良影響，如詩中云「將秉先登羽，豈敢聽金聲」，據前文五音與五行
的關係可知，「金聲」正是指清商樂。如果王粲的這五首《從軍詩》
〔註351〕依然入樂的話，那麼不可能全部是清商樂曲，而是借用當時樂
府相和套曲的方式，在第一首和第四首中加入了其他音樂〔註352〕，從
而沖淡清商樂對歌辭基調的悲苦籠罩：

> 從軍有苦樂，但問所從誰。所從神且武，焉得久勞師。
> 相公征關右，赫怒震天威。一舉滅獯虜，再舉服羌夷。
> 西收邊地賊，忽若俯拾遺。陳賞越丘山，酒肉逾川坻。
> 軍中多飫饒，人馬皆溢肥。徒行兼乘還，空出有餘資。
> 拓地三千里，往返苦茲飛。歌舞入鄴城，所願獲無違。
> 晝日處大朝，日暮薄言歸。外參時明政，內不廢家私。
> 禽獸憚為犧，良苗實已揮。竊慕負鼎翁，願屬朽鈍姿。
> 不能效沮溺，相隨把鋤犁。熟覽夫子詩，信知所言非。
>
> **涼風厲秋節**，司典告詳刑。我君順時發，桓桓東南征。
> 泛舟蓋長川，陳卒被隰埛。征夫懷親戚，誰能無此情。
> 拊衿倚舟檣，眷眷思鄴城。**哀彼東山人，喟然感鶴鳴。**

〔註350〕《王粲年譜》認為，《從軍行》第二至第五首均作於建安二十一年的
　　　　不同時間中的數次軍事行動中。見《王粲集》附錄二，北京：中華書
　　　　局，1980年版，第109頁。
〔註351〕《文選》錄作《從軍詩》，見卷二十七「軍戎」，第1269。《樂府詩集》
　　　　錄作《從軍行》，見卷三十二，第475頁。
〔註352〕第一首、第四首借用了其他音樂。據唐徐堅《初學記》引《古樂府》，
　　　　左延年另有一首《從軍詩》曰：「從軍何等樂，一驅乘雙駮。鞍馬照
　　　　人白，龍驤自動作。」這一首被胡大雷稱為「英雄主義」，與王粲詩
　　　　比觀，很有可能其一其四的創作是受了這首詩的影響。而這一首《從
　　　　軍行》，音樂風格必然與平調的從軍行非常不同，根據內容來看，可
　　　　能受到漢魏時期「秦聲何慷慨」一類的音樂的影響。

日月不安處，人誰獲恒寧。昔人從公旦，一徂輒三齡。
今我神武師，暫往必速平。棄餘親睦恩，輸力竭忠貞。
懼無一夫用，報我素餐誠。夙夜自恲性，思逝若抽縈。
將秉先登羽，豈敢聽**金聲**。

從軍征遐路，討彼東南夷。方舟順廣川，薄暮未安坻。
白日半西山，桑梓有餘暉。蟋蟀夾岸鳴，孤鳥翩翩飛。
征夫心多懷，淒淒令吾悲。下船登高防，草露霑我衣。
回身赴床寢，此愁當告誰。身服干戈事，豈得念所私。
即戎有授命，茲理不可違。

朝發鄴都橋，暮濟白馬津。逍遙河堤上，左右望我軍。
連舫逾萬艘，帶甲千萬人。率彼東南路，將定一舉勳。
籌策運帷幄，一由我聖君。恨我無時謀，譬諸具官臣。
鞠躬中堅內，微畫無所陳。許歷為完士，一言猶敗秦。
我有素餐責，誠愧伐檀人。雖無鉛刀用。庶幾奮薄身。

悠悠涉荒路，靡靡我心愁。四望無煙火，但見林與丘。
城郭生榛棘，蹊徑無所由。雚蒲竟廣澤，葭葦夾長流。
日夕涼風發，翩翩漂吾舟。寒蟬在樹鳴，鸛鵠摩天遊。
客子多悲傷，淚下不可收。朝入譙郡界，曠然消人憂。
雞鳴達四境，黍稷盈原疇。館宅充廛里，士女滿莊馗。
自非賢聖國，誰能享斯休。詩人美樂土，雖客猶願留。

「涼風厲秋節」、「日夕涼風發」、「淒淒令吾悲」、「喟然感鶴鳴」、「蟋蟀夾岸鳴」、「寒蟬在樹鳴」這些依然是與清樂的高音調相關的音樂想像，可推測這五首詩中第二首、第三首、第五首（前半截）依然與清商樂相關。

我們可以認為，南朝宋之前的《從軍行》基本上是受清商樂的音樂主導，因此具有「苦辛」的特徵。實際演奏中，《從軍行》列在相和平調套曲，以笙、笛（不同於羌笛）、築、瑟、琴、箏、琵琶等樂器演奏。

但是到了梁陳時代，在鼓角橫吹曲流行的大環境中，《從軍行》也會使用橫吹樂器演奏，如戴暠《從軍行》云「羌笛管中嘶」、張正見《從軍行》云「風前噴畫角」，皆可證明。

以胡笳胡角演奏的《從軍行》，自然會增加蒼涼悲壯的音樂想像，而減少淒涼哀傷的心理指向。這樣，梁陳時代的《從軍行》自然在歌辭風格上有所改變，這種改變，就是胡人雷所說的「在前輩『苦哉遠行人』的基礎上加入了『英雄主義樂觀化』的點睛之筆」。依舊是五言的《從軍行》，但是淒苦之辭已經大大減少了，我們舉簡文帝和張正見的擬作為例：

梁簡文帝《從軍行》其一	張正見《從軍行》其一	張正見《從軍行》其二
貳師惜善馬，樓蘭貪漢財。前年出右地，今歲討輪臺。魚雲望旗聚，龍沙隨陣開。冰城朝浴鐵，地道夜銜枚。將軍號令密，天子璽書催。何時反舊里，遙見下機來。	胡兵屯薊北，漢將起山西。敵人輕百戰，聊欲定三齊。風前噴畫角，雲上舞飛梯。雁塞秋聲遠，龍沙雲路迷。燕然自可勒，函谷詎須泥？	將軍定朔邊，刁斗出祁連。高柳橫長塞，榆關接遠天。井泉含陣竭，風火映山然。欲知客心斷，旌旗萬里懸。

胡笳胡角直接將詩人的藝術想像帶到關外，清商舊曲的《從軍行》被胡笳胡角來吹奏這種變化從此成為《從軍行》的主流。這三首詩我們對比的結果是，整齊的對仗句式已經十分完備。唐駱賓王、楊炯、李白的擬作，與之相比，並無二致：

駱賓王《從軍行》	楊炯《從軍行》	李白《從軍行》
平生一顧念，意氣溢三軍。野日分戈影，天星合劍文。弓弦抱漢月，馬足踐胡塵。不求生入塞，唯當死報君。	烽火照西京，心中自不平。牙璋辭鳳闕，鐵騎繞龍城。雪暗凋旗畫，風多雜鼓聲。寧為百夫長，勝作一書生。	從軍玉門道，逐虜金微山。笛奏梅花曲，刀開明月環。鼓聲鳴海上，兵氣擁雲間。願斬單于首，長驅靜鐵關。

　　《從軍行》發展為五律體，其實是南朝時就積累的經驗。我們不能把以上三首完全孤立地當作初盛唐時期國力強盛和詩人強烈的時代自豪感自信心報國立功志向的表現，因為他們很大程度上承襲了南朝音樂的想像，模擬了南朝詩人的筆法。

　　除了使用橫吹樂器演奏這種置換變化外，梁陳時代出現了雜有七言的《從軍行》，《玉臺新詠》稱之為「雜句《從軍行》」〔註353〕。從音樂角度分析，一個音樂演奏單元由五言變為七言，是音節密集化的表現，也就是說，節奏出現了趨於緊湊明快的變化。這種變化自然也會消除詩歌整體的暗淡和哀傷。這也同樣是胡大雷所云的具有「英雄主義」的《從軍行》。

梁簡文帝《從軍行》	蕭子顯《從軍行》
雲中亭障羽檄驚，甘泉烽火通夜明。 貳師將軍新築營，嫖姚校尉初出征。 復有山西將，絕世愛雄名。 三門應遁甲，五壘學神兵。 白雲隨陣色，蒼山答鼓聲。 迤邐觀鵝翼，參差睹雁行。 先平小月陣，卻滅大宛城。 善馬還長樂，黃金付水衡。 *小婦趙人能鼓瑟，侍婢初筝解鄭聲。* *庭前桃花飛已合，必應紅妝來起迎。*	左角明王侵漢邊； 輕薄良家惡少年。 縱橫向沮澤， 凌厲取山田。 黃塵不見景， 飛蓬恒滿天。 邀功封泥野， 竊寵劫祁連。 *春風春月將進酒，* *妖姬舞女亂君前。*

　　胡大雷指出一些《從軍行》還出現了宮體的時代特色，以上二首《從軍行》，在結尾即出現了宮體的描寫。這種描寫的背後應該是吳歌音樂作為「亂」或「趨」的音樂尾聲而導致的歌辭變化。這種「亂」或「趨」是演奏中的靈活模式，可加可不加，但這種宮體的結尾卻使得整首詩形成了一種剛柔相濟的美學效果。唐代的《從軍行》古體詩，也基本保留了橫吹曲《從軍行》以胡笳胡角演奏蒼涼悲壯的音樂想像以及七言詩節奏明快的豪邁之氣。如賀朝的《從軍行》：

〔註353〕《玉臺新詠箋注》卷九，以「雜句《從軍行》」為標題錄梁簡文帝「雲中亭障羽檄驚」一首，見第427頁。

朔胡乘月寇邊城，軍書插羽刺中京。天子金壇拜飛將，
單于玉塞振佳兵。騎射先鳴推任俠，龍韜決勝佇時英。聞有
河湟客，惜惜理帷帝。常山啟霸圖，氾水先天策，銜珠浴鐵
向桑乾，驀旗膏劍指烏丸。鳴雞已報關山曉，來雁遙傳沙塞
寒。直為甘心從苦節，隴頭流水鳴鳴咽。邊樹蕭蕭不覺春，
天山漠漠長飛雪。魚麗陣接塞雲干，雁翼營連海月明。始看
晉幕飛鵝入，旋聞齊壘啼烏聲。自從一戍燕支山，春光幾度
晉陽關。金河未轉青絲騎，玉箸應啼紅粉顏。鴻歸燕相續，
池邊芳草綠。已見氛清細柳營，莫更春歌落梅曲。烽沉灶減
靜邊亭，海晏山空肅已寧。行望鳳京旋凱捷，重來麟閣畫丹
青。〔註354〕

再如杜頠《從軍行》：

　　秋草馬蹄輕，角弓持弦急。去為龍城候，正值胡兵襲。
　　軍氣橫大荒，酣戰日將入。長風金鼓動，白露鐵衣濕。
　　四起愁邊聲，南轅時佇立。斷蓬孤自轉，寒雁飛相及。
　　萬里雲沙漲，半川冰霰溢。夜聞漢使歸，獨向刀環泣。

〔註355〕

　　陳代詩人伏知道的《從軍五更轉》，是一組五首絕句組成的組詩，
《樂府詩集》引《樂苑》：「《五更轉》，商調曲」〔註356〕，以「五更轉」
為曲名，不當〔註357〕，但云「商調」，具有高音的屬性。而據五首歌辭

〔註354〕《全唐詩》卷一一七，第1180頁。
〔註355〕《全唐詩》卷一四五，第1465頁。
〔註356〕《樂府詩集》卷三十三，第491頁。
〔註357〕按，「五更轉」為轉調之唱法，非固定樂調曲調之名。任半塘《敦煌
　　　　歌辭總編》卷五，雜曲定格聯章，錄「五更轉」者，有「五更轉《喜
　　　　秋天》」，任氏引饒宗頤《敦煌曲》云：「敦煌《五更轉》、《喜秋天》，
　　　　詠七夕，其樂調疑即龜茲之《七夕相逢樂》，見隋志。」見上海古籍
　　　　出版社，1987年版，第1232頁。《敦煌歌辭總編》卷五又錄《五更
　　　　轉》殘篇一更至四更，前三更各兩首，第四更一首。任氏云「此套與
　　　　大曲《阿曹婆》措詞多同，顯皆開天間之《征婦怨》。……《五更轉》

內容看，其淵源很有可能是一首軍中打更的樂歌，且其各首之間存在轉調的音高升降變化：

> 一更刁斗鳴，校尉逴連城。遙聞射雕騎，懸憚將軍名。
>
> 二更愁未央，高城寒夜長。試將弓學月，聊持劍比霜。
>
> 三更夜警新，橫吹獨吟春。強聽《梅花落》，誤憶柳園人。
>
> 四更星漢低，落月與雲齊。依稀北風裏，胡笳雜馬嘶。
>
> 五更催送籌，曉色映山頭。城烏初起堞，更人悄下樓。

王褒《四子講德論》中有讚歌聲「詠歎中雅，轉運中律」〔註358〕之辭、成公綏《嘯賦》云「響抑揚而潛轉」，可見「轉」正是樂曲轉調之義。這種高音之間的妙轉帶來了諸如《梅花落》、《折楊柳》等曲子的同調，也與胡笳馬嘶之音匹配。正與繁欽所云「詠北狄之遐征，奏胡馬之長思」相類似。這五首《從軍行》組成一組「五更轉」的歌唱次序，每一首都是一個完整的音樂單元，這種音樂單元的文學作品，應該就是絕句。因此，這一組《從軍行》對唐代絕句體以及組詩體的《從軍行》應該有所影響。

王昌齡的《從軍行》五首：

> 烽火城西百尺樓，黃昏獨上海風秋。
>
> 更吹羌笛關山月，無那金閨萬里愁。
>
> 琵琶起舞換新聲，總是關山舊別情。
>
> 撩亂邊愁聽不盡，高高秋月照長城。
>
> 關城榆葉早疏黃，日暮雲沙古戰場。
>
> 表請回軍掩塵骨，莫教兵士哭龍荒。
>
> 青海長雲暗雪山，孤城遙望玉門關。

之內容自來複雜，如從軍、識字、七夕望星種種……」見第 1250～1251 頁。

〔註358〕《文選》卷五十一，論一，第 2249 頁。

黃沙百戰穿金甲，不破樓蘭終不還。

大漠風塵日色昏，紅旗半卷出轅門。

前軍夜戰洮河北，已報生擒吐谷渾。

　　《全唐詩》錄王昌齡《從軍行》七首〔註359〕。但這七首中，前五首是一個組詩，後兩首是《全唐詩》編者（抑或季振宜底本）據洪邁《萬首唐人絕句詩》補入的。在《全唐詩》之前，筆者所見的版本，均是《從軍行》五首一個整體。如明銅活字本《唐五十家詩集》〔註360〕、和刻明本《增訂王昌齡詩集》〔註361〕、《唐詩品匯》等錄。洪邁《萬首唐人絕句詩》卷十七錄王昌齡《從軍詩》五首，到卷六十七又錄王昌齡《從軍行》二首，正如莫礪鋒師指出：「此書原來只是一本私塾課本，所錄唐詩只有五千四百首。後來偶然為宋孝宗所知，洪氏才著意搜集，內容遂增擴為萬首之多。正是由於洪氏編集此書時　意求多，以湊足萬首，所以頗有偽作混入。」〔註362〕洪邁補入的《從軍行》二首〔註363〕，尚不應輕易懷疑入偽，但是可以證明並非與五首的《從軍

〔註359〕《全唐詩》卷一四三，第 1444 頁。

〔註360〕上海古籍出版社 1981 年影印本。其書前言中引黃丕烈語云：「古書自宋元版刻之外，其最可信者莫如銅版活字，蓋所據皆舊本，刻亦在先也。」

〔註361〕藏日本京都大學人文科學研究所。陶紹清《和刻明本〈增訂王昌齡詩集〉平質》（《蘭州學刊》，2009 年第 1 期）：「日本京都大學現藏和刻明萬曆間許自昌校《王昌齡詩集》本，是以現存明本為底本，以《唐詩品匯》等明本參校，並予以輯補部分佚詩而成。數量上多於明當代本，而體例又迥異於《全唐詩》王昌齡集。從版本學上來看，此本可以作為通行明本向《全唐詩》本的過渡本。」該文也指出：王昌齡「《從軍行》也僅五首。」

〔註362〕參見《唐詩三百首中有宋詩嗎？》，《文學遺產》，2001 年第 5 期。文中又引陳振孫《直齋書錄解題》云「多有本朝人詩在其中，如李九齡、郭震、滕白、王嵒、王初之屬。」、謝榛《四溟詩話》云「洪容齋所選唐人絕句，不擇美惡，但備數耳」。參見第 43 頁。

〔註363〕王昌齡《從軍行》二首其一云：「胡瓶落膊紫薄汗，碎葉城西秋月團。明敕星馳封寶劍，辭君一夜取樓蘭」；其二云：「玉門山嶂幾千重，山北山南總是烽。人依遠戍須看火，馬踏深山不見蹤」。

行》為一個整體。王昌齡五首組詩的《從軍行》,《全唐詩》錄成七首,是不恰當的。

學界關於王昌齡《從軍行》的論文,從史地互證性、文學性和思想性方面探討較多〔註364〕。我們從音樂性上分析,第一首提到羌笛吹奏帶有離愁閨怨和思歸悲涼情緒的《關山月》;第二首提到琵琶新曲,但是音樂依舊與《關山月》的音樂感知一致,所以云「總是關山舊別情」;第三首寫古戰場的荒涼悲壯景象,「莫教兵士哭龍荒」,雖是悲涼但也稍稍有振作之意;到了第四首「黃沙百戰穿金甲,不破樓蘭終不還」,悲情之中蘊含豪壯之氣,也就是說,豪壯之聲的比重第四首開始加重。到了第五首,悲情音調消退而慷慨之音成為主流。這首組詩的情緒變化是可以較為清晰地看出來的,並不是一成不變的。所以,孤立地將第四首拈出來爭論其到底是「豪情」而非「怨情」或者是「怨情」而非「豪情」,都可能是不符合整個五首《從軍行》的音樂旋律的流動、蘊纏與變化帶來的詩思想像的變化。

除了王昌齡的五首組詩之外,皎然《從軍行》以五言律詩為樂曲單元;令狐楚的《從軍行》以五首絕句為樂曲單元,均以五首為組詩。皎然《從軍行》組詩以豪情為主,然中間亦夾雜悲情,如第一首云:「候騎出紛紛,元戎霍冠軍。漢鞭秋聒地,羌火晝燒雲。萬里戍城合,三邊羽檄分。烏孫驅未盡,肯顧遼陽勳」,豪情萬丈,而到了第三首則變成了「百萬逐呼韓,頻年不解鞍。兵屯絕漠暗,馬飲濁河乾。破虜功未

〔註364〕 主要論文有:魏明安《王昌齡〈從軍行〉小箋》(《文學遺產》,2011年第6期)、徐豔《精妙的復義——王昌齡〈從軍行〉(七首其四)讀解》(《古典文學知識》,2002年第3期)、丁薇《王昌齡〈從軍行〉(其四)主旨探析》(《社科縱橫》,2005年第5期)、畢士奎《是「豪言」而非「苦語」——王昌齡〈從軍行〉(其四)主旨辨析》(《蘇州教育學院學報》,2006年第2期);以及陳維志《「高高秋月照長城」——王昌齡〈從軍行〉其一、其二賞析》(《西北第二民族學院學報》,1990年第4期)、徐克瑜《在語義細讀的基礎上體驗詩歌矛盾複雜的心理和情感——王昌齡〈從軍行〉(其二)的細讀批評》(《名作欣賞》,2008年第12期)等。

錄，勞師力已殫。須防肘腋下，飛禍出無端」〔註365〕的哀歎了。而令狐楚《從軍行》則以悲情為主，中間亦夾雜豪邁之音。如第一首云：「荒雞隔水啼，汗馬逐風嘶。終日隨旌旆，何時罷鼓聲」，是對戰爭之苦的控訴，而第三首則云：「胡風千里驚，漢月五更明。縱有還家夢，猶聞《出塞》聲」〔註366〕，這明顯是豪邁之情。很明顯，這種「豪情」和「怨情」的變化是由樂曲的轉換和變化決定的。樂調轉為鏗鏘豪邁之音，則文辭多雄壯之氣，樂調轉為哀怨悲涼之音，則文辭就必然涉及對戰爭之苦的傾訴了。

　　《從軍行》之外，相和瑟調《櫂歌行》，最初晉樂所奏，是魏明帝的「王者布大化」一首，此詩五解一趨〔註367〕，晉樂府機構演奏魏明帝的《王者布大化》，用的確是《櫂歌行》，這說明《櫂歌行》被大曲化和絃樂化〔註368〕。但其本身曲調的屬性《櫂歌行》依然保留，故陸機《櫂歌行》並沒有遵從「王者布大化」版本，而是將其寫成了一首遊春的想像之詩：「名謳激清唱，榜人縱櫂歌。投綸沉洪川，飛繳入紫霄」〔註369〕。陸機的描寫還是可以看出這首《櫂歌行》的高音特質，南朝宋時，這種高腔的《櫂歌行》以及揚厲之氣還是保留著，孔甯子《櫂歌行》可以說寫成了一次水陸狩獵：「伎飛激逸響，娟娥吐清辭。……委羽漫通渚，鮮染中填坻。鷓鳥威江使，揚波駭馮夷」〔註370〕；鮑照《櫂

〔註365〕　《全唐詩》卷十九，第 230 頁。
〔註366〕　《全唐詩》卷十九，第 231 頁。
〔註367〕　《樂府詩集》卷四十，第 592 頁。
〔註368〕　相和歌曲被弦樂化和大曲化導致曲名和歌辭內容不匹配的例子在魏晉時期很多見。最著名的就是《陌上桑》在魏晉樂府中被大曲化，作為「相和十五曲」的送曲，歌辭就出現了大曲類同質的遊仙主題。再如《秋胡行》，曹操、嵇康所作的《秋胡行》被完全拋棄掉本事，而是歌唱符合弦樂遊弄的遊仙詩。到了傅玄，才開始第一次吟詠「秋胡戲妻」的本事，這都說明，《秋胡行》有兩種形態，一種保留了自身面目，一種被弦樂化影響得面目全非。
〔註369〕　《樂府詩集》卷四十，第 593 頁。
〔註370〕　孔甯子，《櫂歌行》，《樂府詩集》卷四十，第 593 頁。其中「委羽」、「鮮染」為狩獵之辭，可見其奮迅之音的影響。

歌行》也是寫到「飂戾長風振，遙曳高帆舉。」﹝註371﹞所以說，在南朝宋時期的《櫂歌行》曲調產生吳邁遠「十三為漢使，孤劍出皋蘭。西南窮天險，東北畢地關。岷山高以峻，燕水清且寒。一去千里孤，邊馬何時還？遙望煙嶂外，瘴氣鬱雲端。始知身死處，平生從此殘」這樣的邊塞詩是有可能的﹝註372﹞。到了梁簡文帝時，《櫂歌行》的音樂旋律發生了變化，《樂府詩集》引《古今樂錄》：「梁簡文帝在東宮更制歌，少異此也」﹝註373﹞，正是有了新曲。所以，梁簡文帝根據新曲來寫「妾家住湘川」，甚至惹得北齊的魏收（505～572）也有了江南的音樂想像「桃發武陵岸，柳拂武昌樓」﹝註374﹞。所以，當吳兢完全不考慮音樂旋律的影響，而直批評云「晉樂，奏魏明帝辭云『王者布大化』，備言平吳之勳。若晉陸機『遲遲春欲暮』，梁簡文帝『妾住在湘川』，但言乘舟鼓櫂而已」﹝註375﹞，就顯得未得深旨了。

三、作為音樂概念的「豔歌」與《白馬篇》

曹植新造《白馬篇》，是南朝之時模擬頗廣的一首帶有個人英雄主義、遊俠氣質的邊塞詩。《白馬篇》和《名都篇》、《美女篇》均產生於「古齊瑟行」﹝註376﹞，《齊瑟行》郭茂倩收在《雜曲歌辭》中，關於「齊瑟」的音樂特徵，曹植云「秦箏何慷慨，齊瑟和且柔」﹝註377﹞，

﹝註371﹞ 鮑照，《櫂歌行》，《樂府詩集》卷四十，第 594 頁。
﹝註372﹞ 吳邁遠〈櫂歌行〉是一首完全與「賦題法」無關的詩作。這一首詩《樂府詩集》中華書局點校本云「此詩疑非《櫂歌行》而誤入」（卷四十，第 594 頁）。按，這首詩純為邊塞詩，從一首具有高音奮迅的音樂旋律上推測，產生這樣的邊塞想像是可能成立的。但這種音樂想像不能成為確鑿的證據，故而本文認為當與《樂府詩集》中華書局點校本云「此詩疑非《櫂歌行》而誤入」兩存。
﹝註373﹞ 《樂府詩集》卷四十，第 592 頁。《古今樂錄》十二卷，南朝陳時僧人智匠撰。
﹝註374﹞ 《樂府詩集》卷四十，第 595 頁。
﹝註375﹞ 《樂府詩集》卷四十，第 593 頁。
﹝註376﹞ 《樂府詩集》卷六十三《齊瑟行》引《歌錄》曰：「《名都》、《美女》、《白馬》，並「齊瑟行」也」，見第 911 頁。
﹝註377﹞ 《樂府詩集》卷三十九，相和歌辭，瑟調四，《野田黃雀行四解》：

可見，《齊瑟行》的音樂性有柔美的成分，應該是適合採桑、美女等內容的演唱的，所以樂府《陌上桑》三解、《日出東南隅篇》、曹植《美女篇》應該是《齊瑟行》的正調。而其衍生曲《豔歌羅敷行》、《豔歌行》、《名都篇》乃至《白馬篇》，則發生了明顯的音樂變化。

　　「豔」為相和樂器彈奏的一種手法，並非文辭內容上的「香豔」之意。「豔」、「趨」、「亂」均是音樂專用概念，《樂府詩集・相和歌辭》解題云「大曲又有豔，有趨、有亂。辭者其歌詩也，聲者若羊吾夷伊那何之類也，豔在曲之前，趨與亂在曲之後。」〔註378〕「豔」在曲前，「趨」和「亂」在曲後，只是關於其位置的外圍闡述，而其音樂特點尚不得而知。逯欽立《「相和歌」曲調考》指出：「『大曲』的豔，本來就是楚歌。左思《吳都賦》：『荊豔楚舞』，注：『豔，楚歌也』。《古樂錄》云『楚歌曰豔』，『豔』既是楚歌，也就是南音。《樂府詩集》說『豔曲生於南朝，胡音生於北俗。』進一步說，豔就是『徵引』。《吳都賦》注：『南音，徵引也，南國之音也。』是其證。『引』、『豔』一聲而轉，可表示同一種用法的曲名；而『激徵』、『激楚』均為楚聲，又可證『豔』、『徵引』的相同。而且『豔』、『引』全是曲頭，用途也沒有什麼差異。那麼，『豔』、『引』為南音的同一種曲頭名稱，便毫無疑問了」，「『瑟調』的加入，對於『相和歌』，算是添了一個高

「《古今樂錄》曰：王僧虔《技錄》有《野田黃雀行》，今不歌。《樂府解題》曰：晉樂奏東阿王『置酒高殿上』，始言豐膳樂飲，盛賓主之獻酬。中言歡極而悲，嗟盛時不再。終言歸於知命而無憂也。」《空侯引》亦用此曲。按漢鼓吹鐃歌亦有《黃雀行》，不知與此同否？詩云：置酒高殿上，親交從我遊。中廚辦豐膳，烹羊宰肥牛。秦箏何慷慨，齊瑟和且柔。陽阿奏奇舞，京洛出名謳。樂飲過三爵，緩帶傾庶羞。主稱千金壽，賓奉萬年酬。久要不可忘，薄終義所尤。謙謙君子德，磬折欲何求。盛時不再來，百年忽我遭。驚風飄白日，光景馳西流。生存華屋處，零落歸山丘。先民誰不死，知命復何憂！右一曲，晉樂所奏。」見第570頁。

〔註378〕《樂府詩集》卷二十六，第377頁。「辭者其歌詩也，聲者若羊吾夷伊那何之類也」，這句話的意思是，歌辭之外，曲子中尚有補足音節的襯字襯音，如今日民歌之「呀呼咳呀」、「里格楞」之類。

調的新聲。」〔註379〕黃仕忠《和、亂、豔、趨、送與戲曲幫腔合考》一文在對「亂」和「趨」的音樂屬性判斷上頗為明切，兩者都是「繁音促節，交錯紛亂」，但對於「豔」的音樂屬性僅僅指出，豔與趨、亂均直接來源於楚聲，與「和」的第四種意義相同，「也是由多人合唱以引起正曲」〔註380〕。饒宗頤《論〈文賦〉與音樂》指出陸機探討為文的五個要素「應、和、悲、雅、豔」與音樂的關係非常密切。其「雖一唱而三歎，固既雅而不豔」，最為五個要素中最後一個要素，是陸機認為最高的創作境界。「樂府中之大曲，曲前有豔，曲後有趨（略如吳歌前之和聲及歌後之去聲）……至若描寫聲音之美妙時，亦得用『豔』字形容之。如繁欽稱道薛訪入神之處，謂為『哀感頑豔』。倘借文賦語說之，即謂其所唱歌辭能悲又能豔，故盡善妙之能事。」〔註381〕羅來國《論「楚歌曰豔」與「雞鳴歌」》一文指出「豔」是楚人模仿雞鳴而來的音樂。〔註382〕這種說法與《漢書》紀二：「十二月圍羽垓下。羽夜聞漢軍四面皆楚歌。」之注文中應劭曰：「楚歌者，雞鳴歌也。漢已略得其地，故楚歌者多雞鳴時歌也」的說法吻合。顏師古不同意應劭「雞鳴時歌」的判斷：「楚歌者，為楚人之歌。猶言吳歈越吟耳。若以雞鳴為歌曲之名，於理則可，不得云雞鳴時也。高祖令戚夫人楚舞，自為作楚歌，豈亦雞鳴時乎？」〔註383〕顏師古對「雞鳴時歌」的懷疑是沒有道理的。蘇軾《仇池筆記・雞唱》：「光黃人二三月群聚謳歌，不中音律，宛轉如雞鳴耳。與宮人唱漏微相似，但極鄙野。《漢官儀》：『宮中不蓄雞，汝南出長鳴雞。衛士候於朱雀門外，專傳雞唱。』又應劭曰：『今《雞鳴

〔註379〕逯欽立遺著，《「相和歌」曲調考》，《文史》第十四輯，北京：中華書局，1982 年版，第 233～234 頁。

〔註380〕黃仕忠，《和、亂、豔、趨、送與戲曲幫腔合考》，《文獻》，1992 年第 2 期。

〔註381〕參見饒宗頤，《文轍：文學史論集》，《論〈文賦〉與音樂》。臺灣學生書局印行，1991 年版，第 286～287 頁。

〔註382〕見《黃鐘》（武漢音樂學院學報），1998 年第 1 期。

〔註383〕以上所引《漢書》均見《漢書》卷一下，北京：中華書局，1964 年版，第 51 頁。

歌》。』《晉太康地道記》曰：後漢衛士習此曲，於闕下歌之，今《雞鳴》是也。顏師古不考古本，妄破此說。今餘所聞，豈《雞唱》之遺音乎？今土人謂之山歌云。」〔註384〕蘇軾以實際民間的保留的「雞鳴歌」形式，證明了雞鳴歌的確有「雞鳴時歌」的特徵。這種方法頗類似今天民樂學者、民俗學者的「田野調查」工作，其結論也是可信的。可見，所謂的「豔」，緣起於楚地一種特殊的領唱方式，與一般意義的用於相和曲頭的領起性質的「引」、「唱」（倡）、「和」相比，「豔」具有鮮明的楚歌特徵。這種特徵便是高音調、快節奏。傅毅《舞賦》有「激楚結風，陽阿之舞」，李善注：「張晏曰：『激楚，歌曲也。』《列女傳》曰：『聽《激楚》之遺風。』結風，亦曲名。《上林賦》曰：『鄢郢繽紛，《激楚》《結風》。』《文穎》曰：『激，衝激，急風也。結風、回風，亦急風也。楚地風既自漂疾，然歌樂者猶復依激結之急風為節。』《楚辭》曰：『宮庭震驚，發激楚兮。』」〔註385〕可見，這種高音調、快節奏一直是楚歌的特色，這種特色鮮明的曲調用於一組相和歌的開頭，或者一首單曲的調頭，便成為「豔」。

　　以舒緩柔和為主要風格的齊瑟，在什麼時候開始沾染楚瑟的風格呢？本文認為，大的背景是西漢開始，楚歌成為一種被廣泛接受的音樂文化，使用範圍從宮廷到大的宴會唱和，並不侷限於楚地。齊瑟在彈奏時沾染楚調，是非常正常的事情。

　　《豔歌羅敷行》實際上是將原來音調節奏舒緩柔和的「齊瑟行」

〔註384〕蘇軾《仇池筆記》卷下，《全宋筆記》第一編第九冊，鄭州：大象出版社，2003 年版，第 213 頁。《樂府詩集·雞鳴歌》「《樂府廣題》曰：『漢有雞鳴衛士，主雞唱。宮外舊儀，宮中與臺並不得蓄雞。畫漏盡，夜漏起，中黃門持五夜，甲夜畢傳乙，乙夜畢傳丙，丙夜畢傳丁，丁夜畢傳戊。戊夜，是為五更。未明三刻雞鳴，衛士起唱。』《漢書》曰：『高祖圍項羽垓下，羽是夜聞漢軍四面皆楚歌。應劭曰：楚歌者，雞鳴歌也。』《晉太康地記》曰：『後漢固始、鮦陽、公安、細陽四縣衛士習此曲，於闕下歌之，今雞鳴歌是也。然則此歌蓋漢歌也。』此說與蘇軾同。見《樂府詩集》卷八十三，第 1173 頁。

〔註385〕《文選》卷十七，賦壬，音樂上，第 797 頁。

的節奏加以改變，形成了比《陌上桑》或《日出東南隅篇》曲調、節拍更高更密的音樂。所以標以「豔歌」來加以區別。陸機《豔歌行》中的描寫即透露了這種玄機：「清川含藻景，高岸被華丹。馥馥芳袖揮，泠泠纖指彈。悲歌吐清響，雅韻播幽蘭。丹脣含九秋，妍跡凌七盤。赴曲迅驚鴻，蹈節如集鸞。綺態隨顏變，沉姿無定源。」〔註386〕傅玄《歷九秋篇董逃行》也有「齊謳楚舞紛紛，歌聲上徹清云」〔註387〕之語。左思《三都賦·吳都賦》「登東歌，操南音。胤《陽阿》，詠《韎任》。荊豔楚舞，吳愉越吟」，李善注：「南音，徵引也，南國之音也。《左氏傳》曰：『鍾儀在晉，使與之琴，操南音。』商、角、徵、羽各有引，鍾儀，楚人，思在楚，故操南音。」〔註388〕

　　「豔」的音樂特性是很容易接近於「三調」的，謝靈運《會吟行》：「六引緩清唱，三調佇繁音」〔註389〕，可見「三調」也存在節奏緊湊的特徵。而尤其以瑟調和豔歌結合的最多，故而《樂府詩集》中相和歌辭瑟調中收入了幾乎全部以豔歌為標題的曲子。《古今樂錄》：「《陌上桑》，歌瑟調」〔註390〕。《古今樂錄》引王僧虔《技錄》云「《豔歌何嘗行》歌文帝《何嘗》、《古白鵠》二篇。」《樂府解題》：「古辭云：飛來雙黃鵠，乃從西北來。」〔註391〕

〔註386〕《玉臺新詠》卷三，題作《豔歌行》，見《玉臺新詠箋注》，第101頁。《文選》題云「日出東南隅行五言或曰羅敷豔歌」，見第1311頁。《樂府詩集》取《文選》不取《玉臺新詠》，不當。《玉臺新詠》當時即為宮廷歌唱使用，更注重音樂性，而《文選》則以文辭收入，不如《玉臺》近樂。或者在南朝時代，《齊瑟行》舊唱法已經不傳，故而《豔歌行》代替了《日出東南隅行（篇）》。

〔註387〕《玉臺新詠》題作《歷九秋篇董逃行》，見《玉臺新詠箋注》卷九，第401頁。《文選》卷四，《南都賦》「結九秋之增傷，怨西荊之盤折」下注：「古樂府有《歷九秋妾薄相行歌》，辭曰：『齊謳楚舞紛紛，歌聲上徹清云』」，見第158頁。

〔註388〕《文選》卷五，第231頁。

〔註389〕《文選》卷二十八，樂府，第1316頁。

〔註390〕《樂府詩集》，第410頁。

〔註391〕《樂府詩集》卷三十九，相和歌辭，瑟調，第576頁。

　　瑟調正是結合了調式高和節奏促這兩個鮮明的特點，這種急管繁絃的演奏方式，很容易聽眾的印象是「噍而殺」的印象，因此容易接近奮迅高昂慷慨之音。故而邊塞詩在瑟調中存在最多。

　　《白馬篇》雖云來自「古齊瑟行」，但是實際上是「豔歌」化了，其音樂性質更接近於楚調、瑟調。《白馬篇》正是一首被高調化和快節奏化的「齊瑟行」。以「豔」的方式開始演奏，問題是「豔」的手法是靈活的，完全由樂工的喜好而掌握。可以只作為調頭用於第一「解」，也可以通篇都「豔」，只留一個煞尾的「趨」、「亂」。我們從《白馬篇》的文辭分析，應該通篇是一首「噍而殺」的高調快節的樂曲。而鮑照的《出自薊北門行》源出曹植《豔歌行》之中的首句「出自薊北門，遙望胡地桑，枝枝白相值，葉葉自相當」〔註 392〕。而其所描寫的內容，與《白馬篇》也非常一致。這種一致，顯然在其背後，更大的相同性來自音樂。

曹植《白馬篇》	鮑照《出自薊北門行》
白馬飾金羈，連翩西北馳。借問誰家子，幽并遊俠兒。少小去鄉邑，揚聲沙漠垂。宿昔秉良弓，楛矢何參差。控弦破左的，右發摧月支。仰手接飛猱，俯身散馬蹄。狡捷過猴猿，勇剽若豹螭。邊城多警急，虜騎數遷移。羽檄從北來，厲馬登高堤。長驅蹈匈奴，左顧凌鮮卑。棄身鋒刃端，性命安可懷？父母且不顧，何言子與妻。名編壯士籍，不得中顧私。捐軀赴國難，視死忽如歸。	羽檄起邊亭，烽火入咸陽。徵師屯廣武，分兵救朔方。嚴秋筋竿勁，虜陣精且強。天子按劍怒，使者遙相望。雁行緣石徑，魚貫度飛梁。簫鼓流漢思，旌甲被胡霜。疾風沖塞起，沙礫自飄揚。馬毛縮如蝟，角弓不可張。時危見臣節，世亂識忠良。投軀報明主，身死為國殤。

　　以上我們分析的《燕歌行》、《從軍行》、《白馬篇》，在音樂變化和曲題共同的作用下，成為樂府邊塞詩中的重要的擬作對象。而在瑟調曲中，催生出了相當數量的樂府邊塞詩〔註 393〕。當然也催生了相當數

〔註 392〕《樂府詩集》卷六十一，雜曲歌辭，第 891 頁。
〔註 393〕瑟調曲中，《釣竿行》、《臨高臺行》、《有所思行》懷疑是相和化的漢鐃歌《釣竿》、《臨高臺》、《有所思》曲，而《野田黃爵行》與漢鐃歌

量的遊俠詩〔註394〕。王僧虔《大明三年宴樂技錄》所錄38首瑟調曲，比西晉荀勗《荀氏錄》所錄15曲多了一倍多，基本反映了南朝宋中期宴樂「瑟調」曲數量膨脹的實況，這種膨脹必然與瑟調曲的音樂豐富性有直接關係，而也是魏晉大曲多融入瑟調的原因，以及諸多同樣具有高音調性的漢鐃歌舊曲、橫吹曲被以「瑟調」曲的形式加以演奏。

瑟調曲具有高音調式和急促節奏這兩個鮮明的特點，因此瑟調曲可能吸納漢鐃歌、橫吹曲，正是其音域相近的原因。高音調式是清商樂本色，故有悲懷傷歎之意境；「豔」、「趨」的急管繁絃配合，故亦有羽聲慷慨、迅奮激烈之辭。以下僅舉數例：

戎馬不解鞍，鎧甲不離傍。（曹操《卻東西門行》）

有客從南來，為我彈清琴。五音紛繁會，拊者激微吟。
（曹丕《善哉行》）

邈矣垂天景，壯哉奮地雷。（陸機《折楊柳行》）

置酒高堂宴友生。激朗笛，彈哀箏，取樂今日盡歡情。
（陸機《順東西門行》）

慷慨發相思，惆悵戀音徽。（謝惠連《卻東西門行》）

酌芳酤，奏繁絃，惜寸陰，情固然。（謝靈運《順東西門
行》）

辰物久侵晏，征思坐論越。清氣掩行夢，憂原蕩瀛渤。
一念起關山，千里顧兵窟。（沈約《卻東西門行》）

正如沈約在《卻東西門行》中所云「一念起關山，千里顧兵窟」，音樂旋律的接近會讓詩人的文學想像出現關山（《關山月》）和兵窟

《黃爵》或亦有淵源（阮籍《擬詠懷》其十七：「一為《黃雀》哀，涕下誰能禁？」），《折楊柳行》也可能是漢橫吹曲徒歌化後轉為相和演奏的。當然以上尚屬猜測。

〔註394〕關於遊俠詩與音樂的關係，學界未見專文探討，可參見本書之附錄六：《中古遊俠詩與音樂關係探析——以樂府遊俠詩的生成和演進為考察中心》一文。

（《飲馬長城窟行》）這樣的音樂聯想。音樂曲題可能不變，但是音樂旋律或是演奏方式變了，那麼樂曲歌辭的寫作就會發生巨大的改變。正是「相和瑟調」中某些旋律或演奏方式有激昂之音，使得清商樂與相和歌的音樂歌辭流亞之中，也有了邊塞想像的味道〔註395〕。

　　唐人正是接受了南朝豐富的音樂文學遺產，並在創作上持續著音樂對文學的導向性影響，才使得唐代邊塞詩不侷限於有出塞經歷的一類詩人，而是遍地開花，結出碩果。

〔註395〕關於相和歌和清商樂的合併演進以及催生的文學新現象，可參看陶成
　　　　濤《論清商樂與相和歌的合與分——以相和歌、清商樂的歷史演進為
　　　　考察視角》一文，載於《樂府學》第十二輯，北京：社會科學文獻出
　　　　版社，2015年版。